모서리에서의
인생독법

일러두기

1. 이 책의 내용 중 상당한 부분은 다음의 여러 책들에서 많은 도움을 받았다. 저자 및 역자들에게 양해와 아울러 심심한 사의를 표해 마지않는다. 그러나 역사적인 사실 일부의 변형은 취사자의 임의에 따른 것이므로 과거사와 다를 수도 있는 만큼 일종의 강조어법으로 이해해주시길 바란다.

『선각자 백인제』(백인제박사전기간행위원회, 1999년, 창비), 『歷程』(리영희, 1988년, 창비), 『나에게 은퇴는 없다』(현봉학, 1996년, 역사비평사), 『장기려, 그 사람』(지강유철, 2007년, 홍성사), 『영원한 청년정신으로』(백낙환, 2007년, 한길사), 『나는 대한민국 외과의사다』(민병철, 2006년, 새론북스), 『나는 외과의사다』(강구정, 2003년, 사이언스북스), 『의학의 역사』(재컬린 더핀, 신좌섭 옮김, 2006년, 사이언스북스), 『의학의 진실』(데이비드 우튼, 윤미경 옮김, 2007년, 마티), 『내 고향은 전라도 내 영혼은 한국인』(안요한, 2006년, 생각의나무), 『헬로 닥터 씨오!』(서윤석, 2007년, 재인), 『의사들도 할 말 있었다』(송호근, 2001년, 삼성경제연구소), 『분별없는 열정』(마크 릴라, 서유경 옮김, 2002년, 미토)(이상 무순)

2. 각주의 설명은 독자의 이해의 편리를 위해서 아래의 사전들을 참조하여 작성한 것이다. 『국어대사전』(이희승, 1999년, 민중서림), 『우리말 갈래사전』(박용수, 2005년, 서울대학교출판부), 『중국고전명언사전』(모로하시 데쓰지, 김동민·원용준 옮김, 2004년, 솔)

모서리에서의
인생독법

김원우 장편소설

차례

첫번째 이야기 달아나는 풍속도 007

두번째 이야기 참다운 거짓인생 039

세번째 이야기 당신이 미쳤대요 249

해설 정호웅(문학평론가) 형식의 힘, 역동의 서사 287

작가의 말 기억과 기록의 근사성 302

첫번째 이야기 달아나는 풍속도

겨울 들머리부터 이번에는 그것이 또 언제쯤 덮쳐오려는 가 하며 김씨는 웬만큼 마음을 졸이고 있던 판이었다. 먹을 만큼 먹은 나잇값을 하느라고 사서 하는 마음고생인 줄이야 잘 알았으므로 마음자리를 도스른다고 그 기우가 물러날 리 도 만무했다. 하기야 차에 치인 몸은 감방살이 후유증 같은 심신의 고통을 두고두고 겪게 마련이라는 속설을 그는 믿어 왔고, 실제로도 나름의 몸가축을 한다고 하건만 그 간헐적 예후는 어김없이 닦달질을 퍼부어댔다. 연일 뒤치락거리며 노루잠을 잔 나머지 삭신이 저릴 때라든지, 이런저런 스트레 스에 시달린 뒤끝이거나, 철이 바뀔 때마다와 그중에서도 뼈 마디가 시려올 때면 오른쪽 목덜미와 어깻등 일대를 지근지 근 짓이겨대는 그 통증은 온몸의 기운을 깡그리 앗아가는 광 적狂敵이었다. 진작에 체질적 질환이라기보다는 일종의 기능 적 장애일 것이라는 판정이 내려졌긴 했으나, 신체적 고통이 촘촘히 일러주는 바대로 그것이 무슨 환통 같은 것일 수는 없었다. 이를테면 둔통이 널따랗게 그 부위를 잡았다 싶으면 며칠 동안 칼끝으로 찌르는 듯한 극통이 산발적으로 들쑤셔 댔고, 그 통에 목과 어깻죽지가 연방 앞으로, 좌우로 실그러지곤 하는 것이었다. 그때마다 고릴라를 방불케 한다는 아내의 소견도 들어오는 터라 이제 그의 환부는 발생학적으로도 혁혁한 경력을 누리고 있는 셈이었다.

신체적 통증이 당사자를 한없이 겸손하게, 더러는 비굴하게 탈바꿈시켜버리는, 그 좀 도섭스러운* 작태는 거의 철리라 일컬어도 좋을 것이다. 그 철리를 뼈저리게 느낄 때쯤에는 섭리가 작동하여 일시적으로나마 고통을 우선하니 가라앉혀주고, 그 숙지근해지는 무화에 덩달아 떠들고 일어서는 오만기는 그 철천지원수로서의 내부의 오랑캐에 대한 맹렬한 반감을 부추긴다. 그러나 이제는 마땅한 보복 수단이 없어서 유감이다. 이런 일련의 순환을 통틀어 지배하는 인간의 심성은 인내일 수밖에 없는데, 그것의 누적이 심신의 황폐화를 느루† 재촉하다가 마침내 어떤 식으로 폭발할지는 병마만이 관장하는 일일 것이다.

일찌감치 들이닥친 두어 차례의 강추위 속에서도 김씨는

---

* 수선스럽고 능청맞게 변덕을 부리는 태도가 있다.

† 한꺼번에 몰아치지 않고 두고두고 오래도록.

연방 조마조마했고, 그의 그 한걱정을 덧들이듯이 서울과 전라도 지방에서는 벌써 예년에 없던 폭설이 내렸다는 소식도 신문으로 들려왔다. 이러구러 새해가 이틀 앞으로 바싹 다가선 세모였다. 그새 날씨가 좀 풀렸다 하나 겨울 새벽의 고추바람은 으스스하기 짝이 없어서 옹동그린 온몸을 저미는가 싶었다. 생업 때문에 만부득이 가족과 떨어져 우거에서 숙식만 하는 처지라 그의 출근길은 언제라도 썰렁했다. 짙푸르던 나이 때부터 빨래 걱정을 앞세우며 옷을 입어온 천성으로 그는 이미 다른 근심거리를 들춰내기 시작했다. 곧 출근 후 착석하자마자 만사를 전폐하고 자신의 일일 시간대별 생활단면을 적기摘記해두는 공책을 뒤져보니, 올해는 설밑에 그 광적이 몸살기와 함께 들이닥쳐서 온갖 행패를 다 부렸다고, 차례를 모시는 중에도 '발악 같은 패악'이 한결같아서 오만상을 지었으며, 그 사흘 후에는 '또 최박사 신세를 져야 하나, 참을 때까지 참아보나 어쩌나, 한번 헝클어지고 어그러진 근육조직의 분자식은 겨울마다 제자리를 찾기 위해 난동을 일삼는다고?'라고 씌어 있었다. 긴가민가한 채로나마 그 주기성에 기댄다면 아직도 그 몹쓸 것의 내습은 한 달쯤이나 뒤의 일이었다. 그 유예기간이 그나마 생광스러워 그의 조바심도 단숨에 눅어졌다.

건강에 신경을 써야 하는 나이가 되면 누구라도 요망을 떨게 마련이다. 그는 가뭇없는 생기라도 일구며 밀쳐둔 본업에 매달리려고 허리를 폈다. 더듬어보니 지난해 늦가을, 비가 추적거리는 어느 월요일부터 금요일까지 꼬박 닷새 동안 퇴근 때마다 버스로 반시간이나 걸리는 외우 최박사의 정형외과에 들러서 연방 타닥타닥 두들겨대다가, 어느새 뱅글뱅글 맴돌이로 짓뭉개대는가 하면, 은근슬쩍 살가죽을 밀가루 반죽처럼 이리저리 주물러대는 자동안마기 밑에서 한 시간씩 물리치료를 받은 이후로, 그 걸음품을 떼놓지 않은 것만 해도 장했다. 뼈든 살이든 몸의 거죽이 드러나게 성치 않은 사람들이 오후 6시에도 줄느런히 복도에 앉아 있건만, 정해진 시간이면 어김없이 최박사는 수발 간호사에게 "들오시라 캐라"고 하명했고, 슬하의 직원들에게 '빠뜨리지 않는 기록'의 본을 보이려고 그러는지 꼬박꼬박 진료부에다 뭔가를 끼적거리는 일방 컴퓨터 자판도 토닥거려대면서도 진료비는 한 사코 받으려 들지 않았다. 생색내기를 얼버무린답시고 최박사는 허튼소리도 자욱이 깔아댔다.

"원래 다 그렇다. 오래간다, 골병들었다는 말이 와 있는데. 우리 나이에 아픈 거 참아서 우짤라꼬, 참지 말고 매일 여 와서 마사지 치료 받아라. 엄살이 아인 줄이야 안다. 요가가 어떤지는 나도 모르겠고, 맨손체조야 나쁠 기 뭐 있겠노. 뭐라 캐도 온천욕이 제일인데 시간도 없고 형편이 좀 그렇제? 만사가 귀찮으면 할 수 없다."

무료 환자의 명단을 건강보험관리공단이나 관할 세무서

같은 데다 보고해야 하는 제도가 있는지 어떤지 알 수 없었지만, 들락거릴 때마다 그 공짜 진료가 거슬렸다. 의료수가를 수납하느라고 컴퓨터 화면만 노려보는 여직원 앞에서 잠시나마 주춤거려야 하는 그 무안이 징글맞도록 싫어 그 이후 광적의 횡포를 서너 차례나 곱다시 참아냈다면 자신의 참을성은 거의 포상감이라 할 만했다.

그는 억지로 기분을 돌려세웠다. 우선 작대기 봉지의 밑동을 가위로 잘라낸 다음, 그 크기가 각각 다른 세 종류의 색색 가루를 투명 찻잔에다 쏟아붓고 나서 커피포트에다 불을 지펴놓고 있는데, 전화기가 방정맞게 울어댔다. 요즘 세상은 사람이나 이기나 한통속으로 촐싹거린다. 말을 지어내자면 물아일색物我一色이다. 없던 병도 많이 생겼고, 안 쓰던 물건도 흔해졌고, 사람의 본색마저도 수선스러울 만큼 가지각색으로 늘어났다.

"여전히 아침 일찍부터 나와서 자리를 지키고 계시네요."
김씨는 속으로, 이게 누군가 하면서도 남의 음성과 말투를 그런대로 낚아채는 자신의 뒷귀밝음에 안도한다. 그러나마나 이 친구를 안 만난 지가 벌써 이 년도 넘었잖아, 라는 셈도 떠오른다. "그러고 있어. 내 천직이 이거잖아, 멍하니 눈만 껌뻑거리고 앉아서. 별일 없지, 자네가 집 지키고 집에서는 바깥일 주무하면서?" 76학번의 후배, 현재는 영문번역가. 한때는 편집회사를 차려서 유무명 회사들의 사보·홍보

책자·사사社史 같은 인쇄물을 대행 제작해주면서 제법 큰 목돈을 장만했고, 결혼 직후부턴가 그 쏠쏠한 수익업체를 교정전문가인 제 아내에게 떠넘긴 모도리.* 만혼. 발밭고 엽렵해서 능준하지만† 받침잔에다 종이 손수건을 꼭 깔아서 들고 올 정도로 눈비음‡이 좋은 아내를 데리고 사는 사내. 요컨대 안팎이 다 김바리§임은 틀림없는데, 가계부는 누가 어떻게 메워가는지 몰라도 일 년에 번역소설책을 세 권씩도 베껴내는 쪽은 이즈막에 수입이 좋은지 술값을 요령 좋게 먼저 낼 줄도 안다. "참, 나, 별일이 정말 너무 많아서요, 형님, 나 아파 죽겠어, 응, 나 말이지, 지금 병원에 누워서 전화 건다고. 할 일이 태산같이 밀려 있는데 이 일을 어째. 형, 만신창이가 따로 없어, 겨우 동가리 신세만 면했을까 얼굴부터 온몸이 흠집투성이야. 아, 정말 징하게 바쁜데 말이야, 너무 재수 없어. 올해는 정말 죽어라 죽어라 하네, 마가 껴도 어떻게 이런 식으로……" 숫제 울먹이다가 제 악운에 스스로 비감해진 통곡이 터뜨려질 채비다. "어, 어허, 이 사람아, 말을 바로 해, 어떻게 된 거야?"—"아, 아파, 아, 알았어요, 가세요, 안 먹는다니까요, 말 시키지 마세요. 형, 아니야, 아, 가

---

* 빈틈없이 야무지고 이해利害에 밝은 사람.
† 표준 이상으로 넉넉하다.
‡ 남의 눈에 들도록 겉으로 꾸미는 일.
§ 약고 꾀가 많은, 이익을 내다보며 남보다 앞질러서 차지하려는 사람.

습곽이 언성만 높여도 마구 뜯기네, 뭣이 할퀴나봐." 생업은 어쩔 수 없어서 신음이 반인 중에도 아픈 사람의 말에는 의사 전달력이 분명히 실려 있다. "야, 이 친구야, 아침부터 이게 도대체 무슨 소란이야, 정신 차려서 이실직고해봐."—"아침이니까 형한테라도 이러는 거 아냐. 형님은 그때 술 처먹은 택시기사한테 당했댔지? 난 트럭운전사한테 처박혔어." 울먹임은 어느새 숙지근해지고 흥감스러운 신음이, 요즘 유행하는 그쪽의 학술어를 끌어다 쓰면 어떤 의미·관념·내용으로서의 기의를 즉각 통역해내고 있다. 그러니까 수화기 속에서는 소리의 조직일 뿐이라는 기표가 반쯤씩 자지러지는가 하면 뒤이어 그 뜻을 좇아가는 말들이 득시글거린다. 당연하게도 수신자로서는 그 어떤 정황이 오롯하니 잡혀오면서, 현장에서 죽지만 않았다면 교통사고 같은 횡액은 누구에게라도 마지못해 살상용의 총질을 경험해야 하는 그런 그악스런 통과의례쯤 된다는 평소의 지론이 얼핏 괴어오른다. 그럴 수밖에 없음은 신새벽부터 전화로나마 경험자를 찾는 피해자의 수선 자체가 벌써 그 외상의 정도를 웬만큼 드러내버렸다고 깨단하기 때문이다. "알 만해. 많이 깨졌나보네. 부러지지만 않았으면 괜찮아. 생고생을 좀 해야지. 엎어진 김에 쉬어 간다고 한동안 푹 쉬지 뭐." '다리는 어떤지 몰라도 허리와 머리만큼은 두 개라도 모자라는 친구가'라는 말을 덧붙이려다가 말지만, 이군에게는 언제라도 번역 일거리가 두

건 이상씩 밀려 있는 터라 제조회사가 다른 컴퓨터를 집에다 두 대나 비치해두고 이책 저책의 옮기기 속도를 경쟁시키기도 하는 위인이다. "형이 와서 한번 좀 봐줘. 요즘 바빠요?"—"안 바빠. 보는 거야 어렵잖지만, 어떡하다 그랬어?"—"말하면 길어지지만, 아니, 길 것도 없네. 정지신호에 걸려 멈춰서 있는데 뒤에서 박아버리데. 그다음부터는 뭐가 뭔지 하나도 모르겠어. 어떻게 실려 왔는지. 벌써 나흘 전인데 새벽에 그랬어. 어학연순지 뭔지 보낸다고 집사람과 애들을 공항 터미널까지 실어다주고 나서 돌아오다가 당했어. 내 차가 튕겨서 전신주까지 들이박았으니까 엄청난 대형사고지. 4차선에서. 안 죽은 게 그나마 천행인지 뭔지." 모든 기억이 죄다 그럴 테지만, 특히나 졸지에 당한 횡액의 경우에는 그 앞뒤 가닥을 이어 맞춰서 당사자 스스로가 납득할 만한 어떤 감응으로 각인시킬 때까지는 상당한 시간이 걸린다. 물론 그 이어 맞추기 과정에서 자잘한 조건들은 수시로 우그러지는가 하면 펴지기도 해서 기억 전반을 왜곡, 변형시켜버린다. 따라서 모든 기억은 부실할 수밖에 없다. "트럭기사가 졸음운전을 했나보네."—"그 작자야 딱 잡아떼지. 길도 미끄러운데다 급브레이크가 말을 안 들었다나 어쨌다나 너스레만 늘어놓고."—"거기가 어디야?" 한때 두 선후배는 한쪽의 원고 감별안을 사서 엉터리 문맥에 일정한 체벌을 가해달라고 짓조르기도 하여, 그 억지 춘향이 노릇에 보수를 주고받기도 한 사이였다. 물론 그 보수는 시가 따위도 있을 수 없는, 주는 대로 받는 금일봉이었다. "잠시만요, 이 병원 전화번호를 알려 줄 테니까."—"병원 이름만 대. 아직 길눈은 그런대로 밝아. 서로 귀찮게 누구한테 뭘 물어보라고. 아직 휴대폰도 안 갖고 사는 사람한테 무슨 소용이 있다고 전화번호까지나."—"여기가 아마 강남일걸, 메디클리닉이야, 그렇게 씌어 있네. 이름 한번 거창하네."—"이따가 저녁때 들르지. 밥은 먹지?"—"어제 점심때부터 먹다 말다 그러고 있어요."—"피도 많이 흘렸나?"—"전신 타박상에 전치 십이 주래. 장딴지가 찢어져서 깁스하고 있고, 목에도 칼을 쓰고 있어서 꼼짝도 못해."—"내가 공중전화로 전화할게, 서울 강남이 좀 넓나, 강남공화국이라는데."

전화 송수화기를 내려놓자마자 너무 낡아서 군데군데 해진 영사막 위에 얼른거리는 몇몇 영상들이 김씨의 머릿속에서 희번덕거리기 시작했다. 더위가 막 기세를 올리던 때였다. 후배 두 명과 오래간만에 신촌으로 진출했다. 토요일이었고, 밤이 깊어 있었다. 나이 많은 쪽은 마포 출신으로 팔을 걷어붙이고 민주화 운동에 투신하다가 세 번이나 감방살이를 한 시인에다가 어떤 시국사안이 화제에 떠올라도 명쾌한 논리가 일품이라 몸과 머리가 두루 초우량아인 '유쾌한 투사'였고, 나이가 덜 먹은 쪽은 노량진 출신으로 정색한 문학평론을 곧잘 쓰는 국문학 박사였다. 그들과는 요즘에도 멀게는 한 계절에 한 번 꼴로, 가깝게는 한 달에도 두어 번 꼴로 만나지만, 그때 왜 뭉쳤는지, 초저녁부터 무슨 말을 그토록 길게 나눴는지, 하필 그 단골술집에서 엉덩이 씨름을 하게 되었는지 알 수 없다. 피사체들이 입을 다물고 있으니 배경은 여실한데 알맹이가 오리무중인 무성영화다. 우리 일상의 요긴한 논란거리 중에도 그런 무채색의 정황은 숱하게 많다. 이런저런 정치적 사건·사고 들이 대체로 그렇다. 이를테면 그즈음 남북의 두 정상이 오랜 조율 끝에 평양의 순안 공항에서 겉으로는 뜨겁게, 속으로는 제가끔의 안무에 따라 절도 있게 포옹함으로써 세계의 이목을 집중시킨 그 일대의 화해술만 해도 그랬다. 이쪽이 겉으로는 명분을 앞세우면서 속으로는 막대한 국고를 유용하여 사리사욕형의 어떤 명예를 구걸하는, 촌스럽고 유치한 속물의 뻔한 야심을 억지로 감추고 있었다면 그쪽은 실리를 바치면서, 낡아빠진 짐차가 그렇듯이 털털거리긴 해도 관성에 따라 그냥저냥 굴러가기는 하는 엉성궂은 체제의 결속 및 보전을 도모했을 것이다. 그 명암은 너무나 명백했다. 그런데 그 순도는 전적으로 맹탕이었다. 국내정치든 국제정치든 적이 있으므로 '우리'가 있다. 더 크게는 '우리'에게 낯선 것이야말로 적이고, 그 적과의 임시적인 공존이 정치 세계의 골간이다. 그러니까 남이 있어야 내가 있고, 각각의 존재 양식이 구별되는 것이지만, 그 남은 언제라도 낯설고 결국 하나다. 오로지 적이 있을 뿐 주적主敵이란 말도 엉터리고, 종적도 있을 수 없다. 따라서 서로 간의 긴장은 필연이다. 긴장이 있어야만 온전한 정치체제가 성립된다. 그것의 지양은 우열로써, 경쟁으로써, 싸움으로써 판가름 난다. 화해는 임시방편적 야합일 수밖에 없다.

'유쾌한 투사'는 이쪽의 '전쟁 미연 방지' 같은 말 같잖은 기만적 평화정착 술책을 비난했을 테고, 김씨는 저쪽의 글겅이질을 한껏 매도했을 것이다. 그 거친 말이 씨가 돼서 일진마저 사나우려고 그랬을 테지만, 그날따라 김씨는 전에 없던 버릇으로 두 후배를 내버려두고 먼저 술자리에서 일어났다. 자정이 막 지났는데도 신촌 로터리 일대는 불야성을 이루고 있었다. 김씨는 끝도 보이지 않게 도열해 있는 택시들 중 아무것이나 주워탔다. 그날 오전 중에 넥타이를 매고 생업의 터전으로 내려가, 오후 1시에 어느 호텔에서 치르는 혼사에 부조를 전해야 했다. 예매해둔 기차표를 갖고 있었으므로 마음이 바빴다. 그런 만큼 정신은 멀쩡했다.

토굴 속을 벗어났다. 한강변의 끌밋한 도로에는 차량이 뜸했다. 잠수교를 지났다. 숨통이 트여서 그러는지 강남땅에 닿자마자 택시는 맹수처럼 질주하기 시작했다. 택시기사는 초로의 늙은이였다. 너무 속력을 낸다 싶어 손님은 간을 졸였다. 육교 밑에 내뚫린 커다란 구멍 두 개가 나타났다. 일방통행로 한 쌍을 갈라놓고 있는 동굴이었고, 바로 옆에는 사금파리를 뿌려놓은 것 같은 시커먼 한강의 물결이 도로의 지

평선과 거의 맞물려 졸고 있었다. 갑자기 미쳐버린 택시가 굵다란 빗금을 검고 노랗게 번갈아 칠해놓은 철주를 들이박고는, 그 구부러진 쇠말뚝 위로 장애물을 뛰어넘는 경주마처럼 걸터앉으면서 한쪽으로 기우뚱 쏠렸다. 우박 같은 유리 파편이 하얗게 쏟아졌다. 차체가 몇 번이나 들썩거리는 몸부림을 쳐대다가 다른 주행로로 나가떨어졌다. 그 통에 앞뒤 좌석의 등받이에 손님의 몸이 마구 짓찧어 으깨졌다. 순식간의 일이었다. 얼굴에서 줄줄 흘러내리는 피가 삽시간에 녹색 반팔 남방셔츠와 회색 바지를 붉게 물들였다. 택시기사가 두 발로 문짝을 걷어찼다. 그제서야 손님도 화염에 휩싸이다가 곧장 요란한 폭발음을 내지르며 차체가 하늘로 치솟는 영화의 한 장면을 얼핏 떠올렸을 것이다. 문짝을 힘껏 밀었는데, 의외로 수월하게 열렸던 기억이 선명하다. 택시기사는 한 손으로 가슴통을 끌어안고, 다른 한 손으로는 뒷덜미를 부여잡고 차량 통행을 제멋대로 가로막고 있는 차체 옆 길바닥에서 신음도 없이 나뒹굴었다. 페인트를 두텁게 입힌 쇠말뚝을 촘촘히 박아둔 상하행선 경계 화단 속의 잔디가 유독 푸르렀다. 손수건이 너무 흥건해서 한 손으로 눌러 짜니 피가 물걸레에서처럼 주르륵 떨어졌다. 잔뜩 찌그러진 택시는 짐승처럼 험악하게 투그리고 있었는데 끝내 요동도 하지 않았다. 모든 영화들이 무책임하게 학습시키고, 재미만을 세뇌하는 그 관습적인 차량 파괴 장면들은 전적으로 가짜였다. 교통사고의 현장은 그처럼 단순하고, 엄숙하며, 거짓말처럼 살똥스러웠다.* 요란한 내용이 있으려야 있을 수 없는 단말마의 순간적 절규 같은 것이었다. 손님은 시력이 그나마 온전하다는 것이 다행으로 여겨졌고, 그것이 고마워 사고 현장을 외워두려는 듯이 연방 두리번거렸다. 얼굴에 옴팍 파편 세례를 뒤집어썼는데도 아픈 줄도 몰랐다. 남에 대한 원망보다는 자신의 불운만을 곱씹느라고 신음도 내지르지 않았고, 또 그런 흥감을 드러내기도 싫었다. 한동안이 까무룩하게 흘러갔다. 뿌연 가로등 불빛이 안개처럼 서물거렸고, 경사진 시멘트 옹벽에는 잡초가 드문드문 자라나 있었다. 코피는 어느새 멎었는지 뜨막했다. 그 겨를쯤엔가 주위에 차량이, 자가운전자들이 웅성거리며 빼곡히 둘러쌌다. 구급차의 경적도 들렸고, 순찰차도 세 대나 보였다.

부축을 받아 구급차에 실렸다. 들것에 눕혀졌다. 택시기사는 경찰이 안동하는지 보이지 않았다. 교통사고를 당했고, 큰 상처를 입었다는 의식만이 또렷했다. 피칠갑한 남방셔츠와 바지가 유독 뻣뻣해서 꺼림칙했다. 무슨 대합실 같은 어느 대학 부속병원의 응급실에는 간호사가 둘밖에 없었다. 주민등록증을 꺼내놓았다. 집 전화번호를 일러주었다. 마침 3층에, 안과 전공의 당직의사가 대기하고 있다고 했다. 고참

---

* 말이나 짓이 독살스럽고도 당돌하다.

전공의지 싶은 단정한 얼굴의 젊은 의사는 책상 위에다 두 발을 포갠 채로 무릎 위에다 두툼한 원서를 펼쳐놓고 있었는데, 부상자의 험악한 외모에도 전혀 놀라는 낌새를 비치지 않았다. 부상자로서는 그때까지도 아픈 데가 없는 것이 이상했다. 육체적 고통을 못 느끼는 사체四體가 간신히 의식만을 추스르고 있었다는 정황인데, 그렇다면 모진 충격은 통각의 마취에 주효했단 말인가. 한동안 잠이 들었던 것 같다.

"자잘한 유리조각들을 다 집어낼 수는 없어요. 나중에 성형수술을 해야겠어요. 일단 꿰맬 데는 다 꿰매놓았으니 돌아가세요. 인근 병원에 입원하세요. 저희 병원은 대학 부속 의료원이라서 원칙적으로 교통사고 환자를 받지는 않아요. 다행히 눈은 괜찮네요. 택시가 고물차였나보네요. 요즘 차들은 방탄유린지 안전유린지를 깔아서 차창이 단숨에 그렇게 박살나지는 않는다는데 말이지요."

그후의 행방을 보더라도 대충 그런 말을 들었을 테고, 특히나 시침질한 의사의 마지막 정보는 새삼스럽게 일진의 사나움을 확인시켜주는 것이었다. 복도에서 기다리고 있던 아내와 눈이 마주치자 부끄러웠다. 불운은 가족과 친지들의 민망과 동정을 사기 전에 당사자의 망신스러움을 먼저 촉발한다. 하필 제 혼자 망신살을 덮어썼다는 그 수통스러움*이 그

---

* 부끄럽고 분한 마음.

의 정서의 난반사를 사주한다.

택시기사는 코빼기도 안 비치고 고시원에서 달려왔다는 그의 아들이 쭈뼛쭈뼛 다가섰다. 너무 미안하게 됐다고, 엄마가 동생들을 데리고 집 나간 후 아버지가 이렇게 사고를 친다고, 작년에 이어 벌써 두번째라고, 그때도 야식으로 소주를 한 병쯤 마셨다고, 택시기사공제조합에서 치료비는 물론이려니와 보상도 법대로 해줄 테니 걱정 마시라고 했다. 나중에 안 사실이지만, 택시기사는 가슴패기만 쥐어뜯다가 아들에게 사후 처리를 맡기고는 어디론가로 내빼버렸으며, 항다반사의 차선 위반에 불과한 교통안전수칙만 어겼으므로 다음날부터라도 당장 운전대를 잡으면서 나중에 과태료만 물면 그뿐이라는 것이었다.

병원으로부터 급보를 들었을 때의 기겁에 비하면 안면을 하얀 꺼펑이로 뒤발한 지아비의 증상 정도는 약과인지 꼿꼿한 시선으로 차를 몰던 아내는 단잠을 깨웠다고 투정만 부렸다. 여름밤의 장막이 희붐하니 걷히고 있었다. 잠실 운동장 옆길은 키 큰 나무들의 녹음이 짙어서 도판으로만 본 컨스터블의 여실한 풍경화를 떠올리게 하는데, 언제라도 외등의 조사照射가 뿌옇게 드리운 그 샛길을 택시로 헤쳐나갈 때마다 왜 그런 엉뚱한 연상이 괴어오르는지도 의문이긴 하지만, 그때도 그런 감상까지 챙겼는지 어쨌는지는 알 수 없다.

교통편이 좋고 설비도 제대로 갖춘 정형외과를 알아봐야

했으나, 일요일 새벽이라 그런 병원이 문을 열었을 리도 만무하므로 집에 들어서자마자 김씨는 옷만 갈아입고 쓰러져 잤다. 벌건 대낮에 눈이 떠졌다. 이상했다. 온몸이 나무토막처럼 뻣뻣하게 굳어 있어서 꼼짝할 수도 없었다. 팔을 들지도, 목을 움직이지도, 다리를 끌어당기지도 못했다. 술기운이 가시면서 수의근 운동에 제재를 가했다면 그 경직은 비행非行에 치인 온몸의 즉각적인 응징인지도 몰랐다.

정형외과의 구급차를 불렀다. 두 사람이 짐짝처럼 두 다리와 양 겨드랑이를 마주 들었다. 얼굴은 물론이고 온몸의 통증이 지독했다. 머리도 욱신욱신 패서 방금이라도 산산조각으로 쪼개지는가 싶었다. 진찰실과 물리치료실은 2층에, 한 방에 여덟 명씩 구겨 넣어놓은 입원실은 3층에 있었는데, 오전과 오후에 각 한 번씩 마사지 기계에다 몸을 한 시간 이상 맡겨야 했다. 서너 군데나 움푹 패인 타박상과 그 이상으로 여기저기 벗겨진 찰과상이야 어찌 됐든 퉁퉁 부어오른 두 쪽의 정강이와 종아리가 새파랗게 멍들었으므로 거기에다 저녁마다 쐐한 냄새의 무슨 유액을 발라댔다. 피멍 자국이 징그러운데다 실밥이 너덜거리는 얼굴은 부기까지 완연해서 목불인견이었다.

두 다리를 천장에 매달아놓고 하루 종일 만화책을 수십 권씩 독파해대다가도 영어로 전화통화도 유창하게 지껄이는 유학생 환자, 생피를 많이 흘린 사람은 그것을 반드시 먹어야 원기를 되찾는다면서 끼때마다 시커먼 개장국과 밤색의 개 껍데기와 그 살코기를 아귀처럼 처먹는 신원 미상의 중늙은이, 손잡이가 달린 것과 그것이 없는 거울 두 개를 번갈아 무릎 위에 올려놓고 한참씩이나 제 얼굴을 뜯어보는 정체불명의 젊은 여자, 꼭 밤에만 온몸을 작달비 맞은 파초 잎처럼 후두두 떨어대면서 "내 죽는다, 나 죽어, 나 죽는다고" 같은 발작성 땡고함을 질러대다가도 낮이면 조촐한 며느리를 앞세우고 부지런히 다른 환자들의 병세 경과를 탐문하러 방마다 순회질을 일삼는 노파, 한쪽 다리만 질질 끌다가도 가끔씩 절룩거릴까 다른 데는 멀쩡한 안하무인의 사십대 건달 등등과 코를 맞대고 있기도, 그들의 주책없는 말에 대꾸하기도 성가셨다. 하나같이 저질의 속물인 그들의 신상 일체가 곧바로 전염되고 있는 것 같아 심란했고, 그 고역이 육체적 신고보다 더 괴로웠다. 더 배겨냈다가는 미쳐버릴 것 같은 조바심에 휘둘려 얼굴에는 반창고를 덕지덕지 붙인 채로 퇴원을 서둘렀다.

어리바리한 심신으로 버스 정류장을 다섯 개나 지나야 나서는 올림픽공원 남문까지 걸어갔다. 토요일 정오께였으니 일주일 만인데도 세상이 좀 달리 보였다. 그후 한 달쯤 매일같이 어기적거리며 물리치료를 받으러 다녔다. 그중 보름쯤은 침쟁이로 소문났다는 과천 지경의 한 한의사에게 등때기와 다리통을 맡겨도 보았다. 그동안 8차선이 교차하는 네거리 길목에는 '오늘의 교통사고 현황'을 게시하는 높다란 전광판이 있어서, 그것을 유심히 쳐다보는 재미도 누렸다. 사망자 숫자는 한 자릿수가 있다가도 없는 날이 더 많았지만, 부상자 숫자는 언제라도 수십 명에서 백 자릿수를 채우는 날도 빈번했다. 보험업과 정형외과업이 번창하는 이유를 알 만했다. 한마디로 말해서 현대는 일종의 운수불길 대기待機 업종들이 서로 짜고서 노름판을 벌이는 거대한 흥행장이었다.

더위가 어떻게 지나가는지도 몰랐다. 좀이 쑤셨다. 개강도 닥쳐오니 생업의 텃밭에서 할 일이 밀려 있었다. 그것보다 후딱 최박사에게 안면을 보이고 예후 조치에 대한 진솔한 자문을 받고 싶어 안달이 났다. 차일피일하다 8월 중순에야 미리 알려놓고 최덕주 정형외과를 찾아갔다. 버스에서, 택시 속에서 숱하게 그 붉은 벽돌 건물을 보아왔지만, 최박사가 손수 설계해서 지었다는 그 5층짜리 전용 병원에 들어서기는 그때가 처음이었다. 외래환자를 받기도 전인 오전 8시 반쯤이었는데, 수납실에 건강보험카드를 들이밀자 등 너머의 원장실이 소리 없이 열리며, "김서방, 일로 오시게"라는 하명이 들렸다. 재판정에 선 피고 같은 심정이었으므로 상처 부위를 다 보이고 나서 최박사의 판결을 머리로 또박또박 받아쓰기했다.

"많이도 다쳤네. (최박사가 잠시 동안 의자를 뒤로 물렀다.) 지킬박사가 만든 사람이라면 악종이라서 어폐가 있을 끼고 프랑켄슈타인 같다 카는 기 맞겠다. (물론 그 말은 군데 군데 뜯겨 나간데다 길이도 들쭉날쭉한 눈썹이 자라나고 있고, 코를 위시한 얼굴 곳곳이 헌데투성이였으므로 경상도 사람들이 무간한 사이끼리 예사로 쓰는 호칭을 에둘린 완곡어법이었다.) 가만있어봐라, 인자 아프지는 않을 낀데 알라맨쿠로 와 이래 흥감을 떨어쌓노. 그 친구가 참 잘 깁었네. 레지던트치고는 손재주가 너무 좋았는갑다. 알았다. 쉽게 말해서 인체에는 원상 회복력이라는 기 있다. 한 사오 년 걸리겠다. 일 년쯤 후에나 대충 정리정돈이 된 다음에 여기 이마·눈썹·콧등·콧방울·볼때기 같은 데는 레이저 수술로 울퉁불퉁한 부분만 갉아내면 되고, 코뼈는 격절이 됐던 모양인데 다른 물렁뼈를 떼다가 갖다 붙이면 그뿐이다. 자잘한 파편은 어쩔 수 없이 그대로 지니고 사는 기 낫다. 그것들을 다 꺼집어낼라면 복잡하다. 레이저 수술은 육 개월마다 두세 번쯤 하라고 할 끼다. 나는 시설이 없어서 못하고 너거 학교 부속병원의 성형외과 지박사가 잘한다. 내 대학 삼 년 후배고, 가집사람이 우리집 밥쟁이하고 고등학교 동기동창이다. 그 친구한테 맡겨라. 지 살 갉아내고 지 살 뜯어서 이어 붙이는 데 후유증이 있을 기 뭐 있노. 수술 후 일주일만 근신하믄 일상생활하는 데 아무 지장도 없다. 어허, 미리 걱정하지 마라 카이. (최박사가 다시 물러나 앉으며 탈속한 도사 같은 말을 지껄였다.) 아다시피 사람 얼굴에서 저마다 하는 일이 분명한 이목구비와는 달리 허구많은 나날을 빈둥거리면서도 폼만 딱 잡고 앉았는 기 눈썹인데 이번에 김교수 자네 눈썹은 정말 큰일 했네. 그게 없었더라면 눈이 그대로 갔을 낀데 천만다행이다."

왠지 소름이 전신을 훑었다. 물리치료를 받고 나오자 최박사는 또 다른 당부도 잊지 않았다. 집사람이 쓰던 거 빌려서 당분간 눈썹을 그리고 다니는 게 좋겠다고, 얼굴을 가리느라고 쓴 그 모자를 앞으로는 반드시 쓰고 나다니라고, 상처 자국이 햇볕에 타면 빨간 흉터가 남고 그것이 평생 간다고, 자외선 차단제를 새살이 자리를 잡을 때까지 다친 자리마다 매일 바르면 좋지만 눈이 따가워서 불편할 거라고 했다.

그 이후부터 의사의 말을 천금처럼 붙좇는 환자의 삶에 어떤 휘장막이 드리워졌다. 그것은 간헐적인 장애인가 하면 지속적인 제어장치이기도 했다. 택시 타기가 겁났고, 황망 중에도 늘 가던 길을 버리고 에워갔으며, 무슨 생각을 하느라고 열쇠뭉치를 어디서 잃어버렸는지도 모르는가 하면, 통증 때문에라도 강의실을 서둘러 벗어나다가 두 번이나 안경을 떨어뜨려 깨버리는 통에 생돈을 썼고, 비오기 전이면 온몸이 결려서 끼니도 거르기 예사였다. 한동안 생활이라기보다 생존 자체가 온통 뒤죽박죽이었다. 이래저래 몸, 마음, 머리가 두루 시난고난이었다.

고속철도로는 백 분 남짓이면 서울에 닿는다. 어디서라도 행선지까지는 지하철만 이용하므로 세 시간 안팎이면 약속 장소에 나타날 수 있다. 지하철이든 고속철도든 이용할 때마다 속도전에 휘말려 들고 만 현재의 생존방식이 종전보다 과연 더 나아졌다고 할 수 있는지, 어차피 이런 식으로 나아갈 수밖에 없는 우리의 삶의 목적이 무엇인지를 곱씹게 만든다. 물질문명 전반의 성쇠를 제대로 공부해서 어떤 선명한 정의를, 말하자면 사람마다의 생활세계를 궁극까지 탈바꿈시켜가는 현대의 아우성 같은 초자연적 자기 변신 양상을 해명해보고 싶지만, 이제 김씨로서는 그런 의욕을 선뜻 내팽개칠 수밖에 없는 자신의 한심한 처지, 그 쓸쓸하나 둔팍한 체념을 홀가분하게 털어버리는 쪽이었다. 그래도 가장 만만한 것이 일간지와 주간지를 마음 내키는 대로 한 가지씩 골라 사서 지하와 지상의 길 위를 붕하니 떠다니면서 읽는 것인데, 우리의 신문들은 하나같이 철딱서니가 없었다. 하릴없는 떠벌리기·홈집 내기·부추기기·까발리기·자랑삼기·젠체하기·허풍 치기 같은 속물들의 너절한 동어반복증, 부분적 실상이야 그렇다 하더라도 전체적 진상 앞에 눈을 힘주어 감아버리는 무능력, 깔끔한 포장술에 겨워 숱한 속사정을 잘라내는 방자한 무성의, 품위는 바라지도 않지만 읽히는 맛도 톱밥을 씹는 것 같은 글솜씨들 따위만 난무했다. 세상과 남을 알기 위해서가 아니라 자신의 시각이 얼마나 삐딱한지 점검하기 위해서 김씨는 그런 잡동사니의 토막글들을 한사코 읽

어버릇해왔다. 거기에는 분명히 우리의 부당한 생활권生活權
과 뒤틀린 생존방식만이 쓸데없이 거창하게 넘쳐나고 있었다.
성형수술을 두 차례나 받으면서 김씨가 그나마 어떤 피해망
상을 떨쳐버릴 수 있었던 것은 적어도 '길에서는' 그런 저속
한 읽을거리에 몰입할 수 있기 때문이었으나, 요새는 사방에
서 짖어대는 휴대폰의 통화 등쌀로 그 짓도 여의찮았다. 아
무에게나 무람없이 '살려달라'고 통사정하는 것 같은 그 소
음은 악귀들의 수다였다. 서울까지 네 시간이나 걸리는 완
행열차 무궁화호를 타고 다니던 때는 근교와 농촌의 생활권
生活圈이 철마다, 해마다 어떻게 바뀌어가는지를 눈여겨보는
재미라도 있었는데 고속철도는 맹렬한 축지의 속력 때문에
지근거리의 그 감상권조차 깡그리 앗아갔다. 그래서 개발한
심심풀이가 승객들의 외모와 입성으로, 또 그들의 통화 내용
으로 각자의 생업이나 성격·체질 따위를 추측해보는 짓거
리였다.

지하철에서 내려 지상의 출구를 뒤로 물리니 대번에 강북
쪽으로, 그것도 대로변의 첫번째 고개 숙인 가로등의 목덜미
를 환히 밝혀주는 네온사인 간판이 김씨의 눈길을 붙잡았다.
녹색의 굵은 십자 표지도 컸지만, 형광등 색깔의 병원 이름
은 더 컸다. 서울과 지방은 벌써 행인의 걸음걸이에서 다르다.
속보와 완보의 차이가 아니라 신체적 긴장도에서 앞쪽이 검
은색처럼 웅그리고 있다면 뒤쪽은 흰색처럼 엄부렁하다. 건

축물들도 대체로 좁은 터에다 오달지게 올려놓았다. 7층짜리 건물의 외형도 그렇지만 실내장식도 앙그러졌다. 김씨가 한때 꼬박 일주일 동안 입원해 있었던, 남의 건물에 세 층을 빌려 쓰던 그 정형외과가 텁텁한 선술집이라면 이쪽은 새침한 카페 수준이었다.

일러준 대로 김씨는 6층에서 내렸다. 저녁식사들을 마쳤는지 입원실 문턱마다에는 신문지로 덮어놓은 식판들이 잔뜩 쌓여 있다. 먹을거리와 먹음새야말로 장기 지속적이고 반복적인 '구조'다. 605호는 복도를 꺾어 돌자마자 바로 나왔다. 난방시설이 좋아서가 아니라 출입자들이 많아서, 또 실내가 너무 비좁아서 출입문을 활짝 열어놓았다. 좁장한 통로를 사이에 두고 네 침대가 서로 마주보고 있는 구도다. 전면의 여닫이 창문 너머에는 튼실한 스테인리스 울짱을 두른 베란다까지 달려 있다. 보험회사가 제공한 무슨 요양원의 휴게실 같다. 오 년 만에 세상도 많이 변했지만, 고령화 사회를 대비하는 의료업이 그 부대시설에서 면목을 일신하고 있는 셈이다. 평상복 차림의 문병객들도 대여섯 명이나 얼쩡거려서 실내는 붐빈다. 아무리 환자라 해도 칫솔의 물기를 아무 데서나 털어대는 혼 빠진 무식꾼, 앙증맞은 외제 비누곽을 두 손으로 부여잡고 엉덩이를 힘겹게 들어 올리는 산발의 새침데기, 베란다 한가운데 서서 담배연기를 길게 토해내는 엄장좋은 안면 미상의 어깨, 한쪽 눈을 안대로 가린 채로나마 텔

레비전 화면에다 시선을 못 박고 있으나 입가에는 신푸녕스
럽다는 조롱기를 흘리는 장발의 패션모델 같은 사내 따위가
우선 돋보였다. 대체로 실내는 어수선하다. 이 땅의 옷거리
들은 무슨 옷을 걸쳐도 또 어디에 있으나 가만히 있을 줄도,
입을 다물 줄도, 조용히 이것저것 생각할 줄도, 혼자 있을 줄
도 모른다. 희한한 종족의 인정내기와 인정나누기이다.

가방 들고 모자 쓴 김씨를 먼저 맞은 사람은 출입구에 밭
게 붙여놓은 침대 가장자리에 외어앉아 있다가 인기척에 따
라 시선을 땅바닥의 탐조등처럼 휘둘리는 연배의 중늙은이
였다. 눈길이 서로 마주치자마자 두툼하니 깁스붕대한 한쪽
팔을 목걸이로 고정시키고 있던 중늙은이는 이내 옹송옹송
하다는 표정을 드러냈지만, 김씨는 속으로 흠칫 놀라면서도
그 작자를 대번에 알아보았으나 뒤이어 좀 혼란스러웠다. 벌
써 오 년 전 저쪽의 인상이었지만, 아무에게나 시건방진 말
버릇을 수박씨 뱉듯 뇌까리던 그 건달 같던 발목 부상자라면
면도질한 이마가 반질거리든가 머리숱이 많아야 하고, 시커
먼 멀국을 냄비째로 들이켜며 구슬땀을 빠작빠작 흘리던 그
식탐꾼이라면 정수리가 들기름 먹인 장판처럼 훤하든가 기
름진 하관이 투박스러워야 했다. 그런데 중늙은이는 환관처
럼 얇고 야드르르한 낯가죽에 얼굴 윤곽도 제법 나뱃뱃했다.[*]

---

[*] 작은 얼굴이 나부죽하고 염치가 있어 보이다.

32

그새 그의 기억력이 제멋대로 정보를 헝클었다가 적당히 꼴바꿈시켜버린 모양이었다.

김씨가 안쪽으로 깊숙이 들어가 우뚝 멈춰 서자 한쪽 다리만 깁스붕대로 동여맨 번역가가 보던 신문을 내려놓았고, 반쯤 누이고 있던 허리를 억지로 끌어올렸다.

"아, 형님, 어째 일찍 오셨네요." 번역가의 얼굴에는 온통 누렇고 거무레한 멍 자국이 완연했고, 줄진 환자복 깃 사이로는 가슴을 칭칭 동여맨 압박붕대도 보였다. "뭐, 별로 나쁘지 않은 것 같다."―"죽을 맛이야, 형, 좀 앉아."

보호자용의 기다란 간이침대에 김씨가 걸터앉자 출입구 쪽의 예의 그 시선이 줄기차게 곰파듯 달겨들었다. 김씨는 모자를 벗지 않으려고 작정했으나, 그쪽에서 '나 모르것소?' 같은 말을 걸어온다면 난처하리라는 지레 걱정을 어루었다. 그러나 한편으로는 그 음성이 김씨 자신의 혼란스러운 기억을 제대로 수정해줄 수 있으리라는 짐작도 떠올렸다.

"형, 저녁 안 먹었지? 그 냉장고 좀 열어봐, 마실 것도 있고 떡도 있을 거야. 난 그놈의 불한당 같은 차를 보지도 못했지만 15톤 카고 트럭이었대."―"짐도 실려 있었나?"―"모르지 뭐. 운전수는 더펄이처럼 성질이 걱실걱실하니, 죽을죄를 졌다고, 앞으로 다시는 무리해가며 안 뛰겠다고, 고속도로에 빨리 올리려고 지름길은 안 타겠다고 해쌓데. 수출입물 하역업을 한대나봐."―"그 작자가 여기까지도 왔었나?"―"어제

도 내 차 수리비만 견적이 560만 원이나 나왔다면서 보험회
사 직원과 함께 삐꿈 들렀다 갔어."

김씨로서는 말이 겉돈다 싶으면서도 딱히 할 말도 없었고,
교통사고 부상자에게 전할 곡진한 위로의 말도 떠오르지 않
았다. 김씨가 기다란 모자챙 밑의 눈길을 출입구 쪽으로 힐
끔 던졌더니 그 좀 시망스런* 영감의 시선이 무안을 타느라
고 헤번쩍거리더니,† 이내 졸음기 많은 고양이의 눈매가 햇
살을 받았을 때처럼 거두어졌다. 김씨의 험상궂었던 그때의
얼굴이 몰라볼 정도로 달라졌긴 해도, 묻는 말에나 불퉁하게
대꾸하던 그의 돈바른‡ 성질 때문에 영감은 자신의 기억력
을 정확하게 복제해낸 모양이었다. 영감이 곧장 홀가분한 낌
새로, 그러나 해망쩍은§ 걸음걸이를 얼핏 비추며 복도로 사
라졌다.

"일수가 사나운 거지. 누구는 만사가 자연환경의 임의로운
선택이고, 사회적 조건의 만부득이한 강제라더라만. 결국 우
연의 봉변이라는 소릴 테지."—"그게 왜 굳이 나한테만 억울
하게 밀어닥치냐고. 빈둥거리는 백수들 다 놔두고."—"집사
람한테는 연락했어? 참, 어디로 맹모삼천지교를 놓았어?"—

---

* 몹시 짓궂다.
† 공연히 눈알을 굴리며 번쩍거리다.
‡ 성질이나 인정이 너그럽지 못하고 까다롭다.
§ 총명하지 못하고 아둔하다.

"토론토야, 처형 내외가 거기 살거든. 딱 한 번 본 그 동서는 항공정비산가봐. 그저께서야 집으로 전화하니 안 받는다고 처남한테로 연락 왔대. 경미한 교통사고를 당했다고, 목이 욱신욱신 결리고, 운전대에다 팔뚝 얹어놓고서 턱을 괴고 있다가 받쳤거든요, 이쪽 오른쪽 아킬레스 힘줄도 늘어졌다고 그러라고 수원 사는 처남한테 일렀어." 번역가가 아, 갑갑해, 라면서 목줄기를 감싸고 있는 탈부착식 경추고정보호대를 끌러 냉장고 위에 올려놓았다. "형, 우리도 저 베란다로 좀 나가보자구. 이쪽 팔 좀 잡아줘."

도난방지용 유리 액자 속에 갇혀 있던 정물화의 주인공이 담배꽁초를 들고 결전에 나서는 검객처럼 활달한 걸음으로 통로를 빠져나갔다. 별도 없는 까무룩한 서울 하늘이 나직하니 가라앉아 있었고, 은성한 먹자골목과 유흥가가 길 건너로 몬드리안의 기하학적인 선과 면적의 얼룩을 붙박아놓고 있었다. 두 선후배가 좀 기이하게도 오똑한 전시대 속에서 플라스틱 간이의자에 앉아 무릎을 맞댔다. 문병객은 문득 자신과 번역가가 하나같이 백화점 진열창의 인체모형들 같다는 생각을 떠올렸다.

"형, 나 정말 캐나다로 이민이나 가야 할까봐. 이 동네는 무슨 악의로 똘똘 뭉쳐진 심통꾸러기 같애. 그렇지 않고서야 다들 이렇게 제멋대로 미쳐 돌아갈 리가 있겠어."—"못 갈 것도 없지 뭐. 번역이야 거기선들 못하나, 이메일로 속속 띄

우면 될 텐데."—"아니야, 거기 가면 세탁소를 차리든지 정
비사로 육체노동을 해야지."—"저쪽 출입문 입구에 있는 영
감이 아무래도 구면이야."—"좀 맞이 갔던데. 어디서 만났는
데?"—"틀림없을 거야, 지가 먼저 날 알아봤으니까. 얼굴이
많이 상했는데. 그 부하던 피부가 오 년 만에 종잇장처럼 바래
버렸어." 머리 굴림도 워낙 기민한데다가 줄줄 읽히는 번역
문체의 구사에는 일가견이 있는 후배가 생각할 것도 없다는
듯이 즉답을 내놓았다. "그렇다면 자해공갈단 하수인인 모양
이네 뭐. 이른바 교통사고 유발 사기범들이지." 모자 속의 머
리카락들이 쭈뼛거렸으나 김씨는 내색을 않고 신음 같은 말
이 저절로 흘러나오는 것을 내버려두었다. "설마…… 지 몸
건사에 그렇게 유난을 떨더니만. 지 목숨 줄이는 줄도 모르
고."—"그러니까. 그것도 직업인데. 나일론 환자로 맨날 놀
고먹고, 수입도 괜찮아. 신문에 매일 도배질하는 광고도 안
봐? 빨리 병들어라, 보험료 타려거든. 안 아프면 해외여행이
나 다녀라. 보험 천국이잖아. 우리 골통들은 응용력에서는
워낙 발군인데 뭐."—"저 늙다리 자해갈취범이 음식타령에
식탐은 많이 안 부리디?"—"그거야 요즘 세상에 누군들 안
그래. 신문부터 모든 읽을거리가 맨 그 말 아냐. 영어도 모르
는 것들이 잘 처먹자는 걸 웰빙으로 알고 맨날 웰빙 어쩌고
지랄들을 떨어쌓는데. 그게 말하자면 곱게 태어났으니 곱게
살다가, 각자가 아껴가며 쓰던 것을 곱게 물려주고 순조롭게

가야 한다는 소리 아냐. 형, 실은 말이야, 내가 집 앞에서, 그것도 바로 꺾었어도 되는데 유턴까지 해서 아파트 단지 정문으로 들어오다가 하필 거기서 음주운전 단속에 걸려 꼬박 일 년 동안 무면허 운전자로 개겼어. 그러다 지난 10월 초에야 운전면허증을 재발급받았거든. 무면허 운전자로 이런 사고를 당했으면 어땠을까 하고 생각하니 정말 아슬아슬하고 끔찍한데. 아까 무슨 악의 운운한 것도 결국 이 말이야. 형, 무슨 말인지 알지?"—"알아, 이래저래 웰빙을 잘 못할 조건과 자격을 두루 갖추고 사네 뭐. 그러나마나 그런 자위를 몇 개씩 일궈내다보면 몸이 무슨 형상기억장치를 작동하는지 조금씩 예전대로 돌아가더라. 물론 오래 걸리고 그동안 엉망으로 괴롭고, 아프고, 살기도 싫고 뭐 그래."—"일컬어 체념의 육화가 어떤 성숙을 담보는 하는데 그동안 좋은 세월을 앓다가 다 흘려보낸다 이거지? 정말 허무하네."—"그래도 자꾸 악이 받치니 그냥저냥 배겨낼 수밖에."

온몸이 저려오는데도 김씨가 덴가슴을 따돌리느라고 무슨 어릿광대의 놀이터 같은 입원실 실내를 굽어보다가 시선을 돌리니 번역가는 무슨 말을 찾으려는지 제 불편한 발만 노려보며 머리를 직수굿하니 수그렸다.

두번째 이야기 참다운 거짓인생

*

　부끄럽게도 겨우 연명이나 해온 주제인 나도 이제는 매사
에 나잇살을 의식하게 되었다. 이른바 남의 어떤 말을 들어
도 귀에 거슬리지 않아서* 그 시비를 곧장 가릴 수 있다는 연
령을 코앞에다 바짝 끌어다놓은 것이다. 따라서 근신의 미덕
을 혼자서 즐기기가 딱히 지겨울 리도 만무한 이즈막의 내가
의사 최아무의 억지 글짓기에 대한 고충과 그에 곁가지로 따
라붙은 이런저런 하소연을 들을 수 있었던 것은 뜬금없는 요
행이었다. 더불어 그나 나나 한껏 타기해 마지않는 이 땅의
여러 케케묵은 본치†까지 들먹이며 툴툴거렸던 것도 뜻밖의

---

* 『논어』의 '육십이이순六十而耳順', 곧 예순 살이 되니 무슨 말을 들어도 이상
　하게 들리지 않고 듣는 대로 이해하게 되었다.
† 유독 눈에 띄는 태도나 현상.

보람이었다. 하기야 간헐적으로 덮쳐오는 내 삭신의 통증을 임시로나마 털어내는 재활의술의 혜택을 그로부터 서너 해째나 받아오기만 하는 터인데, 이번에는 그가 자신의 그런저런 공적·사적 심란을 풀어버리는 데 나를 의지義肢로 삼을 꾀를 냈다니 오감할뿐더러, 그의 오랜 생업도 새삼 되돌아보이는 일방 경청자로서 그나마 내 일신의 시틋함마저 챙길 수 있어 적잖이 생색나는 일이었다. 결과적으로 그렇게 되고 말았다는 것은 살아온 경력과 생계수단이 생판 달랐음에도 불구하고 서로가 웬만큼 말이 통했다는 토로이기도 하고, 우리의 공통 관심사랄지 이 시대의 가장 다급한 화두랄지가 말하기 또는 글짓기의 본색이 되어야 한다는 소박한 진리를 여러 번씩이나 확인했다는 고백일 수도 있다. 그렇긴 해도 요즘처럼 무슨 나쁜 귀신 같은, 일종의 자극기아에 휘둘려 조잡스런 '환상'이니 끔찍한 '엽기'니 하는, 굳이 둘러댄다면 휘황하기 짝이 없는 전자문명이 그 빌미의 일부를 제공했지 싶은 세계적/사회적·집단적/개인적 혼암 상태 아래서의 몰지각한 재미만을 일삼아 바치는 무잡한 글들이 판을 치는 시속을 훑어볼 때 깡그리 파묻혀버린 지난날의 그 누추한 '기억'을, 많이도 헐어빠지고 더러는 잔뜩 뒤틀려 있는데다가 더럽혀 있기도 할 그것을 한사코 되살려내서 바둬놓는 허드렛일이 과연 무슨 소용에 닿겠는가 하는 의아심은 제풀에 시르죽을 줄도 모르고 자꾸만 고개를 쳐들고 있기는 하다. 그래도 어쩌랴, 글에 나잇값이 저절로 드러나는 게 아니라 나잇값대로 글이 써지는 것을. 물론 나잇값을 하느라고 어떤 종류의 글이라도 그것마다의 깜냥을 조목조목 넘겨짚을 수도 있다는 같잖은 막말도 덧붙여야 할 테지만.

우선 그와 나의 좀 이상한 조우부터 털어놓아야겠다. 사세 부득이해서 다시 한번 더 살아보려고 떠나온 고향을 찾아들면 반드시 한번쯤은 봉변을 치르기로 되어 있다는 옛말대로 일이 꼬여드느라고 그랬을 테지만, 그때 거기서 그를 만나지 않았더라면 내가 그 이듬해 어느 한여름 밤에 한강변의 올림픽대로에서 운수 사납게도 유리 파편을 홈빡 뒤집어쓴, 술취한 택시운전수가 제멋대로 부린 그 사나운 행티로 곱다시 입은 내 험악한 안면을 그 앞에다 디밀지도 않았을 게 틀림없다. 따라서 택시나 버스를 타고 그 앞을 지나칠 때마다 유심히 봐온 10차선 대로변의 최아무 정형외과 건물이나 그 주인과도 무관하다기보다 그때까지 우리 사이가 그랬듯이 영영 소원하게 지낼 수밖에 없었을 것이다. 그것을 누가 관장하는지 모르겠으나, 인연이란 참으로 요사스럽고도 희한한 생의 전기轉機이자 탈출구인 셈이다.

들이는 품에 비해 그야말로 별무소득인 본업 곧 글쓰기를 내팽개치고 내가 학생들을 가르치는 접장 곧 생업을 좇아 피난지이자 성장지인, 나로서는 제2의 고향이라고 해야 제격인 D시로 내려온 그해 초겨울께의 해거름쯤이었을 것이다.

되돌아보면 벌써 이러구러 세월이 무작정 흘러가버려서 그때는 지난 세기의 마지막 해였고, 내 개인으로서도 꼭 사반세기 만에 서울 생활을 작파한 계제여서 이래저래 정처 없는 유목민처럼 옥죄이고 강풍에 속수무책으로 떠밀리는 기분인가 하면, 한편으로는 따분한 소시민의 자기보호벽과 홀가분한 주중의 홀아비 일상에 만판으로 길들여지고 있던 시절이었다.

그날도 무슨 볼일을 보고 난 후, 겨울방학에 막 접어들고 있는 판이라 복대기는 일도 없는데다가 새 밀레니엄을 보름쯤 앞두고 있는 만큼 공연한 회고취미에 발동이 걸려 나는 유년기 때 잠시 살았던 동네를, 이를테면 시내 한복판에 있는 약령시장과 바로 그 옆에 붙은 염매시장 일대를 발길 닿는 대로 도닐었다. 난민은 언제라도 소심하고 스스럽고 어정쩡해서 어딘가를 자발없이 서성여야만 그나마 덜 보대끼는 법이다. 연말답게 찬 기운이 사느랗게 다가오고 있었으나, 어릴 때와는 달리 이제는 응등그리지 않고 눈독을 열어갔다. 당연하게도 소방도로 같은 것이 지적도를 확 바꿔놓았는가 하면 사십여 년 전의 한길·신작로·골목들과 그 속의 가가호호들이 그때의 모습 그대로 눌어붙어 있기도 했다. 새벽마다 가사만 똘똘할까 가락도 없는 단조로운 찬송가를 악에 받쳐 바락바락 내지르던 모퉁이집은 바람벽에 쇠창살 달린 두짝 창문마저 만년 거기에 그렇게 붙박여 있어야 어울릴 것처럼 그대로였고, 얼굴색이 바랜 문종이처럼 희누르스름하던 그 집 외아들은 오금을 못 펴는 앉은뱅이여서 하루 종일 툇마루에 앉아 해바라기하는 고양이처럼 졸음기 묻은 눈으로 대문 밖의 행인을 힐끔힐끔거리는 게 유일한 소일거리였다. 어둑새벽이 걷히기도 전에 대문을 활짝 열어놓은 채 손뼉까지 쳐가며 불러쌓던 일가의 찬송가가 방금이라도 들려올 것 같았고, 담벼락도 없는 그 집 가두리만 돌아가면 휘휘해지던 느낌도 바로 어제 일처럼 생생했다.

훨씬 좁아진 듯하나 구불구불하기는 여전한, 그때나 지금이나 온종일 괴괴하기도 마찬가지인 기다란 골목을 뱀처럼 슬멋슬멋 나아갔다. 시야에 와 닿는 담벼락·수챗구멍·지붕·도랑·대문짝·창틀 따위의 고샅길 속 여러 스틸들 낱낱이 익히 봐온 것도 같았고, 난생처음 보는 것 같기도 했다. 고스란히 낯익은 것과 생뚱같이 낯선 것으로, 그것들이 드문드문 착종된 형태로 다가와서 뇌리에 엉겨붙으므로 이른바 기시감이나 미시감과는 영 다르다. 말하자면 그것의 원판이 뚜렷하게 내장되어 있어서 기억의 오류를 운운할 자리가 아닌데, 막상 그것을 실물 곁에다 꺼내놓고 보니 지질해빠진 옹망추니*라서 난감해져버린 그런 심정이다. 쉽게 말한다면, 그때도 이랬나, 좀 달라졌네, 벌써 반세기나 흘렀어, 많이도 바뀌

---

* 고부라지고 오그라진 작은 형체.

었지만 만년불패*라더니 여태 고대로네, 같은 중얼거림이 연방 터져 나오는 것이었다.

어느새 고샅길이 끝났다. 아마도 여기쯤에 만두 점포가 있었지. 빨간 목댕기를 두 가닥으로 두른 상호 판때기가 겨울바람에 쉴새없이 나부꼈고, 점방 이름은 옹송망송하다. 만두와 찐빵은 물론이고 놀면하게 구운 두툼한 계란빵과 속살에 찐득한 설탕물이 배인 공갈빵을 쟁반에다 담아놓은 진열장이 여름에도 더운 김으로 뿌옜고, 바로 그 옆에 둘벙한 황토색 화덕과 무쇠 솥과 밀가루를 익반죽해서 쳐대는 조리대도 놓여 있었다. 사시장철 기름땟국에 절어빠진 따뱅이 모자를 벗겨진 정수리에 올려놓고 온종일 일만 하던 그 화교는 팽이처럼 길쭉하고 윤곽이 또렷한 얼굴의 중년사내였다. 한여름에도 뜨거운 엽차 잔을 두 손으로 감싸 쥐고 찔끔찔끔 마셔대던, 팥소도 들어 있지 않은 둥글넓적한 맨찐빵 하나를 손으로 뜯어 먹으며 끼니를 수시로 때우던 이방인은 말을 아끼는 게 아니라 아예 말을 하지 않고도 얼마든지 살아낼 수 있음을 본보기로 보여주던 양반이었다. 그래도 그 따뱅이 화교는 화폐개혁 때마다 구화 뭉칫돈을 마대로 서너 개나 신고했다는 소문이 나돌았다. 열 평이 될까 말까 한 그 만둣집에는 두 명씩 마주 앉을 수 있는 나무탁자가 예닐곱 짝 놓여 있었다.

---

* 萬年不敗, 오래되어도 절대로 망가지거나 더렵혀지거나 썩지 않음.

화교는 어디서나 점포부터 장만한다. 그것이야말로 야무진 자본이다. 행상이나 노점상은 화교가 아니다. 지구촌 곳곳에 두루 적용할 수 있는 일반성 여부야 어찌 되었든 적어도 이 땅에서는 그렇다. 그 화교의 세 자식은 각각 어디로 흘러들어가서 지금도 누런 엽차를 후루룩거리고 있을까. 화교의 유전자에는 의젓한 난민의식이 흐르고 있어서 그들은 대체로 자연처럼 천연스럽다. 그러나 입지조건을 워낙 빠삭하게 꿰차고 있으므로 버들개지처럼 어디든 가뿐히 날아가서 포자생식을 멈추지 않는다.

등하굣길 중에, 말이나 물건을 져 나르는 심부름 중에 빤히 목격한 장면들이 어떻게 달라졌나 하고 살펴가는 그런 행보를 통해 나는 묵을 대로 묵은 여러 기억들이 스스로 숱한 말을 흘리도록 내버려두고 있는 참이었다. 취미랄 것까지는 없겠으나 짬이 나는 대로 우리 일가가 난민으로서 여기저기를 옮겨 다닌 그 주거지마다를 찾아가보는 버릇은 내 본의 아닌 낙향이 베푼 시혜라고 자족하면서.

사위가 어둑어둑해지기도 전에 네온사인이 드문드문, 가로등이 점점 밝혀졌다. 기억은 또 다른 기억을 불러온다. 기억의 그런 연쇄 중에도 툭 불거지는 인물과 좀 유별난 풍경은 죄다 벙어리처럼 말이 없다. 겨울이면 유독 김을 모락모락 피워 올리며 한결같이 흘러내리던 도랑의 푸르께한 목욕탕 땟물도 그렇다. 물론 지금은 복개되어버렸고, 이름도 바뀐 사우나 건물은 훨씬 끌밋해졌다. 걸음을 떼놓을 때마다 종잡을 수 없는 채로나마 어떤 냄새가 분명히 맡아지건만, 그것들은 어떤 압력에 의해 자기진술권을 박탈당한 반벙어리들이다. 그들은 국외자이고, 억울하게도 누명을 덮어쓴 사람이다, 화교처럼. 누구라도 무슨 말썽을 부리려면 여건이 웬만큼 마련되어 있어야 한다. 하루하루 살아가기에도 급급한 처지로서는 말썽꾸러기가 될 수 없다. 동네 친구도 하나 사귀지 못하고 살아온 내 처지가 꼭 그랬다. 화교처럼 마냥 한구석에 처박혀서 말도, 내색도 없이, 그래도 살아 있답시고 유령처럼 정해진 길을 왔다리 갔다리 했을 뿐이다. 무채색 같은 연대기였다고나 해야 할까. 자연 속의 모든 색깔은 그렇지 않지만, 인위적인 색칠은 모든 비유가 그렇듯이 과장이 심하다. 기억도 그럴지 모른다. 그래도 온통 희뿌연, 그래서 침침한, 반 이상이 캄캄한 세월 속을 시난고난 헤쳐 나왔다는 느낌은 점점 여실해졌다.

그쯤에서야 아예 사서 일궈낸 내 궁상스런 기억 뒤지기의 행보는 멎었을 것이다. 하릴없이 또 따분한 일상으로 되돌아가서 제때 끼니라도 손수 챙겨 먹어야 했다. 노선버스를 타기 위해서라도 떡전골목을 빠져나가야 했고, 태깔을 잔뜩 올려붙인 이바지 음식들의 모양새에 한눈을 팔았다. 시장을 벗어나면 곧장 버스 정류장이었다. 그 일대는 장차 지하철 두 가닥이 교차할 요지답게 도로를 깡그리 까뒤집어놓았고, 복공판覆工板을 이어붙인 쇠붙이 노면 밑에서 쿵쿵 울리는 굉음이 요란했고, 그 위를 덜커덩거리며 지나가는 차량들의 소음이 전쟁터를 방불케 했다. 나는 한동안 우두커니 서서 하늘을 우러러보며 버스를 기다렸다. 대도시답게 별도 안 보이는 시커먼 겨울밤 하늘이 이제 다시 되돌아가기에는 너무 먼 길처럼 가없이 펼쳐져 있었다. 그렇다고 해서 앞으로 갈 길이 다사로울 리도 만무해서 더욱이나 막막했다. 아마도 그때 나는, 아무런 인연도 없이 시방 여기 서 있는 이 중생의 삶이 어째 기적 같다는 생각을 뒤적이고 있었을 것이다. 일종의 회고취미로서 그런 저회低徊는 그즈음 내 일상의 아주 요긴한 대목이었다.

그런데 바로 그때쯤이었을 것이다. 차도 한복판에서 불쑥, 김선생, 어이, 친구야, 하는 호명이 들려왔다. 퇴근 때여서 정류장에는 대기 승객들이 꽤 많았으나, 좌우를 둘러보니 그 부름은 나를 지적하고 있는 게 분명했다. 마침 지하철 공사장의 출입구도 그쯤에 뚫려 있어서 곳곳의 차단 철책 때문에 찻길도 꾸불텅거렸으므로 차량들이 빼곡히 엉클어져 있었다. 그런 통행의 정체로 무료해진 호명자가 시선을 내둘리다가 우연하게도 나까지 목격하게 된 모양이었다. 시커먼 승용차의 뒷자리 차창에 넓적한 얼굴이 떠올랐고, 두 손으로 나팔을 만들어 나를 부르던 그 얼굴이 얼른 사라지더니 어서 오라는 손짓이 차창 밖으로 튀어나왔다. 긴가민가한 채로나마 차량들 사이를 헤치고 다가가자 차문이 열렸고, 다행히도 그때까지 노면상의 정차 상태는 요지부동이었다. 자리를 내주는 대로 올라탔더니 차주인은 고등학교 동기생으로 거의 삼십여 년 만에 처음 보는 셈이었으나, 그의 이름과 생업, 그 얼굴과 허우대에서 묻어나는 분위기가 오롯이 붙잡히는 친구였다. 서로가 잡은 손을 놓지 않은 채 두서없는 말들을 주워섬기기 시작했다.

차가 슬슬 굴러가다가 이내 멈추기를 반복했다. 대로를 따라 진행 방향으로 내처 나아가면서 사거리를 네댓 개만 건너면 그다음 십자로의 제일 눈 밝은 곳에 최아무의 정형외과 건물이 나타나게 되어 있었고, 동서를 관통하는 그 간선도로의 끝자락에 내가 봉직하는 캠퍼스가 있는 만큼 그 언저리의 내 숙소까지 가려면 차량으로 적어도 이십 분은 좋이 달려야 했다. 피상적일망정 가족·취미활동·생계·거처·건강 같은 서로의 근황 주거니 받거니를 통한 자별한 우정의 고의적 과시가 얼추 숙지막해졌을 때였다. 그때쯤에는 승용차도 제 속력을 내고 있는데다가 최가의 병원이 저만치에서 녹색의 돌올한 네온사인을 밝히고 있는 지점이었다. 무안할 정도로 내 안면을 샅샅이 훑고 나서 최가가 운전수의 뒤통수에다 시선을 고정시키며 엉뚱한 말을 흘렸다. "세월이 참 까마득하네, 독일어에서 격변화가 무슨 소용이 있냐고, 정관사 격변화야 영어처럼 없어도 그만이라고, 그래도 어차피 뜻은 통하게 돼 있다고 빡빡 우기더니만." 한때 나의 치기어린 억지를 좋게 분식粉飾하는 소리 같았다. "누가? 내가 그랬다고?" 이번에는 내가 중년살이 희고 붉게 올라붙은 최가의 얼굴을 빤히 쳐다보았다. "그럼, 자네가 그랬지. 입학하자마자 제2외국어로 독어를 처음 배웠을 때야. 다짜고짜 정관사 격변화 데르·데스·뎀·덴 어쩌구 하는 그걸 외워 오라고, 지적받는 대로 그것 열여섯 개 변화를 술술 읊어대지 못하면 즉석에서 출석부로 대가리를 후두들겨 패고 그랬잖아." 시종 빙글거리다가도 어느 순간 벌컥 피새*를 내던 독일어 선생의 포마드 바른 머리숱과 잘 닦인 검붉은 뿔테안경은 대번에 떠올랐으나, 선의의 내 험담 부분은 금시초문이었다. 아마도 공부가 하기 싫어서 그런 천방지축의 궤변도 말이랍시고, 또 제 딴에는 알량한 우월감을 드러낸답시고 지껄인 모양인데, 얼굴이 화끈거리는 내 치부임에 틀림없었다. 최가가 보충 설명까지 덧붙였다. "도서실에서 그랬을 거야. 맞아, 이끼 앉은 시커먼 땅바닥에 목련이 하얗게 떨어져 있던 그 창가에서." 확실한 방증이었다. 얼핏 까맣게 잊고 있었던 비장품 하나가 내 눈앞에서 덩두렷이 떠올랐다가 이내 사라졌다.

한 학급당 예순 명쯤씩 다섯 반으로 한 학년이 짜인 인문계 고등학교에서 최가와 나는 삼 년 동안 한 반이었던 적은

---

* 사소한 일에 벌컥 화를 잘 내는 성질.

한 번도 없었지만 우리는 한 학기 동안 매일 얼굴을 보는 사이였다. 특활시간을 도서실 반원으로 때웠기 때문이었다. 대학입시 준비로 바쁜 3학년생은 열외였으므로 1, 2학년생이면 누구라도 자청해서 그 과외활동을 매일 수행할 수 있었는데, 그렇다고 아무나 할 수 있는 것도 아니었다. 붓글씨를 잘 쓰고 얼굴 바탕이 알밤 껍질처럼 반질거리던 국사 선생이 그 특활반을 관리 감독하고 있었기 때문에 그이의 낙점을 받아야 했다. 2학년생들은 하루걸러 한 번씩 당번제로 나왔던 듯하고, 열쇠는 1학년생들이 일주일씩 돌아가며 맡아서 쇠불알처럼 길게 드리워진 묵직한 자물쇠를 열고 닫아걸도록 되어 있었다. 매일 방과 후에는 실험실·음악실·미술실 등이 1층에 줄느런히 찡박혀 있던, 학교 울타리 안에서는 제일 외진 곳에 허름하니 붙박인 목조건물의 2층 가운데 교실인 도서실로 가서 그때부터 한 시간 동안 전교생을 상대로 책의 출납을 도맡는 봉사활동이었다. 그것이 주로 하는 실무였으나 잡일도 많았다. 선배인 2학년생들의 교시를 좇아 도서 목록의 대장을 작성하고, 열람함에다 신간서적의 분류카드를 꽂고, 책등의 아래쪽에다 분류번호를 적어놓은 부전지를 수시로 갈아붙이고, 반납한 책들을 한곳에 쌓아두었다가 퇴실 직전에 일괄적으로 지정된 책꽂이에 되꽂아두고, 화제의 신간이 들어오면 2층으로 올라오는 계단의 입구와 도서실 주위의 벽에다 아무개의 무슨 책이 '邀' '入荷' 같은, 예의 국사

선생이 교무실에서 달필로 써준 띠지식 광고 벽보를 도배하 듯이 바르는 등등의 일이 그것이었다. 여남은 명의 도서반원 중에서 아무 일에나 늘 빈둥거리는 뺀질이 서너 명을 제쳐놓 으면 나머지 대여섯 명이 그 일들과 일주일에 한 번씩 봉걸 레로 물청소까지 나눠서 맡곤 했는데, 그 때문인지 일 년 이 상 도서실 지킴이로 남아 있는 동기생은 두어 명뿐이었다.

내가 봐온 바에 따르면 책 읽는 버릇에 길들여져 있는 사 람은 어느 때, 어느 부류에나 한정되어 있고, 후천적이라기 보다는 거의 태생적이라고 해야 마땅할 그 기질적 시간활용 벽은 대체로 환경적 요인과도 아무런 상관이 없이 어느 개 인에게 일찌감치 착근되고 나면 고질처럼 좀체로 떨어지지 않는다. 물론 의·식·주 관행 중 어느 것 하나도 틀을 제대 로 갖추지 못한 거지의 자식일 경우에 독서는 논외인데, 육 신의 수모를 떨치기에도 막막한 사람이 글의 소용까지 깨칠 여유는 없을 것이기 때문이다. 되돌아보면 그 시절에도 학교 의 도서실을 자주 찾는 바람직한 책벌레이긴 해도 학교 성적 따위에는 태무심한 반면생도는 학년별로 빤히 정해져 있어 서 줄잡아도 학급당 다섯 명 남짓이 까짓것이었다. 입시 경 쟁이 치열해서 과외의 독서를 할 겨를이 없다는 말은 전적으 로 하찮은 핑계였고, 읽을 만한 책이 없어서도 아니었다. 그 당시의 남루한 통나무 책걸상이 백 짝쯤은 너끈히 들어갈 만 한 교실을 일부러 도서실로 꾸며놓고, 중키의 고등학생이라

도 최상단의 책을 발돋움 없이 빼볼 수 있는 얼금얼금한 철
책 책꽂이가 2열종대로 줄지어 서 있었다. 과월호 잡지를 구
석으로 몰아두고, 장르별로 분류해두었기 때문에 반도 안 찬
책꽂이가 수두룩했지만 문학 쪽, 그중에서도 소설류는 최신
간으로서 일어 번역책을 비롯한 국내외 유무명 작가의 그것
이 책꽂이마다 넘쳐날 지경이었다. 희한하게도 쿠데타로 집
권한 군사정권이 막 틀을 잡기 시작할 때였는데도 국립학교
라서 그랬는지 다달이 수십 종, 더러는 수백 종의 신간을 사
모았던 그런 살뜰한 재정 형편과 안목을 가끔씩 떠올리면,
그래도 아직 덜 썩은 구석이 더러 없지 않았던 이 땅의 그 당
시 청정도를 따져보고 싶은 생각이 슬슬 우러난다. 어쨌거나
도서의 출납 창구는 복도 쪽으로 난 유리창 두 짝을 철창으
로 막아두고, 두세 명의 도서반원이 열람표를 받은 즉시 책
꽂이에 파묻힌 책을 찾아와서 책표지 뒤쪽에 달린 종이 주머
니에서 책명 카드를 빼내 대출날짜를 찍고 난 후 창살 사이
로 건네주게 되어 있었다. 도서반납 기한은 삼 일이었으나,
학과 공부를 뒤로 물리고 석차야 아무래도 좋다는 예의 책벌
레들은 소설책 한 권을 빌려 가면 그 다음날 바로 되돌려주
면서 또 다른 책의 열람표를 들이밀곤 했다. 물론 도서반원
들은 반납기한 같은 제재를 받지 않고 몇 권씩이라도 대출해
갈 수 있었고, 시건방지게도 때 이르게 시니시즘에 감염된 2
학년 도서반원 중에는 책읽기를 내팽개치고 도서실 한쪽 구

석에서 담배를 피워대는 깐돌이도 없지 않았다. 내 경우는 오로지 이런저런 책들을 내 멋대로 골라 읽을 수 있다는 특권 때문에 그 특활반의 봉사활동을 즉흥적으로 자청했지 않았나 싶은데, 내 기억이 맞다면 최가는 무슨 변덕 때문인지 1학년 1학기를 마치자 그 과외활동을 그만둬버리더니 악대반에 들어가서 트럼펫을 배우느라고 얼굴을 홍시처럼 붉게 물들이는가 하면, 이듬해 여름방학 내내 목에다 검은 댕기를 두르고 색소폰을 혼자서 온종일 시끄럽게 불어대기도 했다. 매일 한 번씩은 음악실 앞을 지나가야 했으므로 최가의 동정은 내 눈에 자주 목격될 수밖에 없었지만, 그는 졸업 때까지 책을 빌리러 오기는커녕 도서실 근방에는 얼씬도 하지 않았고, 이런저런 취주악기를, 심지어는 호른까지도 집적거리자마자 악보를 읽어내는 그 좀 별스런 음악적 소질 때문에 교내에서는 어느새 '최나발'로, 놀리느라고 '나팔아'로 호명되고 있었고, 여느 따분한 모범생과 견주어볼 때 그의 그런 기량 과시가 꽤나 이색적인 것도 사실이었다.

대형승용차가 주춤거리더니 새치로 반백인 운전기사가 백미러로 차주인의 눈을 찾았다. 최가가 일렀다. "저 앞에서 좀 세워라. 김선생, 나는 예약환자 때문에 여기서 내려야겠다. 사무장, 이 김선생을 집 앞까지 잘 모셔다드려라. 자, 조만간 좌정해서 한번 보자. 하나도 안 변했다. 옛날 고대로다." 우리 둘은 한꺼번에 차에서 내려 잠시 손을 맞잡았다 놓았다.

최가가 한 손을 뻔쩍 들어 보이고 나서 총총걸음을 떼놓으며 불빛이 환하게 새어나오는 병원 입구 속으로 빨려들어갔다. 밤에 봐서 그런지 연두색 블라인드가 창마다 드리운 5층짜리 정형외과는 그 외형도 툭박졌고, 바야흐로 성업 중인 모양이었다. 운전기사가 내게 어서 타시라고 눈짓으로 졸랐다. 불편한 호의였으나 물리치기도 마뜩찮았다. 다시 남의 차에 올라타자마자 나는 운전기사에게 최원장이 어디 갔다 오는 길이었느냐고 물었더니, 문상차 어느 종합병원 영안실에 들렀다가 일찌감치 빠져나오는 길이었다고 했다.

주위의 지인들이 좀 별난 성격이라고 지적하는 대로 나는 낯도, 자리도 많이 가리는 사람이다. 그래서 여러 사람들이 비집고 나서는 각종 동창회·향우회·친우회 같은 모임은 말할 것도 없고 예식장·빈소에도 얼굴 비치기를 한사코 마다하며, 서너 명 이상의 회식 자리도 동석자들의 면면을 대하기가 비편하지 않을까를 미리 따져보며 주저를 꼭 반쯤 일로 삼는다. 아마도 중년 이후부터, 그러니까 오죽잖은 내 생업에 나름대로 매달리느라고 그처럼 쥐구멍 속에서 웅크리고 지내는 타성이 붙지 않았나 싶다. 이른바 공동체의식이 전무하다고 해도 좋을 이런 내 성격과 일상이 내 생업과 기질에는 어울릴 뿐만 아니라 이로울지 몰라도 남을, 심지어는 가족조차 불편하게 만들고 있다는 자책감을 감당하기는 짜증스럽지만, 싱거운 사람이 안 되려면, 또 언제라도 시간과 돈과 일에 쫓기는데다가 남의 언행을 헐뜯듯이 들여다보는 내 까다로운 천성 앞에는 거의 무력해지고 마는 것이다. 아무려나 최가의 고급 승용차는 그 안정감이나 속도감도 안성맞춤이었고, 묵언으로 응대하는 운전기사의 뜸직한 몸가짐도 제법 곡진했다. 퇴근시간임에도 불구하고 대로도 시외로 빠져나가는 방향이라 막힘이 없었다.

숙제를, 남이 억지로 시키는 일을, 남들이 으레 붙좇는 관행 따위를 한사코 하기 싫어해버릇한 내 삐딱한 태만을 상기시켜준 최가에게 보답이라도 하려는 듯이 그에 대한 내 자신의 개인적 기억 한 토막이 제물에 불거졌다. 사십대 중반쯤이었을 텐데, 내 일상의 골간인 이런저런 잡다한 책읽기와 주말의 중추인 근교의 산길 밟기말고 다른 도락거리를 하나 더 마련하려고 궁리를 일삼던 중 덤빈 것이 음악 듣기였다. 그래서 인구에 회자하는 명곡들을 엘피판으로, 카세트테이프로 지겹게 듣기만 해오다가 하루는 그쪽으로 좀더 소양을 넓혀보려고 클래식 음악 전문잡지를 한 권 산 적이 있었다. 화제만을 부추기느라고 어떤 내용을 다루더라도 수박 겉핥기에 그치고 마는 잡지들마다의 그 생리적인 진지성 결핍에 진절머리를 내고 있었으므로 나는 언젠가부터 문학지조차도 내 돈으로 사 보지 않는다는 철칙을 지키고 있었던 터인 만큼 그때 저녁을 먹고 나서 슬리퍼를 끌고 이십 분쯤 버스를 타고 나가 무역센터 지하의 한 서점에서 화보도 요란한 그 대형판 음악 잡지를 선뜻 구입한 내 즉흥적 용단은 지금도 뇌리에 생생히 남아 있다. 비록 일회에 그치긴 했지만 그런 신바람도 어느 분야의 철없는 마니아들이 부리는 천방지축의 정열이기는 한 셈이다. 그런데 바로 그 잡지 속에 정형외과 의사 최모 박사가 엘피판 수집가로, 재즈 음악 전문가로, 색소폰 연주가로, 명곡 해설가로 소개되면서 크고 작은 그의 인물 사진 서너 컷이 자잘한 손길로 다독거려진 '음악적' 배경 속에 크게 다루어져 있었다. 기연이라면 희한한 기연이었다. 물론 그런 유의 탐방기사가 대개 다 그렇듯이 과찬 일변도이긴 해서 두어 수 접어준다 하더라도 나로서는 출세한 친구의 뜻밖의 성숙한 '비의학적·문화예술적' 지체 앞에서 선망, 질시, 찬탄이 모락모락 우러나오는 심경을 내버려둘 수밖에 없었다. 그러나 찬찬히 생각의 갈피를 짚어가보니 그의 그런 수다스런 경력은 충분히 납득이 가는데다가 한 지역의 명사다운 그의 체취가 지면 위로 물씬 풍겨 와서 미쁘기도 했다. 하기야 방과 후에도 땀을 뻘뻘 흘려가면서 악기의 주악법을 스스로 익혀가던 그 부지런한 노력의 대가를 떠올려볼 때, 그의 그런 다면적인 인물화는 이미 예고된 성공 사례담인지도 몰랐다. 그렇긴 해도 다섯 쪽에 걸쳐 그의 인간적 품성과 음악적 자질 전반을 소상히 알리면서 '뛰어난'이라는 상투적인 형용사를 네 번이나 남용하고 있음은 무리다 싶었고, 막상 그의 실체가 점점 더 공소해지고 있다는 느

낌도 여실했다. 그런 느낌의 압도적인 육박은 아무래도 내가
그를 웬만큼 알고 있다기보다도 그의 몇몇 이미지의 원형을
확실하게 기억하고 있다는 내 섣부른 자만심이 지나치게 작
동해서도 그랬을 테지만, 너무 세속화되고 만 유명인의 실체
를 그처럼 피상적으로 전달할 수밖에 없는 매스컴의 진부한
기능에 식상해하는 내 성정도 한몫했을 게 틀림없다. 따져보
면 사람이나 세상이 그럴 리야 없겠으나 그것을 제대로 옮겨
놓지 않으면 그 엉망진창의 부실도와 왜곡도는 적당히 새기
기 나름이고, 아예 치지도외해버리면 그뿐이었다. 곧장 그
잡지를 나는 내팽개쳐버렸다. 아니다, 클래식 음악에 대한
정보 몇 개를 챙기고 난 다음, 그의 변모야 어찌 됐든 내 일
상과는 너무나 동떨어져 있는 세계라는 단정 아래 그를 점잖
게 내 관심권 밖으로 내몰았다. 그러나 가끔씩 음악 듣기에
빠져 있으면 사진으로 본 그의 혈색 좋은 얼굴이, 짙은 고수
머리를 올백함으로써 이제는 제법 훤해진 이마에 두리넓적
한 그의 두상이, 의사라기보다는 골동품 수집가 같은 카리스
마가 얼른 떠올랐다가 흐릿하게 사라지곤 했다.

　무슨 해프닝처럼 길바닥에서의 그런 조우가 있고 난 뒤에
우리는 한동안 언제 잠시 만나기나 했었나 싶게 서로의 동정
을 까맣게 모르고 지냈다. 지척 간에 살고 있으면서도 어떤
계기를 무작정 만들지 않으면 서로 데면데면하게 지낼 수밖
에 없는, 풍뎅이처럼 저마다 제 영역에서만 영일 없이 푸드

덕거리는 요상한 시절에다 또 그렇게 살아가도록 짜인 생업과, 서글프게도 점점 아쉬운 게 없어져가는 지긋한 나이 때문이었다. 그러다가 이미 서두에 밝혀져 있는 대로 그 이듬해 운수 사납게도 상습적인 모주꾼 택시기사가 나를 실어 나르면서 함부로 쏘아댄 패악으로서의 해코지, 곧 얼굴·어깻죽지·다리 등을 많이도 망가뜨린 몰골로 그의 앞에 다가갔을 때, 현대가 대규모로 생산해내는 환경적 질병으로서의 교통사고 증후군이 그와 나 사이를 이제 꼼짝없이 묶어버렸다는 사실을 나는 곧이곧대로 납득하면서도 한편으로 얄궂게 받아들였다. 그래서 책으로, 그것도 좀더 정확히는 도서실이라는 제도가 맺어준 인연이 교통사고라는 매개물로 이제는 서로가 통사정을 주거니 받거니 하게 되었으니 세상에 이런 인간관계도 과연 있을까 싶었다.

　다음에 이어지는 몇 토막의 산문들은 내가 그의 의술의 혜택을 입으러 수시로 들락이면서 나의 신체적인 통증, 곧 그 만성적 후유증과 대비되는 정신적인 어떤 통증과 그 예후로서의 부작용에 대해 본 대로 느낀 대로를, 또한 그로부터 직접 들은 고충담을 가감 없이 옮겨본 것인데, 객관적으로 쓰느라고 나름대로 애를 썼지만 어느 방면에나 전문적인 소양이 부실한 나로서는 얼버무린 대목들이 환히 들여다보인다는 점만은 꼭 밝혀두어야겠다.

('지난해'라는 말은 가장 구체적이지만, 다들 알다시피 이런 유의 글에서 그 어휘는 애매모호하기 짝이 없다. 시점을 운운할 것도 없이 도대체 그 정확한 연대가 불분명한 것이다. 그래도 그 말을 흔히 써버릇하고 있음은 알 만하다. 아마도 어떤 의도가 있어서 그럴 텐데, 그중 큰 몫은 그 이야기의 실체가 흔히 있을 수 있는 일반적인 사실이라는 함의일 것이다. 의사 최가가 '지난여름', 이제 한더위가 한풀 꺾였다 싶던 어느 날, 물리치료를 받고 난 후 나른한 몸으로 만사 전폐하고 숙소로 내빼버리려던 나를 굳이 불러 세워놓고, 별일 없으면 오랜만에 저녁이나 함께하지, 라며 그 서두로 원장실에서 들려준 이야기도 우리 신변에서 흔히 목격되는 바로 그 일반성을 거느리고 있다는 점에서 특이했다. 그럼에도 불구하고 '지난여름'이라는 말이 그렇듯이 '어느 날'도 두 가지 측면, 곧 일반성과 그것만의 특수성을 꼭 절반쯤씩 함축하고 있다는 엄연한 사실을 간과할 수는 없겠다.)

괜히 마음이 쪼들려서 그는 서둘러 회진을 끝냈다. 오랜 경험에 따른 평소의 소회대로라면 회진이란 어차피 기계적 감각, 관성적 눈대중, 상투적 문진問診으로 짜여 그럭저럭 굴러가게 마련이다. 신분의 고하나 지식의 유무와 상관없이 모든 환자는 병질病質이 드러나자마자 우중의 반열에 자발적으로 들어가고 말며, 통증이나 비정상적인 증세가 덮치기 시작하면 하나같이 엄살꾸러기 어린애로 재빨리 탈바꿈해버리기 때문에도 그렇다.

그는 선뜻 총총걸음을 떼놓으며 자신의 방 쪽으로 다가갔다. 때로는 공사 간에도 집사람보다 더 무간한 사이로 지내지만, 더러는 꼭 그만큼 문문해질 수 없는 기혼녀 간호사인 한실장이 언제라도 활짝 열어놓고 있는 그의 방문 쪽을 혼빠진 듯 말끄러미 바라보고 있었다. 여자들은 대체로 철이 들자마자 혼이 반쯤 달아난 상태로 그냥저냥 살아가는 습벽에 길들여지고 만다는 것이 이즈막에서야 깨달은 그의 고정관념이다. 그 피동적 생활세계를 사주하는 남성과 그들이 만들어낸 세상의 불찰을 논의의 대상으로 삼는 것은 자가당착이든지 쓸데없는 자기과보호증일 것이다.

명색 원장실이긴 해도 한쪽 벽면에는 민짜 병상 한 짝도 당그렇게 놓여 있고, 거기서 상처 부위의 실밥을 뽑거나 석고붕대를 특수 실톱으로 해체하는가 하면 예후 조치를 일러주기도 하는 진료실이다. 그런 시술을 이십여 년째 한결같이 베풀어온 방주인의 내력은 여기저기에다 가지런히 세워둔 각종의 감사패·공로패 들이 대변하고 있기도 하다. 물론 그것들은 있으나마나 한 여러 단체들이 생색내기용으로 집어준 인정상·관례상의 성의 표시일 뿐이고, 근본적으로는 예전의 성한 몸으로 되돌아갈 수 없는 환자들이 현재까지 개발

된 의술로는 더 이상 손댈 수 없다는, 말하자면 제한적 또는 한시적 완치 판정을 내려도 고맙다는 인사말 한마디조차 듣기 힘든 것이 요즘의 세태다. 의술을 팔고 사는 데도 돈과 그 액수가 인정의 개입을 지레 밀막아버리는 것이다.

우선 그는 생목숨만 간신히 건졌을까 온몸에 타박상·골절상을 홈빡 뒤집어써버려서 턱·목·팔다리에 두터운 부목을 달고 벌써 세 달째 뭉그적거리고 있는 한 교통사고 환자의 환부 여기저기를 건성으로 집적거린 손부터 씻고 난 후, 체질적으로도 일을 미뤄놓을 수는 없는 성미에 휘둘려 한쪽 벽 위에 걸어둔 '閑人勿入'*의 목각 현판 밑으로 기어들어가서, 한실장에게 자신의 동정을 시위하느라고 문짝을 소리 나게 닫았다. (몇 번이나 내가 훔쳐본 그 좀 성이 난 듯한 광경은 최가의 일상 중 고만고만한 동정이라기보다도 한 딜레탕트가 자신의 하기 싫은 밥벌이에 번번이 갑시는 신경질을 어쩔 수 없이 내면화하는 어떤 버릇처럼 비쳤다.)

사랑방이라기보다는 사적 공간이라고 해야 한결 걸맞을 그곳에는 통틀어 오천 장쯤은 족히 되는 엘피판·카세트테이프·시디 들이 빼곡히 쟁여져 있다. 뿐만이 아니다. 각종의 구닥다리 오디오 기기들도 겹겹의 레일식 이동서가의 칸칸마다에 처박혀 있어서 고물상을 방불케 한다. (미리 두 가지를

---

* 한인물입. 즉 일 없는 사람은 들어오지 말라는 상투적인 경고문.

짚고 넘어가야겠다. 내가 그의 사적 공간에 첫발을 들여놓았을 때, 이것은 한때의 그 도서실을 그대로 패러디해놓았잖아, 책장이 목재에다 그 밑에다 발통을 달아놓아 밀고 당기게 만들어놓은 것은 요즘의 비디오 대여점의 그것을 응용한 것이고, 라는 느낌을 받았다는 사실이다. 아마도 그때 나는 그의 '문화예술적' 유전인자의 일부를 새삼 확인했다는 득의에 빠졌을 것이다. 나의 감탄과 경의를 제꺽 읽어낸 그가 손짓으로 그 귀중한 소장품들을 가리키면서, 마땅한 임자가 나서면 하시라도 이것들을 필요한 것만 따로따로 분양을 하든, 전량을 조건 없이 몽땅 양도할 참이야. 내가 실은 기계치거든, 이라고 짐짓 겸손을 한껏 앞세운 거드름을 부렸는데, 그런 시위는 그 자신의 경제적 여유를 드러내고 있는 게 아니라 욕심 사나운 수집가로서의, 또는 어떤 대상에 대한 호오의 감정이 자발없이 뒤바뀌는 변덕꾸러기의 심술과 싫증처럼 들렸다. 모자람 없는 교양, 누구에게나 온당한 처신, 성실하게 임하는 생업 등과는 전적으로 무관한 그의 그런 소탈한 일면을 이해 못할 거야 없지만, 다소 현학적인 구석도 있어서 즉석에서는 내 신경이 얼마쯤 긴장되었던 것도 사실이다.) 그 이동식 서가를 헤쳐 나가면 창틀 밑에다 호두나무 책상과 등받이 높은 안락의자도 비치해두고 있다. 책상과 그 옆의 탁자에는 무슨 기본도서처럼 『베스트성경』과 불교 관련 서적 몇 권, 속명 미상의 스님·신부 등이 생각나는 대로 썼지 싶은 장르 불명의 잡문 묶음집들, 그 명성이 뜨르르한 작가들이 주요 인물들의 산발적인 지식과 수선스러운 행동거지를 주저리주저리 엮어놓은 명색의 대하소설들이 아무렇게나 굴러다니고, 그 가운데에는 신기종 퍼스널 컴퓨터도 보인다. 원장 자신이 손수 진찰할 환자가 들이닥치면 한실장의 손 조작에 따라 출입문 위에 붙박아둔 붉은 경적등에 불이 깜빡이고 신호음이 삐이, 하고 울리게 되어 있다.

(내가 누군가로부터 들은 그 호출 장치의 부착에 따르는 여담에 살을 붙여 옮겨보면 다음과 같다.) 그 장치를 놉 부려 달 때, 틀림없이 한실장의 잔머리 굴림에서 나온 것일 텐데, 인테리어 공사를 도급 맡은 책임자가 신호음으로 '엘리제를 위하여'가 어떻겠느냐고, 싫증나면 수시로 멜로디를 바꿔 흘릴 수도 있다면서 방주인의 허락을 구했다. 최가는 어이가 없어서 코대답도 하기 싫었지만, 잠자코 있었다가는 자신이 어떤 천격 구덩이에서 허우적거릴지 알 수 없어서 아주 짜증스럽게, 야, 나 같은 문외한도 음악을 그런 데다 써먹는 게 아닌 줄은 안다. 어째 그런 천부당만부당한 발상을 내놓나, 무식에도 급수가 있다더니 원, 어쩌구 일갈하고 말았다. 실은 그가 이 사실私室을 마음먹고 꾸민 데는 내력이 있었다. 오래전에 한 목각木刻 장인의 오른쪽 검지에 달라붙은 은행알만한 근종을 절제해주었더니 그 사례로 들고 온, 문짝 위에 달아둔 예의 그 현판이 그 재질이나 크기나 음각한 글씨

나 그 글자의 색깔까지도 두루 마음에 들어서, 그것도 옳은 선물 같은 것을 개원 후 처음으로 받아본 터이라 떡 본 김에 제사 지낸답시고 수술실을 1.5배쯤 큰 곳으로 옮기고, 5층의 구석방에다 갈무리해둔 자신의 사물도 손 바른 데다 두려니 일이 그처럼 커져버린 것이었다. 그런데 그 사실을 먹자골목마다에 눌어붙은 노래방 꼴로 만들려는 무작스런 작태를 부렸으니, 최가는 근 한 달 동안이나 한실장과 눈 맞추기도 거슬려서 끼끼거리며 지낼 수밖에 없었다.

최원장은 책상 앞에 무르춤하니 서서 얼김에 주워온 장례식순 전단지를 먼눈으로 노려보았다. '관수觀樹 박성득 박사 영결식'이라는 굵은 고딕체 먹빛 글자 아래에는 졸업생 앨범 같은 데서 부랴부랴 들어내 복사한 듯한, 한창나이 때의 은사가 흰 가운에 빗금무늬 넥타이 차림으로 꼬장꼬장한 눈길을 던지고 있었다. 차양용 색안경이 아닌데도 턱없이 큰 안경을 콧잔등이에 걸치고 있는 유무명의 인사들을 흔히 보게 되지만, 그것이 무슨 권위는커녕 허풍스런 취향이거나 속물스러운 분장 같게만 비쳐서 그는 딱 질색이다. 아마도 고인께서는 코끝이 유독 두두룩한데다 그 크기나 뚫린 자리도 짝짝이인 당신의 비공마저 두드러져서 그 당시에도 벌써 갈색뿔테안경을 그처럼 큼지막한 것으로 상용했지 않았나 싶은데, 그러고 보니 이른바 사자코 위에 올라앉은 그 안경의 다리를 강의 중에나 임상실습 시간에도 자주 들어올리던 버릇은 선히 떠올랐다. 장신에 은발이 유난히 빤짝거리던 그이의 외모야 그렇다 치더라도 이미 삼십여 년 저쪽의 무슨 상을 떠올리자니 뚝 불거지게 붙잡히는 게 없었다. 당신의 임상강의도 나름대로 열심히 보고 들었을 테고, 산행을 즐기신다는 풍문대로 어느 해 연초엔가 팔공산 중턱의 살얼음 박힌 너설에서 우연히 맞닥뜨렸을 때는 당신께서 먼저 이십여 년 너머의, 그러니까 70년대 초반의 제자들 이름까지 줄줄이 꿰시는 총기에 질려버린 기억은 여실히 떠오르나, 그 전후 대목에서 풍겨 와야 할 어떤 체취는 아예 까물거렸다. 상대방이 불시에 저지를지도 모를 어떤 실수나 말썽을 서둘러 경계, 주의하면서 자신의 처신은 가능한 한 방정하게, 더불어 그 신분은 있는 듯 없는 듯 흐리마리하게 새기는, 그러나 의외로 실속 위주의 자기보신에는 깔축없는 양반들이 학계에는 드물지 않은 법이다. 꼭 그 세대만 그렇지는 않을 테지만, 박선생도 그런 부류임에는 틀림이 없고, 그 때문에라도 기리거나 헤아릴 만한 무슨 특장이 없는 것도 엄연한 사실이다. 그렇다고 들은 바는 있었던 것 같으나 본 바도 없었던 일화나 있지도 않았던 말을 수월스레 지어내듯이 매사에 근신과 조심 제일주의로 살아온 언행 일체를 허풍스럽게 미화하기도 마뜩찮은 게 아니라 지레 질린다. 누구나 보는 바와 같이 세상과 사람은 늘 한통속으로 굴러가게 되어 있는지 요즘은 그것들이 서로 앞다투어 덜렁거려서 온통 천둥벌거숭이 천지다.

이런 시속을 올바른 정신으로 헤쳐 나가기도 만만찮은 일이긴 한데, 그럴수록 그 맷돌처럼 둔중한 당신의 품성은 일단 귀감이 아닐 수 없다. 그렇긴 해도 산과 나무를 좋아한 그이의 인격을 좇아서 인자仁者 운운하는 상투적 인용을 둘러대기는 역시 밍밍해서 머리부터 흔들린다.

그는 생각할수록 막연하고, 점점 더 쓸 말이 막막하니 멀어지는 것 같아서 짜증스러웠다. 책상 앞에 앉기도 싫었다. 하기야 천하든 귀하든 미수米壽까지 누린 인생 그 자체만이라도 너무나 까마득한 능력이며, 그동안의 하수상한 세월을 감안하면 장수야말로 장엄한 위업이자 칭송가마리가 아닐 수 없다. 더욱이나 기세 전까지도 노망기는커녕 새벽 산책을 일과로 거르지 않다가 그날따라 용지봉 중턱에서 탈진, 지팡이를 끌기도 힘겨운 몰골로 귀가해서는 둘째자부에게 속이 좀 비편하다며 미음을 끓여달라고 말한 후, 당신 방으로 들어가자마자 보료에 쓰러졌다가 그 이튿날 새벽에 운명하셨다니, 종신자식이야 없었다 하더라도 더 이상 바람직한 고종명이 달리 있을까 싶었다.

최원장이 은사 박모 선생의 행적과 학덕을 되돌아보고 그 추모사를 격식 갖춰 쓰기로 말을 모은, 동학들의 강압적 독려를 차일피일 내물리고 있는 소이는 물론 그이의 한평생 중 자투리나마 제대로 알거나, 알아보려고 덤빈 계기가 전무했기 때문이었다. 속된 말로 당신이 곁을 안 줘서 그러니 이제

와서 제자로서의 도리를 어떻게 챙기란 말이냐는 변명은 물론 실없는 소리였다. 다른 경우를 보더라도 오늘날 대다수의 사제지간이 이처럼 뻑뻑하지 않을까 싶지만, 최가도 그동안 억척같이 생업에 매달리느라고 어영부영 흘려보낸 세월이 어언 서른 해를 넘긴 지도 오래였다. 졸업하던 그해, 여든 명 남짓 중 네댓 명이 낙제할까 말까 한 의사 자격증 취득 국가고시를 치른 때로부터 헤아리면 그런 까마득한 시간대가 저만큼 멀어져 있는 셈인데, 그동안은 내남없이 신들린 듯 무엇인가에 쫓긴, 까막눈에라도 빤히 보일 정도로 성큼성큼 부풀어가는 시대의 추이, 곧 그 공적·사적 일감의 비대화에 무작정 편승해서 진둥한둥의 행보로 영일 없던 한 시절이었다. 이 지방의 연간 의사 배출수가 삼십여 년 만에 꼭 네 배로 늘어난 데서도 알 수 있듯이 이 땅의 삶들 전반의 외적·질적 변모도 거의 기하급수적으로 불어났다고 해도 과언은 아니다. 병이 늘어난 게 아니라 소득 증대에 비례해서 그만큼 엄살성 및 예방성 및 심인성 의사擬似환자가 많아졌다는 게 한결 정확할 테고, 따라서 이제는 진정한 의미에서의 명의나 양의는 근본적으로 어불성설이다. 그러므로 의술의 효율적 시혜가 개인 대 개인 사이에 이루어지던 시대는 사라졌다. 그 대신에 각종 데이터가, 제도가, 관리가, 예방조치가 대규모로, 조직적으로, 타성적으로 시행되고 있을 뿐이다.

그러거나 말거나 난감하기 이를 데 없었다. 가끔씩 지방신문에 시사성이 있는 잡문을 강청에 부대껴 썼답시고 내맡긴 추모사 글짓기가 최가에게는 난생처음이어서도 고역이었지만, 비록 돌에 새기는 것이 아니라 할지라도 누군가가 책자 형태 속의 그 글줄을 읽을지도 모른다는 옹졸한 상상까지 덮치니 머리끝부터 쭈뼛쭈뼛거렸다. 요컨대 구체성이 없는, 그러니까 훤한 거죽은 알겠는데 숨겨진 속살이 까무룩하니 안 보인다는, 문자를 쓴다면 총론은 그런대로 번드레하고 믿기건만 각론이 맹탕인 이런 인간관계를 세상사나 사회상의 한 반영으로, 그래서 제자로서 때늦은 불찰의 회고담이나 반성문으로 작성하지 못할 것은 없겠으나, 그런저런 세목을 얽어매는 매개와 그것의 구실이 헐거운 것은 자명했다. 병명이나 그 치료 및 처방은 드러나 있는데 병원病原을 생판 모르는 형국이라 최가는 머리를 절레절레 흔들었다. (만부득이 하기 싫은 일을 떠맡은 이런 고역을 냉정히 점검해보면 굳이 '글'로써 누군가를 기리려는 오랜 '관행'에 떠밀려서 치르는 인민재판 같은 것인데, 내가 그의 고충담을 듣고 있을 때, 그는, 막상 쓸 말이 없어, 공연히 나를 지목해서 이런 생고생을 사서 하게 만드네, 운운하면서도 자신이 어떤 '제도'의 희생물인 줄은 모르고 있는 것 같았다. 그래서 그만이 그런 유의 강제 노역에 시달리고 있는 것은 아니라는 위로의 말을 나로서는 건넬 여지가 없었다.)

어영부영 열흘 전쯤이었으니까 장맛비가 온종일 통주저음

처럼 쏟아지던 지난 8월 초순께였다. 그 전날 점심때, 의대 동창회 홈페이지를 열어보라는 동기회 총무의 통보로 박선생의 부음을 접하기는 했으나, 최가는 근년 들어 점점 더 자발적 유폐생활에 자족하는 성격답게 문상을 갈까 말까로, 조의금을 어느 인편에 전할까로, 아니면 조상객이 뜸할 낮곁에 잠시 들를까로 끝없이 망설이고 있던 터였다. 핑계거리야 많았다. 아예 보따리를 싸서 노인전문병원으로 그 일신을 옮겨놓은 지 십오 개월째로 접어들고 있는 노친네는 여전히 세끼 식사도 꼬박꼬박 다 잡숫고, 텔레비전 연속극도 몽몽한 시력으로 보고는 있다는 전언을 속속 듣고 있었지만, 하지둔마下肢鈍痲를 넘어 그 부위의 괴저壞疽 현상까지 비치려는 판이었다. 물론 간병인이 지키고 있긴 해도 반신불수로 곱다라니 죽음을 맞아야 할 그 처지에 그가 지킬 도리는 간단없이 다가오는 사신을 잠자코 기다리는 것이 고작이었다. 대체로 모든 질병이 다 그렇지만, 당뇨병은 특히나 여러 합병증들이 눈에 띄게 전신을 마구 들쑤시다가 종내에는 확실하게 결딴을 내버린다. 저승길이 오늘내일로 닥친 당신과 달리 날을 반이나 받아놓은 가솔이 또 있었다. 내년에는 그 끝자리 수 때문에 혼인을 피해야 좋다는 과년한 여식으로 제 딴에는 정신병리학을 전공한답시고 마지막 학위 과정에 적을 걸어놓고 있지만, 저희들끼리 인연을 맺은 신랑감이 세칭 경판京判으로 막 발령받은 참한 자국이었다. 혼인 당사자야 지 친할매가 저승고개에다 발을 반이나 걸쳐놓은 처지라 감히 입을 못 떼고 있으나, 명색 법조계 신참은 이제나 저제나 하고 받아놓은 잔칫상에 숟가락질을 못해서 자못 안달이었다. 벌써 수년 전에 장만해준 서울 잠실께의 딸애 혼숫감용 오피스텔에 사위 될 작자가 무상출입하고 있는 모양인데, 부모 된 마음으로야 혹시라도 한창 벌떡거리는 젊은 기운들이 무슨 사달을 낼까봐 초상만 치고 나면 그 다음달에라도 후딱 출가시킬 생각이 굴뚝같았다. 덩달아 매사에 근신하라는 집사람의 짓조름도 집요해서 그는 어혈 든 몸처럼 당최 운신하기도 힘들었다.

그의 그런저런 심리적 좌불안석, 육체적 거북스러움을 등 너머에서 빤히 지켜보고 있다는 듯이 동기생이자 대학 접장인 벽진碧珍 여呂가가, 내일이 발인인데 가봐야지, 어제는 안 보이던데 요새 그렇게나 바쁜가, 라며 제 승용차를 병원 입구에다 부려놓고 기다렸다. 여교수는 이미 메스를 수하에게 넘겨준 지 오래된 외과전문의이긴 하고, 소속 사립대학의 종합병원이 지근거리에 있어서 최가의 정형외과와는 협력기관이므로 최가 쪽에서 음양으로 도움을 많이 받고 있는 터수였다. 더욱이나 한때는 여교수의 추천으로 최가도 그 대학의 외래교수라는 허울 좋은 명찰을 달아본 적이 있기도 했다.

최가가 운전석 옆자리에 타자마자 여교수는 일 년에 한두 번 만날까 말까 하지만 전화로는 수시로 연락하며 지내는 친구의 안면을 힐끗 훔쳐보며, 어째 까칠하다, 돈도 좋지만 좀 쉬어가면서 하시게, 하고 속말을 내놓았다. 실한 재산도 불어나고 있고 자식 농사도 셋이나 다 헌칠히 잘 지어 행세하고 살 만한 친구가, 어쩌자고 한 다리만 걸치면 다 사돈의 팔촌 사이인 이 좁은 바닥에서 문상도 제때 안하고 살려느냐는 편잔이었다. 또한 여가는 시방, 대학 부속병원 및 종합병원이나 백화점식의 대형 클리닉 센터와는 달리 전문 진료과목을 하나만 간판에 걸어놓은, 이를테면 무슨 내과·흉곽외과·정형외과 같은 규모가 작은 일반병원은 외래환자나 입원 환자가 격감하는 추세를 잘 알아서, 도표처럼 대조적으로 가리킨다면 자가 운전자들이 마구 쏟아지는 통에 교통사고 환자도 더불어 속출하던 88년도 전후의 호시절과, 좀더 정확히는 의약분업을 소위 '개혁'의 한 목표로 삼느라고 의료분쟁이 가뜩이나 편찮은 전국의 환자들 몸을 마비 상태로 몰아대던 금세기 벽두와 견주면 격세지감이 뚜렷하다는 현하 정형외과 쪽의 시세를 넌지시 짚고 있는 것이었다. 소국 백성의 열등감 때문인지 대형을 좋아하고, 먹고살 만하게 됐답시고 다들 깔끔하게 꾸며놓은 데서 북적거리기를 즐기고, 자발없는 겉똑똑이의 속성을 따르는 이 땅의 우중 전반의 전통적 심성도 분명히 한몫하고 있을 텐데, 오늘날의 별 볼일 없이 왜소한 '동네' 전문병원은 대개 다 운영난으로 시난고난하고 있으며, 이제는 의료업 자체가 대형 검진기기의 비치 업종으로 탈바꿈하고 있다. 쉬운 비유를 끌어다대면 재래시장의 구멍가게가 대형 마트의 득세로 도태의 국면을 맞고 있는 것처럼 일반병원은 그 외형만이라도 슈퍼마켓을 베껴야 그나마 명맥을 유지할 수 있게 된 것이다. 시속을 좇지 않는 성인은 산골짜기로 들어갈 수밖에 없는데, 그런 타의에 의한 축출에 따라붙을 그의 덕과 지혜는 이미 무용지물이다. 하기야 순서대로 짚어본다면 그런 반신반인은 물론이고 그런 인품이나 덕행 자체를 책 속에서나 만날까 실물로 보기는 어렵게 되었고, 그처럼 방정한 외돌토리는 더 이상 쓸모가 없어지고 만 현실이 바로 이 시대의 진면목일 뿐이다. 간단히 줄여서 겪은 대로 말한다면 지전으로 소복한 트렁크를 매일 집으로 들고 갔다가 이튿날 은행창구에다 부리던 의사의 엄연한 직업적 풍성風聲이 전 국민의 건강보험증 지참 시대를 맞아 의료수가 자체가 어항 속처럼 투명해지고 만 것이다. 최가는 불쑥, 그냥저냥 꾸려는 가지만 오늘내일 하고 있어, 라고 말을 흘리다가 제풀에 다른 쪽으로 화제가 번질까봐, 폐업계를 언제쯤 낼까가 요즘 내 화두다, 잘 알 것이다만, 이라고 덧붙였다. 여가는 곧장, 그거 곤란해, 난들 하고 싶어 버티고 있나, 내 정년 때까지는 자네도 열심히 해보라마. 귀하의 병원이야 목이 좀 좋아. 참한 후배 하나 불러다가 운영 일체를 맡기고 세라도 받든지. 건물이나 안팎으로 좀 시원하게 단장해서. 일컬어 리모델링이지. 요즘 세상에 붉은 벽돌집 병원은 아무래도 그렇잖아. 개화기 때 선교사가 지은 무슨 복음 전도용 진료소도 아니고, 라며 늘 듣는 풍월을 늘어놓았다. (분명히 장외의 공론이긴 할 테지만, 현대의학의 발 빠른 보급과 선교및 육영 사업의 기적적인 대중화가 이 땅에다 '근대'의 모든문물과 그런 의식의 배양, 쉽게 말해서 샤머니즘적·전근대적 풍토의 척결과 합리적·주체적 인간의 양성에 그들이 얼마나 '자기희생적'으로 봉사했는가를 조금이라도 알고 나면우리의 '나라' 만들기의 구체적 내실은 전적으로 그들에게,곧 의사로서든 선교사로든 내한하여 서민들과 먼저 동고동락한 서양인 예수쟁이에게 빚지고 있다고 해도 틀린 말은 아니다. 허울 좋은 동방예의지국이 개명하자마자 개구리 된 지몇 해나 됐다고 그새 민망하기 이를 데 없는 배은망덕지국이되고 만 것이다.) 어버이날 집사람이 자식들로부터 받은 상품권으로 사다준 와이셔츠 한 장도 바꿔오라고 말하기가 머쓱한 우리 나이에 그런 증개축 공사가 보통 일인가, 차라리팔아치워버리고 금리생활자로 안분지족하며 살지, 라는 속마음을 최가는 굳이 드러내지 않았다.

누구라도 생업에 따라붙는 근성은 발바닥의 굳은살처럼어쩔 수가 없어서 여교수는 다변을 주섬주섬 풀어갔다. 물론그중 반은 강의의 요점처럼 새겨들을 만한 것이었지만, 나머지는 불필요한 설명에, 긴가민가한 해석에, 요령부득의 추단에, 아전인수의 평가였다. (요즘 말로는 그런 너스레짓이야

말로 그의 덥절덥절한* '캐릭터'를 양각시키는 도구일 테니 그의 세계관으로서의 그 말솜씨가 요긴하지 않은 것도 아니겠다.) 여교수의 말머리는, 어젯밤 영안실에서도 그런 말이 끼리끼리 뭉친 이 좌석 저 좌석에서 이구동성으로 나오다 말다 했는데, 역시 박선생은 오리무중의 불가해한 양반이라고 했다. 그 좋은 실례 중 하나로, 70년대 중반에는 만부득이 떠맡은 명색 국립대 의대 부속병원장으로 재직하게 되었는데 매스컴에 얼굴 비치기를 일절 사양했으며, 심지어는 그 전후 시기에 위 절제 수술의로는 한강 이남에서 제일가는 '칼잡이'라는 소문이 나돌아 각종 지지紙誌로부터 인터뷰 요청이 쇄도했음에도 그때마다 그따위 설레발을 매정하게 거절해버렸다는 것이었다. 유명세를 타기에 따라 의사도 인기를 누리는 직종일 수 있고, 그렇게 굴러온 인기야 대중의 줄변덕에 얼마든지 놀아날 수 있다 하더라도 자기선전에도 그렇거니와 국가공무원으로 재직하고 있는 의대 부속병원의 책임자로서는 약간의 판공비를 치르고서라도 홍보에 열을 내야 마땅한데 그런 책임 회피성 직무 방기는 너무 심했다면서 여교수는, 신문도 없는 남태평양의 무슨 미개사회의 추장도 아니고, 근대 의술을 널리 베푸는 사람이 그런 반근대적 만행을 저지르다니 자기모순이지, 물론 어느 쪽으로든 지나치면 일장일단

---

* 언행에 붙임성이 무르녹아 있다.

이야 있다고 봐야겠지만 적당한 선에서 타협하며 사는 것도 세상살이의 본질이고 그게 또 재미이자 낙인데 나무토막처럼 너무 뻣뻣했어, 경직은 나빠, 부드러워야지, 민주사회가 뭐야, 유연한 거잖아, 이북 봐, 거지 같잖아, 냉정히 뜯어보면 그건 시대에 뒤진 관료 행태든가 촌뜨기 의식 그 자체야, 다른 말로 감싸고 떠받들 여지는 전혀 없어, 그게 싫으면 나처럼 훌훌 옷 벗어버리고 자리만 바꿔 나앉아버리면 그뿐이야, 그렇잖아, 라고 직언인지 막말인지 분간 못할 사설을 단숨에 지껄여댔다. 지나간 일에 공연히 냅뜨고 나선 게 어색했던지 여교수는 다른 일화로 얼른 말을 바꿔 탔다. 50년대 말 학번쯤 돼 보이던 어떤 선배의 목격담에 따르면, 박선생은 60년대 말까지 교수 식당의 이용을 마다하고 거북이가 조잡하게 그려진 누런 알루미늄 도시락 밥통에 조나 보리, 현미나 기장 같은 잡곡을 반씩이나 섞은 천연색 밥을 싸들고 다녔으며, 그 반찬이란 것도 무장아찌라든가 깻잎·콩잎장아찌에, 그게 아니면 여름에는 밥 위에다 냉수부터 붓고 난 후 마른 멸치에다 고추장을 눈물만큼 찍어서 자시고, 그나마 영양가 있는 것이라고 해봤자 진간장 속에 재운 삶은 계란장아찌에다 간혹 밥 위에 넓적하니 덮어오는 계란 부침개뿐이었다는 것이었다. 매실장아찌라고 들어봤어, 라고 여교수가 물어서 최원장은, 잘 알지, 우리집 영감이 그걸 꽤 좋아했는데, 라는 즉답을 내놓았다. "그 소금덩어리 같은 빨간 매실한 알을 통째로 집어서 조금씩 떼어 먹는 일본 음식말고 녹색 매실을 연필 깎듯이 도려내서 고추장에 박아뒀다가 꺼내 먹는 명실상부한 우리 음식 매실장아찌가 있대요, 나야 말도 처음 들었지만." 최가는 곧장, 알 만해, 더러 먹어본 것 같기도 하네, 맛이야 찌룩한 고추장 맛뿐인데 개운한 뒷맛은 좀 남고 뭐 그래, 라고 대꾸했다. "가죽나무 이파리도 고추장에 박아뒀다가 장아찌로 만들어 먹는다대?" 여교수는 아버지대의 출신지가 경기도 여주였고, 그의 아내도 서울 사람이라서 말씨가 별나게 새치름했다. "아, 그 반찬이야 이 동네에서는 알아주는 음식이고 제법 먹을 만한 별미지. 요즘에도 우리집에서는 그걸 더러 내놓는데. 아무튼 웬 고추장을 그렇게나 좋아하셨을까."—"글쎄 말이야, 어째 박선생 이미지와는 일맥상통하는 것 같다고들 그러데. 단사호장簞食壺漿은 그 시대 식자계급의 제일 윤리강령이자 보편적인 생활관 그 자체였을 거야. 게다가 당신 자신의 특별한 심정적 집착, 말하자면 근검절약에 대한 생활감각으로서의 고집도 유별났던 것 같고." 최가는 촘촘히 맺혔다가 이내 뭉쳐져서는 도랑을 만들어대는 빗방울 너머로, 또 그것을 연방 뭉개는 와이퍼 위로 슬그머니 엉겨드는 한 고수머리 중늙은이의 여러 상을 영화 화면처럼 후딱후딱 떠올렸다. 데친 오징어를 초고추장에 찍어 달게 자시곤 하던 삼팔따라지는 일복이 먹을 복이라는 말대로 먹성이 극성스러울 정도로 좋았다. 냉면은 꼭 곱빼기로

시켰고, 삶은 돼지고기는 반드시 소금에 찍어 한 접시씩 앉은자리에서 다 먹어치웠고, 돼지국밥에다 새우젓을 한 숟가락 퍼 넣고는 휘휘 저었다가 투가리째 그 국물을 한 차례 길게 들이켜고 난 다음 고봉밥을 쏟아부어서 토렴하듯이 뽀얀 멀국을 끼었었다. 아마도 그 식탐이 탈이었을 텐데 일 놓고 이제 살 만해지자 당신은 뇌일혈로 쓰러지셨고, 반년쯤 엉금엉금 허우적거리시다가, 그후로도 오랫동안 자리보전을 한 끝에 자식들의 임종도 못 보시고 자던 잠에 돌아가셨다. 그때는 최가가 막 병원 간판을 내걸었던 무렵이라 하루해를 분 단위로 쪼개 쓰던 시절이었다.

알려져 있는 대로라면 박선생의 태생지는 평안북도 신의주이고, 비록 섬나라에서도 이제는 변방이긴 하지만 그 시절에는 그렇게나 쟁쟁했다는 어느 제국대학 의학부 출신이므로 그런 근본적인 배경과는 너무나 걸맞게도, 또 일찌감치 개화한 평안도 출신이 대개 다 그렇듯이 기독교 신자였다. 그런데 아무리 알 수 없는 게 인간의 세상살이이고, 드라마보다 더 기구한 게 사람의 팔자라지만 반쯤은 그럴듯하니 믿기고 나머지 반은 무슨 엉터리 글줄처럼 종잡을 수 없는 대목이 박선생의 전모에는 피딱지처럼 딱딱하게 앉아 있다. 벌써 무슨 말인지 대충 짐작할 것이다만 그만한 출신 성분에 학력·능력 같은 제반 자격을 거의 최상급으로 갖춘 양반이 어쩌다 반반한 기념물 하나도 없고, 자랑거리라고는 쥐뿔도 없는데다가 인심도 우락부락하다기보다도 천생 만년 촌것들처럼 덜 세련된 이 후진 고장으로 흘러들어와서 살잡이를 일구었을까. 최가는 그이에게서 의술을 배울 때부터 갖고 있던 풀리지 않는 수수께끼를 내놓았다. 가르치는 사람답게 여가는 어떤 궁금증에도 시원한 정답을, 그것도 전후 맥락을 너름새 좋게 풀어갔다. "지금 취직의 곡절을 묻고 있는 것 같다. 그거야 예로부터 주변의 알음알이가 어느 날 문득 주선, 강청, 하명을 정색하고 떨구면 누구라도 고분고분 받들지 않을 수 없게 돼 있어. 사양은 절대로 용납 불가야. 동서고금 어디서나, 이유가 어떻든. 그 선의의 권유를 물리쳤다가는 당장 그 자리에서부터 상면을 불허하는 평생 의절이 기다리고 있어. 그러니까 지역이 어디든 가라면 냉큼 굴러들어가서 눌러 붙어야 돼. 그 연고는 대충 다음과 같을 수밖에 없었을 거야. 알다시피 해방 직후부터, 좀더 본격적으로는 동란 직후부터, 재원의 절대적 결핍 때문에 그럴 수밖에 없었는데, 어쨌든 만시지탄 속에서나마 지방마다 국립대학을 하나씩 엉구기 시작했어. 설립이 아니라 발족이야. 근대국가 만들기에의 첩경은 동량의 양산체제 구축이야, 이건 재론의 여지조차 없는 공통함수야. 그 내실이야 어떻든 그래. 사실상 사람살이의 근본이 학이시습지 운운하는 그거고, 지금도 만날 천날 대입 수능이다 뭐다로 그게 옳으니 그르니 하는 노래뿐이잖아. 정치·경제도 실은 배우고 익히는 것, 다만 실천과 실적이 가시적으로 드러나야 한다는 점에서, 그것도 크게, 모든 사람에게 좋게 미쳐야 한다는 점에서 『논어』의 그 첫 대목의 시험장이라고 해도 과언이 아닐 거야. 아무튼 그 생산 라인을 누가 만들어? 십장이 하나 나서서 진두지휘를 해야지. 따개비처럼 여기저기 널려 있는 일제 때의 각종 전문학교·사범학교 같은 것들을 불도저가 경지 정리하듯이 통폐합시킬 수 있는 힘 좋은 양반을 총장으로 낙점해서 내려 보내야지. 일리 있는 인사 조치였을 거야. 그런데 그런 양반들의 일솜씨라는 것이, 일컬어 행정력이고, 그것이 청소하듯이 없애고 치워버리고 자리 배치하는 거야. 더 구체적으로는 만만한 지인들을 측근에다 골고루 심어 박는 재주야. 물론 그것만도 대단한 능력이고 수완이지. 개중에는 틀림없이 별의별 무능한 떨거지에다 실력 없는 덜렁이들도 찡박혀 있었을 테지만." 차가 멈췄다. 여가는 한숨을 돌렸고, 허리를 쭉 펴고 나서는 뿌옇게 엉겨오는 차창을 꼿꼿하게 직시했다. "내가 어릴 때 조석으로 그 얼굴을 봐온 먼 친척 하나는 학력이란 게 아예 없었는데 그 훤한 인물과 유창한 달변으로 어찌어찌해서 수리조합을 거쳐 시청의 임시직을 얻어 겨우 밥이나 먹다가 50년대 중엽에 어느 날 갑자기 국립대학 선생이 됐어. 그 직위까지는 모르겠고, 지금에사 그 단과대학까지 굳이 밝힐 것도 없지. 그 정도는 약과야. 동란 전에 입학만 해놓고 전시연합대학인가에 다니다 말다 하다가 환도하자마자, 그러니까 졸업도 하기 전에 지방의 모모대학으로 가라고, 그래서 대학생이 대학생을 가르치는, 정말 무참해서 서로가 민망한 경우도 없지 않았다는데야 뭐 말 다했지. 우리 엄마와는 배가 다른 큰이모의 맏아들이었으니 나한테는 이종형이 되네. 벌써 죽었는데 그 친척이 대학에서 도대체 뭘 가르쳤을까 하고 가끔씩 궁금해지다가도 어이가 없어지고 그래. 그 형만 떠올리면, 나한테는 정말 사람을 긴장시키는 반면교사야. 그 집에 가보면 일본책이 빼꼭히 꽂혀 있었어. 지금도 똑똑히 떠오르는데 어디서 구했는지, 모르긴 해도 헌책방에 굴러다니는 걸 샀을 텐데 어떤 책에는 경성제대 장서인이 잉크색도 또록또록하니 찍혀 있었어. 책들도 하나같이 양장본에 지질·인쇄 상태가 최상이었어. 나는 아직도 우리 책치고 그토록 장중한 품위를 제대로 누리는 걸 못 봤어. 어떻든 그 친척은 문자 그대로 가르치면서 반은 배운 게 아니라* 반 이상 공부하면서 반에 반쯤을 우물쭈물하며 가르쳤을 거야." 여가가 의대 학창 시절에는 성적이 여든 명 중 늘 상위권, 곧 10등 안팎에서 맴돌았던 것은 틀림없고, 본과 1, 2학년 때는 대략 열댓 명쯤 낙제하는 그 명단에서도 용케 빠졌으며, 임상병동에서 하루 종일 뛰어다녀야 했던 고학년 때는 매일같이 넥타이를 단정히 매고, 한겨울에도 와이셔츠의 소매를 두 번쯤 걷어붙인

---

* 『서경』의 '斅學半', 곧 가르침이 배움의 절반이다.

채로 다녔긴 해도 교수 · 선배 · 간호사 들 앞에서 말을 아낄 줄 아는 친구였는데, 좋게 봐서 그런 속 깊은 국량이 물 만난 물고기처럼 펄떡거리기는 잠시였다. 직업이 사람의 근본을 바꾼다는 말은 사실인 것 같고, 여가의 능변도 그 소위 먼 친척으로부터의 돌연변이형 내림인지 어떤지 녹록치 않았다.

본업에의 성실한 복무가 말주변은 물론이고 두뇌 회전까지 원활하게 작동시키는지 여가는 자기반성의 기회도 놓치지 않았다. "말이 잠시 옆길로 샜지만 만사의 서술, 해석은 결국 역사적 전후 문맥의 구체적 파악이라 어쩔 수 없어. 아무튼 마당발들의 평생 사업은 액내 사람들을 요처에 심는 일이고, 그들의 이마에는 늘 삐까번쩍하는 간판이 붙어 있어. 제국대학 모표가 바로 그거지. 모름지기 모표가 좋아야 해, 그게 한평생을 행세하며 살도록 만드는 관건이니까. 제국대학쯤 되면 그 이름 자체가 벌써 워낙 거룩하고 사회적으로도 외경스런 분위기를 조장해버려서 감히 누가 어쩌지도 못해. 거꾸로 말하면 실력이야 어찌 됐든 그 권위주의적 학력이 아무 데서나 통용되는 사회야말로 후져빠진, 그것 자체가 민도 낮은 미개사회의 터부고 마나*지." 아까부터 최가는 조마조마한 궁금증으로 좀이 쑤셨다. 외과 과장을 이미 오래전에,

---

* 멜라네시아를 비롯한 태평양 여러 섬들에 사는 미개종족들 사이에서 통용되는 관념으로, 비인격적 · 초자연적 힘, 또는 그런 영력.

90년대 후반부터는 학장, 의료원장 같은 보직도 두루 역임해서, 남들이 의대 행정 전반의 전담 교수로 손색이 없다는 여가가 고인에게 무슨 악감정 같은 것이 아직도 남아 있어서 그 하소연을 가장 만만한 동기생에게 이제사 늘어놓는가 하는 의심까지 들썩거려서였다. 그러나 그런 조바심과는 동떨어진 질문이 수월하니 터뜨려졌다. "잠시만, 내가 아다시피 머리가 나빠서…… 한 주제라도 정리를 해서 마감하고…… 그 친척은 결국 어떻게 됐어?"—"어떻게 되긴, 호의호식까지는 아니라도 걱정 없이 그냥저냥 행세하며 살았지. 교육잔데. 이 바닥에서 대학 졸업장을 하나 만들고, 서울을 부지런히 오르락내리락하더니 모사립대학에서 석사 학위도 따고 그랬어. 아마 그랬을 거야, 그것까지는 잘 몰라. 일본 내지에서 제일 좋은 어느 고등학교 출신이, 그것도 중퇴자가 학장까지 지내기도 했으니 그 정도면 양호한 편이지. 대학 접장이 실력만으로 되나, 인격·구변·사회적 명망 따위가 제 나름의 학문의 연찬보다 훨씬 더 중요하고, 실제로 실력이야 그게 그거잖아. 모르지, 가짜 학력을, 중퇴 경력 같은 것을 손수 만들어 그런 위상으로 행세했는지 어쨌는지. 아무튼 그 친척은 저쪽 신암동에서 학교 사택까지 불하받아서 집 걱정도 없이 잘살았는데, 피난 온 우리집도 그럭저럭 살 만해지자 인정으로도 멀어지고, 다들 못 살 때야 치부도 안 보이더니 그때서야 서로 험담도 주고받고 그러데. 더 웃기는 것은 그 이

종형이 병역 기피자였다는 사실이야. 병역 기피자 일제 단속 기간만 닥치면 코가 한발이나 빠져서 기신거리다가도 그때마다 용케도 우물딱주물딱 넘어가고 그랬어. 지금 생각하면 그런 최상급 코미디도 두 번 다시 쉽지는 않을 거야. 국립대 접장이 병역 기피 사실을 소명하러 병무청에 들락거리고, 그런 소명의 끝자락이 향응에다 뇌물 바치기일 거야 뻔할 테니, 그 시절이 얼마나 어리숙하고 허술했어. 그러다가도 나보고는 법대 안 간다고, 의사질이나 하려 든다고 볼 때마다 호통치고 그랬어." 둔한 학생이 이 어려운 대목을 이해할 수 있냐는 듯이 운전수는 동승자의 옆얼굴을 물끄러미 바라보았다. "다시 본론으로 돌아가면 그 모표들끼리는 끈끈한 동류의식이랄까, 무언의 비밀결사 의식 같은 게 암류하게 마련인데, 이르는 바의 선민의식적 섹셔널리즘일 수 있어. 어느 분야에서든 사람 옮겨심기를 천직으로 휘두르는 양반들은 일단 호의호식할 수밖에 없는 팔자를 타고났다고 봐야지. 왜냐하면 나중에는 취직시켜준 그 수하들이 그이의 여생을 후광처럼 떠받들며, 이번에는 그것들이 그 은혜를 못 잊어 그이를 적재적소에 이식시키려고 직제를 만들어, 소위 위인설관이지. 그 양반 이름이 갑자기 안 떠오르네. 연임까지 한 50년대 초창기 총장 말이야, 정치만은 안했으니 그나마 고상하게 살다가 일찍이 돌아가셨지. 아, 아슴아슴하네. 요즘은 남의 이름이나 별것도 아닌 보통명사까지도 이렇게 잘 막혀. 아

예 안 떠올라. 동사·형용사는 그런대로 돌아가는데. 일부러
말을 골라가며 하려고 하건만. 거의 치매 수준이야. 박선생
도 그 양반 천거로 여기 주저앉았을 거야. 왜 서울로 진출하
지 않았는지는 나도 잘 몰라." 최가가 불쑥 끼어들었다. "그
친척한테 물어봤더라면 대번에 정답이 나왔겠구먼."—"의당
그럴 테지만 나한테는 사사건건 반면교사였던 그 양반을 대
학 졸업 후부터 안 봤어. 안 봐야겠다고 속다짐을 하고 나니
안 만나지데. 내가 피하는 걸 알고 내왕을 끊어버렸을 거야.
굳이 비교하자면 학력은 말할 것도 없고 취미마저도 두 양반
이 완연히 달라. 며칠씩 방구석에서 뭉그적거리는 마작과 온
종일 쉬지 않고 산신령처럼 사부작사부작 돌아다니는 등산
으로 갈라지는데, 그런 일상들로 말미암아 그후의 인생행로
가 두 양반 곧 내 친척과 박선생으로 하여금 극과 극으로 살
게 만든 셈이야. 그러니 박선생이 여기서 생활방편을 마련한
것은 전적으로 사적 연유나 우연 같은 것을 끌어다대야 할
거야. 참, 그 친척은 건천 출신이고, 우리 엄마는 영천에서
태어났어. 엎어지면 코 닿을 거리지. 다시 박선생의 정착 사
유를 짐작해보면 넓은 의미에서의 여러 불상사, 인척관계망
으로서의 가족력과 개인적 트라우마를 끌어올 수도 있을 거
야. 추측컨대 북쪽의 후안무치한 이념적 닦달에 골병이 들어
상대적으로 여기보다는 가까운 서울이 거슬렸다든가. 물론
소설적 발상에 불과할 수도 있어. 그런 가족력·정신적 외상

따위를 박선생이 평생 입도 뻥긋 안했으니까."—"언제 부임
하셨나?"—"55년도 그 언저리 아닐까? 그 정도의 기록이야
남아 있을 테지만, 내가 아는 한 해방 전후의 행적은 완전히
백지 상태야. 일제의 학병징집이야, 전공 덕을 봐서, 이과생
이나 그 졸업자들은 후방에서 더 요긴하게 써먹을 수 있다고
열외시켰다는 말도 있으니까 어떻게 모면했을 테지만, 그렇
다고 의전醫專에서 봉직했다는 말도 못 들었어. 해방 전후에
지방 곳곳마다 있었다는 반관립 성격의 자혜병원 같은 데서
월급쟁이 노릇도 해봤는지, 동란 전후에는 종군까지는 아니
더라도 후방에서 군의관으로 복무도 했었는지, 아니면 개원
의였다든가 하는 경력은 있는지. 차제에 일삼아 알아보는 것
도 재미있을 거야."

　뭔가가 홀렁 빠져 있었다. 그 빠진 대목은 여가의 '모르겠
어'라는 솔직한 상투어의 밑바닥에 깔려 있는 전반적인 소루
탓이 아니라 해방 전후부터 동란을 거쳐 휴전 전후까지의 사
적·공적 행적의 부실 때문일 것이었다. 엄밀한 의미에서 그
기간은, 시대적 불우를 줄뿔나게 제 혼자서 온몸으로 감당하
느라고 낙백落魄의 한 시절을 보냈다면 모를까, 누구에게라
도 공백기일 수는 없었다. 하기야 그 십여 년 동안 누군들,
특히나 시류의 물굽이에 온 촉각을 곤두세우며 어떤 쪽으로
든 발걸음을 떼놓아야 했던 식자층일수록 어떻게 편히 앉아
밥술이나 떴겠으며, 사회적으로도 어떤 분명한 색깔을 초지

일관 움켜쥐고 연명한 양반이 과연 몇이나 됐을까. 다들 엉거주춤한 세태영합주의자로서 오로지 구명도생하기에도 힘겨웠을 것이며, 그 이후에는 한때의 그런 어정쩡한 처신이야 감출수록 인품 관리에 적잖이 도움이 됐을 테고, 그 베일 속의 경력이야말로 이쪽에서의 세상살이에서 예방주사 같은 생득적 면역체계를 톡톡하게 심어주었을 것이었다. 하물며 제국대학 출신의 월남인임에랴. 그래서 과묵에다 은인자중이라는 그이의 제2의 본성은 본업과도 상부상조하여 자기위장, 자기호도책으로서는 점점 더 위세를 떨칠 수 있었을 것 아닌가.

"우리가 졸업하기 직전, 그러니까 70년대 초입까지 역대 총장들이 죄다 제대 출신이었다는 사실은 특기할 만해."—"아, 그랬어? 그러고 보니 그런 것 같네, 역대 총장들 출신 성분이."—"일제의 식민지 교육제도가 얼마나 공고했는지 알 만한 대목이잖아. 그렇다고 식민지 지배 연한을 이삼십년 늘이자는 소리는 아니지만." 여가의 말은 분명히 한때의 사실을 가감 없이 전하고 있었으나, 그 말투에는 어딘가 불편부당한 심사가 빠져 있는 것 같았다. 뉘앙스란 어의가 지적하듯이 어떤 말에도 무색무취란 근본적으로 있을 수 없으므로 여가의 다소 비판적 어조는 타당한 것인지도 몰랐다. 방학 중이긴 해도 강의 부담만 없을까 전공의들의 감독·교시에다 진료와 간단한 시술 같은 일정은 빈틈없이 짜여 있을 터이므로 여가는 사적 대화에 굶주려 있는 게 아닌가 싶었다. 윗도리를 뒷좌석에다 아무렇게나 던져두고, 와이셔츠 소매를 맵시 나게 두 번 접어 팔뚝을 반이나 드러내고 있는 여가의 버릇은 학창 시절부터 낯익은 것이었지만, 최가는 신사복 정장 차림임에도 불구하고 승용차의 성능 좋은 냉방장치 때문에 한기를 느꼈다.

무슨 질문이든 받아주겠다는 여가의 고압적 침묵에 졸려 최가는 모범생처럼 다소곳하게 물었다. "사모님은 어떤 분이셨나? 여박 자네야 지도교수로 한때 가까이서 모셨으니 그쪽도 웬만큼 꿰고 있을 테지."—"그것도 잘 몰라. 한 번이라도 집으로 부른 적도 없었으니까. 알다시피 그런 한가한 틈을 만들지도 않은 분이었잖아. 사모님? 그냥 장아찌나 철마다 갖추갖추 잘 담는 현모양처였을 테지. 그때가 언제냐, 한참 더듬어봐야 알겠지만 벌써 십 년도 훨씬 넘었을 거야. 사모님이 돌아가셨을 때 제자들, 후학, 한때의 동료들한테 일절 연락 않고 그야말로 가족장으로 모신대서 나도 내 여동생이 기별해서야 알았어. 걔 시가 쪽의 누가 선생님의 무슨 사돈과 촌수로 걸려, 이 바닥이 원래 그렇잖아. 아, 그때까지도 선생님께서는 가끔씩 가운을 걸치고 집도하며 용돈을 벌어 쓴다고 그러데. 억척같은 양반이었어. 어쨌든 봉투 챙겨서 저쪽 앞산 밑자락의 주택가에 들어앉은 정심인지 성심인지 하는 신경정신과로 달려갔어. 나중에 누가 그러던데 그 병원도 이북 출신의 원장이 휴전 직후부터 그 자리서 소리 소문 없이 그처럼 키워놨다데. 어쨌거나 들은 대로 차를 몰고 더 들어 가다보니 성당도 나오고, 볼레로든가 하는 스페인 음식점 모퉁이에서 꺾어 한참이나 들어갔을 거야. 그 너머에 말고기 전문점이 있다는 간판도 붙어 있데. 그 자리에서야 나도 처음 알았어, 사모님께서 오랫동안 아주 복잡한 히포콘드리아시스를 앓았다데. 어째 오싹해지고, 선생님도 다시 보이고 그랬어. 선생님께는 아무 말도 못 여쭙고 그냥 돌아왔어. 그때 성당 마당에서 서성거리다가 의사라는 직업이 정말 무력하다 싶어 맥이 빠지던 기억이 남아 있어."—"우울증?"—"뭐 대충 그런 건데 심기망상이 워낙 심했던지 사람만 보면 밥상 밑으로 머리부터 집어넣고, 일종의 공황장애였던가봐. 기도원에도 몇 달씩 있다가 나중에는 그 신경정신과에서 장기 요양했던 모양이야. 자식들도 몰라볼 정도로 정체장애가 심했다고 누가 그러데. 영안실에 모셔놓은 영정 사진을 보니 하관이 빨라서 꼭 팥죽할매 같았어. 맞아 죽는 한이 있더라도 새치기를 하지 줄은 안 선다는 함경도 어디 출신이었다는 데 더 이상은 다들 쉬쉬하데. 참, 그때서야 선생님 집안이 가톨릭을 믿는다는 걸 처음 알았어. 이상하잖아. 평안도의 개화계층이라면 일단 개신교 신잔데 말이야. 뭔가 수상해. 아마도 여기에 정착하면서 번거롭고 성가신 게 거슬려서 개종했나봐. 그랬을 거 아냐, 여기의 기성 개신교가 집권층과 조찬기도회다 뭐다 하며 연례적으로 얼마나 시끌벅적하니 야단스럽나. 이북의 그 좀 꼬장꼬장한 원리주의식 믿음과는 너무 멀지. 속화될 대로 속화돼놔서. 무교회주의나 지나칠 정도로 반세속적인 여호와의 증인 같은 다른 개신교 쪽이나, 일종의 성서중심주의 종파도 열심히 찾아봤을 테지만, 그쪽으로의 변신이 또 다른 화제를 끌어모으는 것도 싫어했을 성싶고. 뭐 그랬지 싶데, 그때 생각으로는." 비로소 어떤 배경이, 그 속에서 흐릿한 채로나마 제 실물의 진가를 덩두렷이 떠올리고 있는 숨은 꽃이 보이는 듯했다.

2

대로변과 맞물려 있고 달아낸 포치에 홍예문을 뚫어놓아서 그 밑으로 차가 타원의 반동강을 그리며 지나가는, 흔히 삼류 국산영화나 TV연속극에서 높낮이가 다른 몸체 두 개짜리 오토바이가 멈춰 서고 거기서 일본인 헌병장교의 깡마른 하체가 성큼 발을 떼놓는 그런 상투적인 장면부터 떠올리게 하지만, 이제는 유형문화재로 지정받아 국가는 물론이고 총장도 함부로 손댈 수 없는 석조건물이 빗발 속에서도 올올했다. 담장을 허물고 맥문동 화단을 고목들 밑에다 두두룩이 조성해놓은 그 너머로 임상병동의 외벽이 축축이 젖어 있었다. 지금도 그럴 테지만, 수련의·전공의 들은 하루에도 몇 번씩이나 복도에 빙 둘러서서 이른바 집담회를 통해 알려져 있는 여러 병변들의 임상적 경과조치를 점검하는 곳이었다. "여박, 자네는 여기서 몇 년이나 있었나?"―"새삼스럽네, 꼬박 십 년을 채웠어. 정교수 승진을 눈앞에 둔 시점까지. 마침 지금 있는 대학에서 자리를 차고앉으라고 조르는 통에. 93년 도야. 월급을 꼭 두 배로 올려준다기에 옮겼지. 지금 생각해도 잘했다 싶어. 공무원이랄 것도 없지만 그 옷을 벗어버리니 보는 시각이 성큼 넓어졌달까 그런 기분이던데 오십보백 보였겠지." 뒷말은 수시로 들었던 여가의 자조반 자랑반의 자기변호였다.

보도 가장자리의 초록띠 같은 경계선을 잘라내고 만든 통로를 승용차가 훌쩍 걸터넘었다. 기다란 보라색의 맥문동 꽃대가 휘청거렸다. 차가 뒷걸음질로 주차장 가두리에 멎었다. 여교수가 아직 햇발이 덜 빠진 거무레한 하늘자락을 차창 밑에서 잠시 올려다보았다. 영안실 쪽으로 뚫린 시멘트 길과 그 앞의 그늘 짙은 뜨락은 괴괴했다. 마침 해가 길어빠진 절기였다. 조문은 비긋기 다음으로 미룰 수밖에 없었다. 차 주인이 수동식 제어장치를 고정시키고 운전대에 두 손을 올려놓았다. "요즘도 임상강의를 할 때면 가끔씩 꼭 두 장면이 얼핏얼핏 떠올라. 나머지는 도통 생각이 안 나, 뭘 배웠는지도 모르겠고."

여가는 그때가 아마도 본과 4학년 때의 실습시간이었을 거라고 했다. 예닐곱 명씩 조를 짜서 각 과별로 한두 달씩 돌아가며 수술이나 진료에 참관하는 그 오후 수업에는 누구라도 빠질 수가 없었으므로 다들 긴장하기 마련이었는데, 최원장도 그 시절의 기억에 관한 한 떠오르는 게 없었다. 곧이곧대로 말한다면 집도의 전 과정을 하나도 빠뜨리지 않으려고 숨까지 멈추고 뜯어보게 되어 있는 시간과 수시로 맞닥뜨려야 했다. 온 신경이 빠작빠작 죄어들어 그랬던지 여러 종류의 메스로 인체의 해부를, 책에서만 보아온 복벽 속의 숱한 장기와 복강腹腔 일체를 난생처음 육안으로 직시하는 일종의 통과의례인데도 그 대목은 캄캄했다. 가장 또록또록하니 뇌리에 판박이 되어 있어야 할 그 장면이 아예 흔적도 없이 날아가버린 것이었다. 박선생은 전신 마취의 경과를 기다리면서 당신 주위를 빼곡히 둘러싼 학생들에게, 장차 여러분들은 수없이 집도를 할 테지만 그때마다 환자의 이름·나이·혈액형·신장·몸무게·직업 같은 기본적인 신원 정도는 향후 십 년 이상 반드시 기억할 수 있도록 머리를 쥐어짜라고, 그러려면 인체의 골격 이백여섯 개를 달달 외웠듯이 각자의 암기력을 연마, 보존하는 요령을 스스로 개발하라고 당부했다는 것이었다. 덧붙이기를 당신은 화장실에서 대소변을 보면서도 암기거리를 들고 가서 소리까지 내어가며 외우느라고 접은 메모지를 몇 번씩이나 펴본다고 했다. 실습조가 달랐긴 해도 박선생의 그 우스개는 최가도 들은 성싶었다. 달리 말하면 사람의 목숨을 담보로 의술을 베풀려면 집도의로서의 정신적 자세, 그 근본부터 철저히 익히고 신주 모시듯 경건히 지키라는 당부였다.

그럴 리야 만무하지만, 그때도 벌써 자기의 장차 전공을 염두에 두고 있어서 그랬는지 최원장으로서는 개복술에 따르는 그런 교시는 금시초문의 미담이었다. 그렇다고 해서 정형외과가 도맡게 되어 있는 사지 절단에 대한 특이한 경험담으로서 기억에 남아 있는 것도 없었으므로 최가는 역시 자기 머리가 나쁘다는 최근의 때늦은 자각벽을 되작였다. 어쨌거나 여교수가 있지도 않았던 일을 즉흥적으로 지어내고 있지는 않을 터이므로 믿기기야 했지만, 한때 만주 벌판에서 바람처럼 암약했다는 어느 무장 독립단원의 신화 조작 같다는 미심쩍음은 쉬 떨어지지 않았다.

"그런데도 정말 아리송한 것은 막상 그때 그 환자의 성별도, 절개 자리도, 절제 부위도 모르겠는 거야. 아주 캄캄해. 환자의 심장이 펄떡거리고, 복벽 조직이 그렇게나 두꺼운 줄은 그때 처음으로 알았지 싶고, 피투성이 살점 속이 의외로 단단하달까 툭툭했던 것 같기는 한데 그다음은 백지야. 뭘 써넣을 수가 없어. 캄캄하니 속이 터져 죽겠는데 그렇다고 유행가 가사를 써넣을 수는 없고 미치겠어. 나잇살이나 먹으니 이런 대목 앞에서는 정말 헛살았다 싶고, 난감해지고, 허무하고 뭐 그래. 왜 그토록 얼뜨기 노릇을 했는지 따져볼 마음도 안 생기고. 요긴한 대목마다 송두리째 공동空洞으로 남아 있으니까 꼭 기능적 노쇠현상으로 풀 것도 아니지 싶어. 군이 따져보면 철없던 시절의 취사분별이 워낙 천방지방이었던데다가 엉뚱한 데다 관심과 긴장을 쏟아부어서 이 지경이 됐을 테지만. 한 개인의 그런 엉성한 수습 능력말고도 수술 도구나 장비 같은 외부적인 여러 여건도 무시할 수 없을 지경으로 워낙 후딱후딱 바뀌어서 그렇기도 하겠으나, 그거야 지금의 수준이 낯익어서 맞닥뜨리는 일종의 기시감일 테고. 그때 도구들이야 오죽 한심했어."—"여선생, 자네 요즘 전공을 바꿨나?" 인터넷상에 떠도는 정도의, 따라서 저급하다기보다도 하찮은 정보로는 '운동장애성 소화불량환자의 위 배출 능력에 따르는 제반 반응현상'이 여교수의 전공 분야일 수 있다. "뭘 바꿔. 얼렁뚱땅 밥벌이하기도 바쁘고, 그나마 알량한 지식 전수만으로도 벅찬 판인데. 퇴물 접장의 황혼이 이렇다는 걸 이제사 겅중겅중 더듬어보는 버릇이 그나마 소일거리라는 이바구다."—"두번째 일화는 아직 안 나온 것 같다, 내 말귀가 워낙 어두워서 말이야, 맞는가?"—"결론부터 말하면 우리가 갖고 있는 현재의 특정 지식의 불구성, 곧 한계지, 그것에 대한 철저한 자각과 아울러 어떤 지식에 대한 맹신, 곧 노예화지, 그것에서 끊임없이 해방을 추구하라는 지침쯤 될 거야. 거참, 비 한번 억수같이 쏟아지네. 땅 팔 일이 없어 그나마 다행이기는 하다만. 이것도 무슨 선견지명의 조홧속인지 모르겠네." 겅중거리는 말품을 다잡으라는 투로 최가가 뜨악하니 여가를 바라보았다. "어제까지도 따르느니 마느니로 말이 많더라만 유언처럼 흘린 평소의 말씀으로는 당신께서 수목장樹木葬을 시켜달랬다데. 요즘 그게 유행이라며, 들어봤어?"—"육신의 부활을 믿는 예수교 교인이 화장 후에 유골 묻고 그 나무에다 명찰 하나 달랑 매단다고?"—"그러니까 별나다는 거지. 종교야 어떻든 주검의 처리로서는 깔끔하니 독해서 근본주의답게 좋잖아. 만사의 선악을 따지기 시작하면 말이 길어지고 그 절차·수고·경비 따위가 번거로워지니까 여기서는 관두기로 하고, 그런 장례도 괜찮을 것 같애. 제도와 풍속은 어차피 바뀌어가고 또 바뀌어야 하니까. 다시 본론으로 돌아가면 요즘 전공의들, 전임의들, 전문의들 학위 논문을 지도하다보면 그때 그 말씀이 문득문득 떠올라. 최박, 자네도 그랬을 테지만 그 과정이야 지내놓고 보면 일종의 요식행위잖아. 지금도 여전히 그렇게 굴러가. 아무튼 하기로 들면 말이 엿가락처럼 늘어지지만, 창피하니까 내 소관 사항만 생략해버리면 간단해. 뜸직뜸직하시던 말씀의 요지는 이래, 지금도 생생해. 예도 아주 쉽게 천동설과 지동설이었어. 수천 년에 걸쳐 천동설을 믿어왔고, 유무식을 떠나 그것을 따라왔다면 그 학설은 이미 사기행각일 수는 없다는 거야. 전문가는 물론이고 일반인도 그걸 믿으니까. 지동설이 맞다는 걸 알기 전까지는. 그러니까 우리가 손에 쥐고 노리개처럼 갖고 노는 모든 지식은 어차피 한시적 효력만 구가하는 거대한 착각의 체계일 수 있다는 소리지. 쉽게 요약, 예증하면 위의 부분적 절제만이 근치根治의 첩경이라는 지금의 임상적 이데올로기는 한때에 불과한 유행, 미신, 제도에 지나지 않아. 물론 그것이 최첨단의 과학적 학설이라는, 누구라도 믿을 수밖에 없고 믿기로 되어 있는 가장 구체적인 치료법이라는 권력을 앞세우고서. 권력이란 호상 간에 전천후적 지배체제와 절대적 복종체제를 누리잖아. 꼼짝 못하지, 누구라도. 말을 줄이면 우리 인간의 영원한 무지, 일컬어 미망迷妄 앞에서는 어떤 시시걸렁한 학설도 기고만장할 수밖에 없는데, 실은 그런 정경 자체가 가소롭다는 거지. 겸손하라는 당부가 아니라, 학설은 어차피 자기과시니까, 자기 지식이 과연 선인지 악인지 쉬임없이 의문을 가져보라는 거고, 그러면 불한당, 사기꾼의 반열에서는 한 발자국쯤 물러서 있을 수 있다는 거야."

학생들에게 미지의 세계를 가르쳐야 하는 직분의 사람과는 달리 슬하의 인력들에게 다달이 보수를 주면서 한 조직체를 말썽 없이, 또 구차스럽지 않게 꾸려가야 한다는 강박증에서 한시도 놓여날 수 없는 최원장으로서는 여가의 전언성 담론이, 따라서 그 내용의 범상함이 번지르르한 음풍농월에 가까울 정도로 한가롭다는 생각뿐이었다. (최가는 자주, 우리 의사가 다들 무식해, 물론 나도 예외는 아니고, 돈벌이에 바빠서, 일에 치여서 그렇다는 것은 물론 궁색한 변명이고, 이 직업의 속성상 실제로 그럴 수밖에 없어. 남의 직업을 끌어다 써먹자니 좀 그렇지만 의사라는 기술자가 돈벌이로는 한때 괜찮았지만 험악하기로는 자동차 정비공보다 못해, 육체노동으로서도 그렇고 기술 습득과 발휘에서도 꼭 그래. 새로운 의술이야 부지런떨기에 따라 근소한 시간 차이로 수습 능력을 발휘할 수 있지만 이 세상의 진면목을 파악하는 눈은 거의 상식 수준이야. 신문 사설 정도를 견강부회해서 뻥을 치고 있다면 대충 맞을 거야, 라고 털어놓기도 했는데, 아직도 어떤 지적 허영기가 묻어나오는 그의 그런 고백적 자성 속에 흐르는 인간성을 나는 빙글거리며 노려보곤 했다. 오늘날 훌륭한 의사가 세상의 물리까지 해박하게 지닐 수도 있는지는 미심쩍었지만, 솔직하게 자신의 전모를 드러내는 그가 밉보이지는 않았다.) 최가는 딱히 대응할 말이 없긴 해도 다음과 같은 속말이 꾸역꾸역 괴어들어 목젖까지 차오르는 것을 어쩌지 못했다. 재미없는 지식론의 원론적 천명이라면 물론 외람되지만, 실상 별것도 아니잖아. 절대다수로부터 한시적인 공인을 받은 지식, 이데올로기 따위의 횡포를 철저히 경계하라는 말씀이었던 모양인데, 그거야 실천적 측면만 잠시 논외로 밀쳐둬버리면 웬만한 지식인이라도 다 염두에 두고 있을걸. 그걸 알면서도 껍죽대는 것들이 많고, 또 그것들이 항다반사로 대형 사고를 쳐대서 탈이긴 하지만. 또 그것을 아무렇게나 용납하고, 통용시키는 사회적 분위기 곧 각 분야별 각성의 후진성, 그 열악상이야 일개인이 가타부타 할 범위 밖의 논란거리일 테고. 그런 조악한 수준이 곧 국력이고, 확대하면 당대의 한계 많은 지적 풍토 그 자체일 거야 불문가지겠고.

여가가 상체를 돌려 뒷좌석에 던져놓은 신사복 윗도리를 집었고, 어깨를 출렁이면서 맨 팔뚝을 소맷자락 속에다 꿰었다. "당장 고통을 호소하는 환자 앞에서 이럴까 저럴까로 우물쭈물할 수 없잖아. 지금 당장의 치료술이 나중에야 맞든 틀렸든 대증요법 정도의 가치는 있다고 봐야지." 여가는 옷깃을 여몄고 단추를 채웠다. "다른 쪽으로 비약하지 말기로 하면 문제는, 모든 지식이 심지어는 진리라는 무형의 힘 좋은 괴물까지도 그때그때마다의 대증요법에 지나지 않는다는 지적이야. 그런 의미에서도 모든 지식은 계몽의 한낱 도구이자 편리한 수단에 지나지 않아. 그것들이, 지식인이자 결국에는 계몽주의자들인데, 늘 헐레벌떡거리며 바쁘고 언행 일체가 실속 없이 소란스러운 것도 우선 그 수단들이 아무렇게나 써먹기에는 다시 없이 편하지만 실은 얼마나 허술하고 부실한지를 제대로 몰라서, 요컨대 절제만이 근치에 닿을 수 있다는 신념에 들떠 있는데다가 지네들의 그 대증요법 자체가 천동설에 불과하다는 것을 모르고 있어서 그래. 엄숙한 코미디의 악순환이고, 인간의 영원한 미망이야. 그렇다고 그 천동설을 배짱 좋게 내팽개쳐버릴 수는 없으니까. 수지가 안 맞고 당장 미친것으로 왕따를 당하는데 어떻게 냅다 내던 져. 어림도 없지. 흔히 우리 의사들이 말하는 대로 병이란 고 칠 수도 있고 못 고칠 수도 있지만 결국 모든 치료술은 생명 을 잠시 연장시키는 수단에 불과하잖아. 자동차 수리하고 똑 같애, 누구 말대로. 앞으로는 점점 더하지, 온갖 장기를 마구 이식시킬 수 있을 테니까, 자동차처럼. 다만 기술 발휘에 인 정, 감동, 인간애 같은 게 끼어들 소지는 있지, 자동차와 달리. 현재 이북 의사들의 반 이상이 환자들에게 살점을 이식한답 시고 자기 종아리·허벅지를 도려냈다는 실정 그 자체를 듣 고서 부분적으로는 휴머니티로, 그 이면을 엽기로 파악하는 현실도 주목할 만해. 지금은 어떤 이데올로기, 어떤 교훈성 도 올곧게 받아들일 수는 없게 됐어. 전자문명이라는 회로에 일단 감겼다가 풀어지니까 그럴지도 몰라. 어쨌든 모든 계몽 이 사기고 위선이고 임시방편이고 저질이고, 조잡한 무지와 정교한 유식의 표본이라는 소리는 아니지만, 오늘날의 숱한 지식, 온갖 먹물들의 기고만장은 정말 가관이야." 어느새 어 둑발이 짙었다. "가서 뵙자, 어째 출출하다, 국밥이나 한 그 릇씩 먹어둬야지." 유무식의 경계만은 웬만큼 안다는 여교수 의 언행은 역시 소탈했다. 최가는 바꿔 매고 온 검은 넥타이 의 매듭을 바루었다. 두 의사는 굵은 빗발 속에서도 허둥거 리지 않고 영안실로 조촘조촘 다가갔다.

의외로 문상객이 적어서 4인용 식탁들이 반쯤이나 비어 있었다. 호상 탓이 아니라 부음을 들은 당일 밤에 면피나 하겠다는 듯이 조의금을 전하고 총총히 몸을 사리는 이즈막의 조문 양식 때문일 것이었다. 그렇게 되고 만 것은 사람이 많아진 만큼 죽음도 흔해졌고, 인격들이 천해질 대로 천해져서 어떤 타계도 귀하지 않게 되었는데, 그 배경에는 의학적 상식의 보편화가 괄목할 만해서 그 슬픔의 정서적 수습 능력마저 무뎌졌든가 의젓해졌다고 봐야 할지 모른다. 크게 볼 때 이제 '원통한 죽음'은 제도적으로 없어져가고 있거나 다른 쪽으로, 이를테면 교통사고사 같은 횡액의 속출은 그것대로 생활불안현상이라는 현대문명의 큰 물결에 수렴되어버리는 것이다. 실내에는 찬 공기가 선뜩할 정도로 가득했다. 그것도 무슨 내림인지 검은색 일습에 누런 삼베 완장을 두른 상주 일가들은, 여가가 최가의 신원을 소개하는데도 머리들만 주억거릴 뿐 모두 말이 없었다.

3

술맛이야 어찌 됐든 누구와라도 예전처럼 재미가 있지도 않은데다가 다음날 일과에 지장이 있을 정도로 몸도 부대꼈고, 중풍과 당뇨병의 유전적 소질을 미리 경계하느라고 수년래 술자리를 가급적이면 피하기로 작심한 최가지만 문상 후부터 여기저기서 건네 오는 술잔마다 대작을 서슴지 않았다. 여교수의 전언의 고갱이를 저작하다보니 뭔가가 자꾸 켕겨서도 아니고, 너무나 만만하고 낯익은 동업의 지우들끼리 오랜만에 주고받는 근황에 시들해서도 그랬던 게 아니라 시시비비의 소동 끝에 떠맡은 망외의 감투 때문이었다.

다행히도 빗발이 그쳤다던 밤저녁 때였을 것이다. 어느 순간 화환이 그새 너저분하다 싶게 시든 채로 울을 치고 있는 영안실 입구께가 소란스럽더니 불당 앞의 새전함 같은 조의금 상자 앞으로 덩치 큰 상복짜리 하나가 성큼 들어섰다. 그때쯤에는 조문객 좌석들이 연방 비었다가 채워지기도 하는 수선스러움이 어느 정도 숙지막해져서 검은 한복 차림의 여자들까지 합세한 빈소 앞의 팽팽한 긴장이 제법 느슨해져 있던 터였는데, 그 상복짜리가 나타나자 상주 일가들이 우르르 일어나 곧장 헹가래질하려는 운동선수들처럼 엉겨서 한바탕 통곡을 내질렀다. 그처럼 한 덩어리로 떼지어 서서 머리통들을 맞대고 터뜨리는 호곡 중에도 간간이, 아버지, 형님, 이일을 어떡하노, 야, 이 큰처남아, 소위 사자嗣子가 이제사 오믄 이게 무슨 도린가, 이런 불효가 어딨겠노, 같은 울부짖음이 들려서 그 양반이 맏상주임을 알 수 있었다. 여기저기서 들려오는 말로는 고인의 맏아들인 그는 미국 출장길 중에 뜬금없는 부고를 받잡고 부랴부랴 귀국한 모양이었고, 신용카드인지 천공카드인지를 주문받는 대로 만들어내는 자수성가

형 최고경영자로서, 이제는 그 모기업이 상장을 기다리는 알
짜 재력가이며, 덜 알려져서 그렇지 한때는 모정당의 후원자
명단에도 이름이 올랐던 명망가라고 했다. 물론 그의 현재
거주지는 서울이라고 했으며, 연배는 위로 두 누님이 있으므
로 오십대 중반쯤이라는 것이었다. 상주로서의 상례 갖추기
와 일가들의 안부 챙기기를 마치자 그는 너름새 좋게 조문객
석마다 찾아와서 두 손 모아 인사를 닦았다.

분명히 그의 그런 행차 뒤에 바로 벌어진 사단일 텐데, 어
느 자리에서부턴가 고인의 추모문집을 빠른 시일 안에 묶어
내자는 발론이 나돌았다. 끼리끼리 쑥덕공론이 한동안 이어
지다가 그 책자의 간행위원회를 구성해야 하며, 그 회장에는
마침 그때까지 자리를 지키고 있던, 근자에 개원의 노릇을
그만두고 한 사립대학 임상강사로 세월을 낚고 있는 강모씨
를 입모아 천거하자 여교수보다 삼 년 선배인 그는, 놀기도
바쁘다면서 팔을 휘휘 내젓고 자리를 떠버렸다.

생각만 해도 말품이 많이 들어야 할 큰일인데도 다들 하나
같이 죽은 사람을 살리기라도 할 것처럼 말들이 수월스러웠
다. 이름만 걸어놓을 회장짜리야 언제든, 또 아무라도 옹립
할 수 있다는 말을 모아 우선 그 간행위원회 간사로 여교수
를, 덩달아 여가의 두리번거리는 천거로 사후에나 발간 경위
와 경비 내역을 정리하는 감사직에 최가를 각각 올려 앉혔
다. 재력으로나 지명도로나 지방 유지로는 손색이 없는 선

후배 동창들이 그득했으나, 여가가 그런 유지遺志를 받들게 된 것은 그의 선들거리는 성격과 분별력 좋은 언행 덕분이었다. 게다가 여가에게는 학창 시절부터 무슨 일이라도 귀찮아하지 않는 그악스런 풍모가 따라다니고 있는 판이었고, 그런 푸짐한 일솜씨 덕분에 건강도 오달졌다. 더욱이나 대학에서는 보직 전담교수로서의 명성도 누리고 있는 터이므로 그런 사회적·학문적 감투가 그의 두상 위에보다 잘 어울리는 실례도 드물지 싶었고, 그런 모자쓰기에 관한 한 그는 언제라도 마다하는 내색을 비치는 성격도 아니었다. 알려져 있는 대로라면 어떤 스트레스도 체질적으로 받지 않는 여교수의 탁월한 정신적 체력은 건강 유지를 위해 어떤 신체적 단련도 생리적으로 거부할 정도였다. 유일한 그의 체력 관리는 여러 사람을 만나 의견을 듣고 말하기, 그들과 회식하기로 족하다는 것이었다.

여가의 처신이야 그렇든 말든 이미 주기도 제법 올라 있어서 최가는 아무려나라는 심정이었다. 설왕설래 끝에 그런 인선을 매듭짓자 비로소 학은學恩 보답의 짐을 덜었다는 듯이 동기생들끼리 떼거리로 걸어서 인근의 한 생선 횟집에도 들렀고, 그다음에는 어느 양줏집에서도 회동을 가졌다는 기억은 남아 있었다. 밤이 짧았다. 헤어질 때는 벌써 간사답게 그날 아침의 영결식장까지 두량하겠다는 여가가 잡아주는 택시를 얻어 타고 최가는 허우적거린다 싶게 귀가했다. 빗

밑의 소쇄한 새벽이 잽싸게 달아나는 거리 풍경 사이로 성큼성큼 밝아왔다.

초상집에서 날밤까지 새우고 온 뒤끝이라 최가는 그날 하루를 어떻게 때웠는지 몰랐다. 점심 나절에는 회사창립기념 등반대회를 하던 중 오른발 회목을 접질려서 아킬레스 힘줄이 찢어지고 그 통에 복사뼈까지 탈구·함몰한 어느 회사의 중역이 실려 왔다기에, 수하의 전공의와 전문의 하나씩을 데리고 달굿대 엮듯이 쇠붙이 부목을 허벅지까지 대는 시술을 두 시간쯤 진두지휘했다. 환자의 사회적 지위에 맞춰 그처럼 요란하게 호들갑을 떠는 시술 행위도 병원 경영의 한 요령이었다.

그 이튿날 아침에는 술기운을 깡그리 빼놓겠답시고 아파트 인근의 자투리 공원에서 제자리 뜀뛰기로 십오 분쯤 땅을 다지자 이내 종아리에 알이 박혔다. 시장 안의 점포도 팔아치우고 그동안 여기저기에다 사재기해둔 다섯 군데 이상의 부동산에서 거둬내는 임대료로 마름처럼 뒷짐 지고 살아가던 형이 술병으로 명을 줄이자 뒤이어 모친까지 고질병의 조짐을 패악치듯 드러내던 금세기 벽두만 하더라도 어둑새벽에 일어나 그처럼 팔다리를 흔들고 구르면 짬이 날 때마다 마냥 즐겨 듣던 여러 선율이 최가의 귓바퀴에서 떨어지지 않았고, 동호인들끼리 힘을 모아 꾸려가는 단란주점형 재즈 카페로 달려가 색소폰을 불고 싶었다. 이제는 그런 규칙적인 일상이 늙어감에 따라 하나씩 빠져가는 이빨처럼 허물어지는 것이 언짢고, 며칠씩이나 빼먹은 그 일과 중의 하나를 다시 바뤄놓으려면 역정이 머리끝까지 불쑥불쑥 치솟았다. 음악 듣기와 악기 연주에의 몰입이야말로 유전자가 몰아올 여러 증상의 수치를 조절하는 관건임을 그는 오래전부터 자각하고 있었다. 그러나 그 즐김을 가로막고 있는 심신의 다양한 바로미터를 통해 그는 적잖은 나이를, 갈수록 가당찮은 생업을 절감하며 힘없는 울화를 잠재웠다.

그 다음날 오후에서야 주독이 거의 빠졌는지 뿔뿔이 뛰놀던 몸통과 사지와 머리가, 번개처럼 희번덕거리던 생각·잡념·의식·감정 등등이 겨우 부조不調 기미를 지워가서 최가는 다소 진정했다. 챙겨야 할 일이 잔뜩 밀려 있었다. 우선 동업자 하나와 중고차 매매업을 하다가 들인 밑천까지 털어먹고 전단지·가철박이 책자·무가정보지·지역신문 따위에 실을 지면용 광고의 대행업을 하겠답시고 출자 형식의 자본금을 일 년 거치로 빌려달라며 손을 벌리던, 처족이지만 처가 성씨와는 다른 사무장 이가를 불러들였다. 그는 의료보험공단과의 통상업무, 보험회사와의 의료수가 산정, 택시·버스기사 운수조합으로부터의 의료비 수수, 병원 건물의 실내외 관리, 간호사 네 명·물리치료사 두 명·조리사 두 명·운전기사 한 명 등등의 감독을 도맡는 살림꾼이긴 한데, 만사를 닥치는 대로 해치우려는 베짱이였다. 늘 적기를 놓치곤

하는 그 임기응변조 순발력 때문에 잘한 일은 어정잡이*라서 매듭을 못 지었고, 못한 일은 공사公私에 구별이 흐려서 맺고 끊는 선이 없고, 엉뚱한 데다 시간·돈·품을 너무 많이 허비했다. 욕심을 부린다면 개미처럼 앞날을 미리 내다볼 궁량이 있으면 좋겠는데, 이가에게는 그런 머리가 없을뿐더러 나이도 벌써 쉰 고개가 내일모레였다. 병원의 여러 기능은 이럭저럭 제 발로 굴러가는 모양이었다. 예상대로 한 달 이상의 장기환자 숫자가 세 층의 병상 80짝을 반 이상 채우고 있는 것은 보험회사와 환자 사이의 덤터기 씌우기라는 신경전 때문이지 이가의 씨억씨억한 수완 덕분이 아니었다. 여름철 끝물이라고 관할 보건소에서 정기적으로 실시하는 시설 및 위생 검사가 다음 주에 있을 예정이라고 했으므로 최원장은 환자의 급식 및 식단 기준을 철저히 엄수하라고 일렀다. 더 따지기로 들면 경상비에서 원장의 급료보다 건물 임대료를 먼저 끌어내 최가 자신의 개인 은행구좌에다 집어넣어야 했으나, 그런 계좌를 알면서도 안 챙기는 이가의 무능은 새경이 얼마라도 좋다는 머슴의 행태와 다를 바 없었고, 그런 의미에서라도 최가나 이가는 공히 설계도도 없이 한사코 부지런떨기로서의 구멍이나 파들어가는 개미였다. 사무장을 물리고 나자 최가는 비로소 빡빡하던 일상이 다소나마 느슨해

---

* 인품이 좀 허술하여 제가 맡은 일을 바르고 야무지게 못하는 사람.

지는 주말 오후의 실감에 빠졌다. 그 이완감을 다독거리기 위해 최가는 슬그머니 '한인물입'의 밀림 속으로 짐승처럼 몸을 사렸다.

(잠시라도 시뜻해하는 내 기색이 비칠까봐 조심하면서 여울여울 타오르는 가마솥 밑의 장작불 같은 최가의 수럭스러운* 말솜씨를 주워담는 동안 내내 나는 엉뚱한 생각을 끈질기게 물고 늘어지는 내 자신에게 놀라곤 했다. 그 생각이란 대체로 이런 것이었다. 그 근원을 십만 년 전쯤으로 추정한다는 호모사피엔스의 진화사 중 앞부분은 알고 싶지도 않다. 그러나 대략 기원전 4000년경부터 녹로를 발명하여 도자기를 만들어 써버릇했다는 현생 인류도 잣대에 따라, 이를테면 연대기·정치경제체제·노동 및 생산 양식·교통수단·혼인제 따위로 그때그때마다 인간으로서의 전형적 풍모를 캐리커처할 수 있을 테고, 그런 분류화의 마지막 주자인 21세기형 인류의 특장이랄까, 그 공통분모는 과연 어떤 것일까? 가령 자급자족하던 농경사회의 인간들 얼굴에는 질그릇처럼 투박한 살갗의, 하늘만 바라보는 먼눈의, 뼈 빠지게 일한 노동의 대가가 너무 궁상스러워서 처연해지는 그런 당대의 지배적인 정조가 약여했지 않았을까. 얼핏 최가의 표정에 이 시대의 어떤 대표성을 띤다고까지 할 수는 없을지 모르나

---

* 언행이 두루 쾌활하다.

제법 그럴싸한 형상이 떠올랐다가 사라졌다. 그것은 어떤 대상에 대한 집념이나 열중이 지나쳐서 개염*을 부리는 눈매가 어느 순간에 해망쩍달까, 투미하달까로 슬그머니 풀어지는, 말하자면 용심스러움과 낭패스러움이 거의 기계적으로 섞바뀌는 그런 표정 변화였다. 전자기기의 여러 기능을 점검할 때의 그 몰입벽과 어떤 손가락 작동으로도 소기의 체현 능력을 구사하지 못할 때의 그 멍청한 기운이 꼭 그럴 것이었다. 개맹이†가 풀어진 기색이 완연한 채로 최가는 그때부터, 도대체 이 생고생의 정체가 뭔가 하며 정말 짜증스러운 고역에 시달린 자신의 신변 정리담을 풀어놓기 시작했다.)

방주인은 일단 책상을 등지고 대자리 방석이 깔린 의자에 앉았다. 미처 충분히 삭여서 번역해내지 못한 여가의 꽤 난해한 당대 지식의 상당한 유해론에다 제 식으로 살을 붙여 이해의 지평을 열어갈 필요는 만만했다. 평소의 그런 집중력을 새삼스럽게 일깨워준 통음에 실은 고마워해야 할 노릇이었지만, 그것을 꼬박 이틀씩이나 유예시킨 대취의 여죄는 자못 컸다.

알려져 있는 대로 삶에도 질이란 게 겹겹으로 있듯이 지식의 수준에도 그런 게 층층으로 있다고 한다. '맹신·계몽' 운

---

* 부러운 마음으로 시새워서 탐내는 욕심.
† 똘똘한 기운.

운했으니까, 막 구워낸 빵처럼 그것을 만들고 소비하는, 말하자면 지식의 개발과 그것의 향유에는 무수한 계층이 있을 수 있으므로 여가의 지론은 결국 그것이었다. 그런데 최선이라고 만인이 승복한 당대의 그 지식도 느리지만 어김없이 변모, 나름의 개선에 이르는 세상 자체의 탈바꿈과 그것에 정확히 보조를 맞춰가는 인지人智 전반의 발전, 나아가서 성숙 때문에 불원간 그것의 단면이든 전면이 마침내 부정될 날이 오고야 만다. 그 실례로 지동설은 천동설이 전적으로 오류였음을 명명백백하게 증거했다. 그렇다면 모든 지식은 언제라도 잠정적인 진실과 허위를 반반씩 담보하고 있다는 점에서 그것의 활용 및 전수는 여느 사기 행각 일체의 시종에서부터 그 결과의 득실까지와 어김없이 똑같은, 말하자면 한통속이 되는 셈이다. 이 뻔한 순환적 철리를 자각하면 어떤 모색에 다가갈 수 있다. 곧 지식욕의 항구적인 작동이다. 그러나 개인의 능력에는 어차피 한계가 있으므로 그 모색은 대체로 중동무이가 되고 말거나 회의의 연속으로 이어지는데, 그런 모색과 회의의 집적은 장차의 더 세련된 지식 총량의 발판이 된다. 잘 알지도 못하는 말을 끌어다 써먹기가 이 나이에는 계면쩍지만, 또한 이 부실한 지식의 활용이야말로 시방 화두의 골갱이가 되어 있긴 하지만, 어쨌거나 그 소위 변증법에서의 세 단계도 그런 모색, 회의, 반작용의 다른 이름일 것이다. 아무튼 만능일 수 없는, 그 한계가 어떤 방면의 추구마다의 전면에 깔려 있는, 불비不備가 당연한 어떤 지식의 발견 내지 발명과 그 향수의 회로 속에 인간은 영원히 갇혀 지낼 수밖에 없다. 이 숙명적 멍에를 여가는 '미망'이라고 지칭했으나, 그 명명은 자신의 전공에 대한 염증에서 우러나온 비명이었을지도 모른다. 물론 그도 시간당 검진 및 진료 횟수 채우기와 그 효율성의 압박으로부터 무한정 자유로울 수는 없게 되어 있고, 수하의 여러 보조 인력들이 그의 업무와 그 피로를 상당량 나눠 가짐으로써 개원의의 그것보다는 상대적으로 그 심인적 저상감이 다소 덜하긴 하다. 그것이야말로 월급쟁이의 배부른 탄식이고, 인정하기는 싫으나 그런 처지가 이쪽의 그것보다는 낫다는 식의 어떤 질적 우월감을 보장한다. 그런 이유에서라면 당신의 전공 분야에 관한 한 최대한의 겸사로 일관한 박선생의 은일한 삶은 그런대로 의의가 적지 않다. 그러나 당대 최상의 선의의 총체로서 지식의 역할이 그처럼 몸을 사리는, 자기보신으로만 또는 협착일로로 만족했다면 그 행태야말로 무용지물은 아닐지라도 또 다른 무능의 한 발현일 뿐이잖다. 개복한 후 절제만이 만능이라는 현재의 막강한 이데올로기를 조심스럽게나마 부정하면서도 심정적으로는 억지로일망정 실천적으로는 과감하게 메스를 들었으니까.

사실상 모든 지식은 이것만이 최선이고 최고다라는 선언적 자족감에 겨워 겨우 그 명맥을 유지하는 선동 그 자체의 내용물에 지나지 않으며, 역설적이게도 구매자가 값을 매겨 보라고 내놓은 당대 최상의 현물이다. 그러나 대개의 시장경제에서 볼 수 있듯이 실가가 없는 현물은 알게 모르게 사기적 거래를 조장한다. 흔히 그런 유의 매매가 고가로 흥정되는 것도 보는 바와 같다. 생산원가를 감안해서 제조자나 창안자가 매매가를 매기는 관행과는 정반대인 이 이상한 거래 행위를 여가는 나쁜 의미로서 '계몽'이라고 단죄했다. 값이야 어찌 됐든 안 사면 손해라고 윽박지르니까, 당신 운명이 경각에 달려 있다고 공갈을 때리니까 빚을 내서라도 그것을 사들여야만 하고, 붙좇지 않았다가는 대세에 밀려난 무지렁이가 된다. 그러나 그런 추수追隨는 당대의 시혜인 동시에 잘못 잡았다가는 야바위판에서 신세 망치는 꼴의 자기희생적 체벌일 수도 있다. 물론 박선생은 그런 계몽가이기를 자처하지도 않았다고 여가는 강변했다. 그러면서도 무슨 양적 풍요감 같은 게 전혀 없었던 고인의 온당하나 꼬장꼬장한 삶 자체가 질적으로도 어떤 무지, 나아가서 스스로 즐긴 모진 궁상의 구현에 지나지 않았으며, 그런 자기모순은 그 시대의 불가피한 덤터기일 수밖에 없었다는 언외의 말맛을 여가는 분명히 깔았다. 그 언중유골은 여가의 득의이자 시대를 잘 만난 청출어람의 토로이다. 이제 엉성한 채로나마 어떤 도식화를 겨냥하면 고인의 세계관은 그 천착에서 비롯한 협애성 때문에라도 무식에 합당하고, 여가의 그것은 그 포괄적 개방성 때문에 면무식으로 가름할 수 있단 말인가. 한쪽이 기술자로서 자신의 기능에 대해 회의를 일삼았다면 다른 한쪽은 그런 부질없는 회의가 개인으로서는 부당하다는 것을 안 나머지 계몽의 선악까지도 지적하고 있으니까. 뜻밖에도 유무식의 경계가 제법 선명하게 드러나고 만 것 같은데, 그 허술하기 짝이 없는 지식의 줄기찬 행진을 충동이는 동력원은 무엇인가. 그것을 알아야 미망의 탈을 벗어버릴 수 있지 않는가. 진리든 허위든 빨리 내놓으라는 시장의 아우성은 배고픔을 잊기 위해 목숨을 걸고 본능적으로 아무거라도 짓씹고 보는 원시인의 경지와 일맥상통하지 않는가. 그런 세상 자체가 한시적으로 가짜, 허구이며, 그 속을 부유하는 인간들도 엄숙한 가식의 탈바가지를 덮어쓰고 살아간다. 어차피 세상과 인간은 항구적이면서도 제한적인 반半문맹상태에서 허우적거릴 수밖에 없다.

그때쯤에서야 라디오 방송의 표준시보 같은 신호음이 두 번 울렸고, 뒤이어 문짝 위의 붉은등이 점멸했다. 신호음이 한 번만 울리면 환자 진료에 임하라는 호출이었다. 똑똑, 하는 단정한 음색의 노크 소리가 들렸고, 기다란 차양 달린 모자를 눌러쓴 내방객이 조촐하니 들어섰다. 직급정년을 맞아 금세기 벽두에, 그러고 보니 어느새 두어 해 전엔가 대과 없이 퇴직한 서기관 출신의 이가였다. (이 이가는 나와 동병상련의 처지로서 막상 인사를 나누고 보니 어디서 자주 본 듯한 인상의 그런 흔한 신수에다, 그의 근황도 누구나 자주 목격할 수 있는 우리 신변의 고만고만한 필부여서 만만했지만, 그의 좀 과장된 언행 일체가 내게 옮아올까봐 적이 조심스러워졌다. 그런 내 경계색은 자연스럽게도 어떤 여건만 갖춰지면 금방이라도 정치판에 뛰어들 사람을 떠올리게 만들었고, 최가에게 내 인상담을 넌지시 알리자, 힘이 장사야, 자잘한 승부에 강해서 지고는 못 살아, 권력 맛도 잘 알고, 라면서, 이제 정치하기는 글렀지, 나이로나 경력으로나, 지로서도 다행일 거야, 라고 덧붙였다.) "어, 이서장, 어서 오시게."—"최박, 한 짬 쉬는데 내가 훼방 놓나."—"훼방은 무슨, 일루 와서 앉아." 이가는 연방 맨손체조하듯이 어깨죽지도 빙글빙글 돌리고, 허리도 비틀면서, 양쪽 손목도 털어댔다. 방금 기계 손과 사람 손으로 두루 안마를 받았다는 티를 내는 것이다. 이가는 하루걸러 한 번 꼴로 닥치는 대접 술타령에 곯아가는 몸을 추스르겠답시고 달려든 운동 덕분으로 일찍이 테니스 엘보를 앓았다고 하며, 때 이른 오십견으로 생고생을 하면서도 승벽이 끈질겨서 3급지 세무서 총책으로 승진하자마자 배우기 시작한 골프 실력이 이즈막에는 선수급이어서 동행이 술내기든 피fee내기든 걸어오기를 은근히 기다린다고 한다. 후배 하나와 세무사 사무실을 열어놓고는 있지만, 예전의 쥐락펴락하던 권세의 덧없음도 피부로 느끼는 터이라 그런 부류들로 붐빈다는 주초에만 매주 한두 번씩 골프채를 휘두르는 모양인데, 실직자가 시간만큼은 흥청망청으로 뿌려대는 그 새 직분에 길나기 바쁘게 과로사한다는 세간의 우스개대로 워낙 바빠서 주말에만 한 번씩 최덕주 정형외과에 들러 물리치료를 받고 있는 셈이었다.

이가는 병풍처럼 기다랗게 임립한, 빠져나가는 통로의 폭만 불규칙할 뿐이지 흡사 미로 찾기의 칸막이 같은 이동식 서가의 그 사이사이를 제 마음 내키는 대로 빠져나오느라고 최가의 시야에는 그 형체가 얼른거렸다. 언제라도 언행에 두루 해학이 싱겁지 않게 묻어 있는 친구였다. 이가가 마침내 출구로 빠져나와 창틀이 배 속의 무슨 장기처럼 덜렁 빼물고 있는 구형 에어컨에다 등짝을 맡겼다. 그러고는 한쪽 팔을 휘휘 내둘리면서, 어째 좀 나은 것 같기도 하다가 점점 더 삐꺼덕거리는 것도 같고, 라며 방주인이 그것의 팔걸이에다 두 다리를 포개 얹고 잠깐씩 눈을 붙이기도 하는 환자 대기용 장의자에다 엉덩이를 걸쳤다. 경찰이나 검찰보다 힘이 세다는 데서 봉직한 그 직분상 이가는 세상의 흐름도 잘 알지만 그 치부는 더 속속들이 꿰차고 있어서 골프채는커녕 장롱 운전면허증도 겨우 지니는 최가의 자문역으로는 오감한 지체였다. "이서장, 자네는 그 소위 카드라는 뿔딱지를 시방 몇 개나 갖고 있어?" 상대방의 속내를 기민하게 읽어내는 데는 출중한 이가가 심드렁하니 받았다. "카드도 알록달록하니 온갖 게 다 있쓴이까 무슨 카드를 말하는지 모를따. 열다섯 장쯤이나 될라, 옷 벗으면서 안 쓰는 신용카드들은 몽땅 버렸고 지금은 씨씨 멤버십 카드써건 세 장만 요긴하게 써지만." 상대방의 솔직한 의중 토로를 기다리는 이가의 눈매에는 고의로 숨기거나 알면서도 어물쩍 넘기려는 사안을 캐물어야 직성이 풀리는 전직前職 특유의 본색이 완연했다. "그저께 문상 갔다가 주워들은 말인데 그까짓 거 만드는 데도 협력업체가 다섯 개 이상이나 되는갑데." 법인세 조목이 이가의 한때 전문 분야라서 큰돈벌이의 내막에는 그만큼 소상한 작자도 흔치 않다. "크기도 조금씩 다 다르니까 금형 뜨는 하청업체까지 치면 그 정도만 될라, 더 될걸."—"주문배수로 만들어주기만 하는 생산업체라는데 규모가 상당한 모양이라. 카드 뒷면에 하나씩 있는 굵다란 검은 선이, 최근에는 그 색깔도 칼라화시킨다는데, 거기에 복잡한 노하우가 들어앉았다 카고, 그까짓것에 일본과 기술제휴를 맺고 있다며 부품 조달도 서로 주고받는다 그러고. 뻥인지 진짠지. 먹고사는 길도 다들 희한해."—"보나마나 독과점업체겠네. 기술제휴업체라면 떼돈 벌었을 거라. 돈 벌려면 우선 기술이 있으야지, 기술이 사람 사는 방식을 바꾸고 세상을 그렇게 굴러가도록 만들고 있쓴이까. 요새 양은밥솥이나 냄비에다 밥 짓는 집이 어딨나, 다 전기밥솥 쓰지. 살림도 유행 따라 살아야 주부들이 생몸살을 덜 앓는다. 그걸 돈으로 메꾸자니 남자들 가랭이만 째지는 기라."—"그런가봐, 조만간 모기업의 주식도 상장할 거라고 떠벌려쌓데. 무슨 데이터 기억 장치를 그 마그넷 레이저에다 구멍 뚫는 기술 개발로 조작한다면서 얼마나 자랑이 늘어졌든지. 안 믿기데. 지 선친의 문집 간행에는 당장 은행구좌 하나 만들어서 거금을 송금시키겠다 그러고. 어쩨 돈 있는 것들은 나잇값도 못하고 그렇게나 무지막지한지."

빈말에 시늉이긴 할망정 최대한으로 공손한 말투와 깍듯한 행동거지가 몸에 배어 있긴 했으나, 돈벌이와 세상의 얼개에 관한 한 나만큼 정확히 아는 사람도 드물 것이다는 상주의 그 희떠운 자만심의 배경에는 무식이 안개처럼 자욱하게 서물거려서 최가는 시종일관 묵언의 경청자로만 자족했던 그 저께 밤의 조문객석을 떠올렸다. 그것도 물론 근신의 행태였다. 근신의 근본은 어른스런 생각과 분별, 그런 사려에 따라 붙는 역지사지의 의견 개진에 이어 묵직한 처신의 순서로 나아갈 텐데, 그런 일련의 단계가 정확하게도 거꾸로 돌아감으로써 이 사회가, 또는 대다수의 인간관계가 제 잘난 맛에 출싹거린다는 것이 그의 지론이었다. "다 그렇다. 눈에는 돈밖에 안 보이는 장돌뱅이가 유식하고 인품 챙기면 돈이 냄새난다고 지 발로 멀찌감치 내빼버리는 기라. 돈이 미구美狗처럼 눈치코치가 얼마나 빠른데 고리타분한 냄새만 맡고 뭉그적거리겠노, 알겠다 카고 더 이상 두말 안한다."

노크 소리가 툭하니 단음절로 울리더니, 얼음 알갱이가 동동 떠다니는 미숫가루 탄 유리 대접 두 개와 참외·토마토를 썰어 담은 접시 하나를 차반에 받쳐 들고 신참 간호사가 들어섰다. 탁자도 없어서 차반을 어디다 놓아야 할지 두리번거리는 간호사에게 이가가 지레 나서서, 거기 책상 위에다 놓으소. 낯이 서네, 구양이라 카제요, 앞으로 잘 좀 봐주시게. 내가 이래 봐도 우리 최원장 춘부장과, 어른 말이라, 그이하고 맞담배질한 지체니 푸대접하든 최박 욕비는 기다. 무슨 말인지 알아들을라, 라고 너스레를 풀었다. 사지 중 반이 시큰거리고, 시도 때도 없이 어깨와 허리에 둔통이 덮쳐온다는, 그러면서도 5대 1의 비율로 내기 골프에 지는 법이 없고, 평균 타수 80 안쪽이라는 이가가 이번 주에도 자동차 기름값 정도는 벌었는지 기분이 한껏 들떠 있었다. 제철 과일을 우적우적 씹는 최가가 꿀물 미수를 벌컥이는 이가를 빤히 건너다보며 얼핏얼핏 회상을 뒤적였다. 둘 사이에는 오래전부터 격의가 없지만, 이가는 의사 최아무의 전 재산을 지 손금 보듯이 훤히 꿰차고 있는 데 반해 이제 연금생활자가 되어버린 전직 세리 이아무의 동산이 어떤 단위인지 또 그의 부동산이 몇 건에 몇 필지나 웅크리고 있는지는 하늘조차 모르는 터수였다.

(최가가, 김선생 자네도 이 지방에서 피난생활을 겪어봐서 잘 알겠지만, 이라고 말문을 열었을 때, 나는 잠시 아득해지는 기분을 추슬렀다. 내가 잘못 듣지 않았다면 그는 고생담을 늘어놓을 생각은 없었던 듯하고, 혹독한 가난 속에서 찌

들어빠질 대로 찌들어빠진 우리네의 '심성' 중에 그나마 한 가닥 남아 있었던 알맹이 같은 것에 대해 토로하고 싶었던 것 같다. 그런 '알짜 심성'의 공통분모가 이제는 몰라볼 정도로 달라졌으며, 자연스럽게도 '인종'도 그때와는 판이하게 다르게 변해버렸다는 골자를 최박사는 잠시 후에 그의 혈육의 예를 들어 토로했으므로 나는 내 청취력에 안도했고, 이심전심의 심경을 스스럼없이 털어놓았다. 아무튼 최가와 이가가 그처럼 자별한 우정을 나누고 있던 당시에 우리 일가는 큰길 하나를 사이에 둔 바로 이웃 동네에서 겨우 입에 풀칠하기에나 급급했으므로 그들의 경험담과 내 그것은 그대로 겹치는 대목이 너무 많고, 따라서 '개인적 기억'이 대체로 부정확하고 이렇다 할 가치도 없다는 역사적 증언이, 그 엉성한 역사학적 진실이 미심쩍기도 했다.)

(한때는 그런 비받이가 흔해서 최가의 증언을 듣자마자 나로서는 생생하게 떠올릴 수 있었는데) 담벼락에 함석지붕을 걸쳐놓은 그 밑바닥이 부엌이었고, 그 옆으로 방 세 개와 그 방보다 사춤 큰 대청이 딸린 한 일자 집은 기다란 툇마루 앞을 온통 시멘트로 포장해놓은 복도만한 마당뿐이었다. 골목을 빠져나가면 붉은 벽돌로 지은 단층집인 제중濟衆병원이 있었고, 거기서 왼쪽으로 꺾어서 애자礙子가 주판알처럼 매달린 시커먼 통나무 전봇대 밑을 지나가면 신작로가 나왔다. 그곳이 바로 경향 각지에 소문난 통칭 약전 골목의 끝자락이

었다. (바로 거기서 100미터쯤 떨어진 곳에 헌병 양성소가, 나중에는 여군 기숙사로 전용한 일제의 막사가 있었을 거라고 내 기억력을 내놓자 최가는 얼른, 본 바는 없고 말은 들었다고 했다.) 이가는 그 동네에서 사귄 죽마고우로 '막은 안창집'의 막둥이였다. 최가가 그 동네로 이사를 간 때가 초등학교 5학년 때쯤이었으니 둘 사이에는 그후로도 학연이 없다. 갓돌로 기왓장을 얹은 흙담이 집터를 한쪽만 둘벙하게 에워싸고 있던 이가의 집은 마당도 넓었지만 창고는 더 넓었다. 기다란 위채와 꼭 그만한 아래채가 마주 보고 있는 그 사이를 창고가 차지하여 디귿자를 완성하고 있었는데, 출입문짝이 없어 우멍한 그 속에는 가마니때기들이 개새끼나 나다닐 만한 세로細路를 반듯반듯하게 내놓으며 위채보다 더 높은 지붕까지 빼곡히 쌓여 있었고, 숨바꼭질하기에 꼭 좋은 그 짚북데기마다에서는 풀냄새가 진동했다. 마대자루들도 여기저기 그렇게 쌓아두었고, 그것들은 대개 다 탱자·비자·은행·오미자·율무·구기자 등의 나무 열매들이거나 계피·가시오갈피 같은 귀한 나무껍질이거나 가지였다. 그 용도가 궁금했던 거북이의 흰 배딱지와 시커먼 등딱지도 여러 짝씩이나 곡식을 까부는 키처럼 천장에 주렁주렁 매달려 있었다. (최가는, 누구한테 그 귀갑을 어디다 쓰는지 물어본다고 벼르기만 하면서도 사십 년 동안 그 숙제를 아직 못 풀었네, 하기사 한방 약재가 어느 것이나 다 만병통치에 이현령비현령이지만, 이라고 토를 달았다.) 이가의 아버지는 여름이면 언제라도 옷단이 몇 겹씩 말려서 주름살이 굵게 진 새하얀 모시옷을 입고, 치자색 뿔통에 담은 담배를 꺼내 뽀얀 상아 궐련물부리에 끼워 피우는, 검누런 화상火傷이 투가리처럼 번들거리는 한쪽 볼을 내둘리면서(그걸 켈로이드라고 하는데, 이쪽 왼쪽 팔뚝 살갗이 그 흉터로 온통 흉하게 뒤틀려 있었네, 라고 최가는 덧붙였다), 뒷짐 지고 인부들을 부려 창고의 약재들을 들이고 낼 때는 눈씨가 매운 양반이었다. 그런 동생의 외양과 생업에 짝이라도 맞추려는 듯이 아들자식이 없는 이가의 백부는 약전 골목의 한복판에서 가게를 넓적하게 펴고 있는 유명짜한 한의사였지만, 한쪽 다리를 잘똑거리는 봉충다리였고, 그 댁마저 북통 같은 배를 불쑥 내밀고 뒤뚱거렸는데도 두 내외의 혈색은 절편처럼 뿌옇고 윤기도 흘렀다. (복부가 차오르는 그 뻔한 병을 결국 한약 장복으로 다스리고 제 명대로 살게 만들데, 라며 최가는 머리를 절레절레 흔들었다.)

그 '막은 안창집'은 건재상乾材商 집답게 살림도 짙어서 곡식가마·장작더미·숯포대·톱밥 같은 생필품들이 여기저기에 잔뜩 널려 있었고, 대청에는 뒤주만한 유성기도 단연 돋보였다. 아래채 끝방에는 아침저녁을 독상 받아 먹은 후에는 곧바로 흰 소금을 손바닥에 한줌 올려놓고 손가락 양치질을 오래하는 '정구 아재'라는 의대생이 기거하고 있었는데, 가르마가 쪽 곧은 그는 이가의 형과 막내아들의 학업을 돌보는 가정교사였다. 각진 얼굴 그대로 등하교 시간이 시계처럼 정확하고, 풀 먹여 다린 빠닥빠닥한 옷이 흐트러짐 없이 걸어가는 것 같던 그는 그 집의 옹기옹기한 딸내미 셋과는 입도 벙긋하지 않을 정도로 근엄했다. ('반면교사反面敎師'라는 지난 세기의 좌파식 비방어를 원용하면 이웃집의 그 식객 맞잡이 의대생이야말로 최가에게는 일찌감치 '전면교사前面敎師'였던 모양이다.)

고등학교에 갓 입학했던 그해 봄에 최가네는 그 함석집을 외삼촌에게 물려주고 집칸을 두 배쯤 불려서 남산동으로 이사를 가는 바람에 이가와는 멀어졌다. (내가 잘못 보지 않았다면 그 당시 최가에게는 학교 공부도, 책읽기도 진력이 나는데다가 오로지 나발 불기만이 사는 보람이어서 이가 따위와 굳이 우정을 키워갈 생념도 없었다는 눈짓을 지어 보였다.) 이가는 재수를 한다더니 그 이듬해에는 서울로의 진학을 포기하고 빈둥거리다가 그때까지는 유일했던 향리의 한 사립대 상대 경제학과에 장학생으로 입학했다. 곡절을 물어보니 그동안 쥐여주는 대로 담보물까지 잡고 돌려준 남의 돈도 그랬지만, 큰집과 함께 덩달아 선 빚보증마저도 이중 삼중으로 사달을 내는 통에 화병으로 그의 아버지도 돌아가시고, 온가족의 사는 형편이 말이 아닐 지경으로 어렵다면서 그 모든 사단의 발원이 큰집으로 양자 간 그의 형 때문이라고 했다.

말끝마다 쌍욕을 퍼 안기는 그의 형은 장차 법복을 걸칠 심산으로 서울의 모일류대학에 수월하게 진학하여 양가의 중망을 한 몸에 받고 있었으나, 정구 아재네의 미국 이민 길을 전송하러 갔다 온 후부터 갑자기 춤바람에 휩쓸렸고, 그 바람에 자식을 둘이나 거느린 과부와 눈이 맞아 그 여편네의 2층집에서 하숙생 노릇을 하다가 이제는 아예 혼인 신고까지 하고 만판으로 산다는 것이었다. (최가의 눈에 문득 회상이 어렸다. "누가 한 말을 이서장이 그대로 옮겼지 싶은데, 거북이를 함부로 잡는 기 아이다 카네. 그 영물이 한 집안을 아주 망조 들게 만들어놨다면서. 심한 경우는 몇몇 사람을 아예 결딴내버린다 카더라고. 다행히 우리집 식구 중에 아직 미친갱이는 안 나왔은이 한숨 돌리고 있다고, 그 말이 아직도 안 잊히네. 그때 왠지 소름이 확 끼치던 기억은 아직도 생생히 남아 있고. 알아둬서 나쁠 끼야 있겠나. 여름이면 파리가 그 거북이 등짝에 새카맣게 빈틈 하나 없이 엉겨 붙던 게 지금도 눈에 선하네. 미신이겠지." 현대의 과학적 의술을 생업으로 삼고 있는 최가의 눈에 가득 어린 의혹을 나는 현미경으로 들여다보듯이 읽어갔다. 한 집안이 그처럼 졸지에 알거지로 영락한 그 인과를 우리 나이에는 허투루마투루 '운'으로 핑계 삼는데, 제 몸을 살라 인명을 구한 거북이의 그 갸륵한 살신성인의 정성만 억울하달밖에, 나로서도 불가사의하게 여겨졌다.)

방위 근무를 마치자마자 4급 세무직 공무원 시험과 회계사 시험 중 하나를 목표로 삼고 도서관에서 천 시간 버티기를 한다면서, 감히 딴 생각은 범접할 처지도 못 된다며 씩씩거리는 죽마고우 이가의 앙심을 최가는 말없이 지켜보았다. 성격상으로도, 집안 형편상으로도 두 친구는 무간하게 지낼 수 있는 벗들을 사귈 수 없어서 서로가 의지로 삼고 짬짬이 만나 소식은 주고받고 있었다. 세월은 성큼성큼 흘러갔다. 가끔씩 할례사割禮師로서 사병의 자지 끝의 살거죽을 자르고 난 후 드레싱을 해주면서, 언제라도 아지랑이가 가물거리는 활주로를 쳐다보면서, 뜨고 내리는 전투기 편대의 시끄러운 소음에 귀청이 먹먹해지는 지겨운 나날의 연속이었다. 강태공이 멀리 있지 않다 싶은 그런 날들 중의 어느 하루, 의무병의 난데없는 면회 전갈을 받고 위병소로 달려갔더니 검은 고무신 바람의 이가가 허위허위 다가왔다. 마침 점심시간이 닥치고 있어서 군의관은 장교식당으로 죽마고우를 데려갔다. 몇 끼나 굶은 사람처럼 이가는 식판 칸막이가 깡그리 덮일 정도로 자유급식대의 밥과 반찬을 퍼 담았다. 짐작한 대로 면회하러 온 골자는 간단했고, 또 그럴 수밖에 없었다. 세무직 공무원 시험에 최종합격했다면서 회계사 자격증이고 대학 졸업장이고 다 때려치우고 당장 공무원으로 복무하려니 입을 옷도 없고, 연수받으러 서울까지 걸어가야 하게 생겼다고 했다. 한 달 치 월급을 가불해서 봉투째 건네면서 내친김이라 주머니에 지니고 있던 용돈까지 몽땅 털어 얹어 주었더니 이가는, 언제가 됐든 이 신세를 갚을 날이 안 있을라, 죽기 전에는 안 잊아뿔 기다, 그래도 최중위 니는 잊아뿔고 있으라, 으이, 라며 보일락 말락 한 웃음을 베물었다. 이런저런 말끝에 도서관에서 천 시간은 채웠느냐고 물어봤더니 이가는 반도 못 채웠다고, 우리 형제가 시험 운은 있는갑다고 하길래, 그 형은 어떻게 사냐고 떠보았다. 아, 그 개삼신 든 난봉꾼 말이가, 의절해서 우예 사는지도 모른다. 다들 그 제일 좋다는 대학도 중퇴하고 나서 과부년 똥밭에서 딸자식도 둘이나 봤다는 풍문은 듣고 있다. 형편만 되면 그 개새끼가 못 다한 고시공부를 해서 보란 듯이 내가 본때를 보여주고 싶지만 인자는 그런저런 욕심도 다 접어야지. 얼김에 내가 우리 집안 중시조가 돼서 정신도 없고 빚쟁이들한테 원수 갚을 일을 생각하믄 잠도 안 온다, 라고 이가는 목에 힘을 주었다. 또 한동안 소식도 끊겼고, 얼굴도 못 보았다. 들리는 소문에 따르면 전라도의 한 해변가 임지에서는 방석집마다 이계장을 대놓고 영감, 대감이라고 호칭하며 출입 시에는 젊은 한복짜리들이 치맛자락을 겨드랑이에 끼고 양쪽으로 서서 길을 만든다고 했다. 80년대 들머리에 이가는 금의환향했다. 집사람들끼리 인사라도 시키자면서 집으로 불러 갔더니 이가의 부인은 인물도 고왔고, 연간 매출액이 2천억 원을 상회한다는 어느 강재鋼材 제조업체 창업주의 장녀답게 품행에 무게가 있었다. (최가의 부언에 따르면, 이서장의 장인은 한 때 부하 직원의 진정으로 탈세 혐의를 덮어썼다고 하며, 그 누명을 벗는 데 장차의 사윗감이 일의 선후를 워낙 야무지게 매조지는 통에 아슬아슬하게 구명보트를 탈 수 있었고, 그후 부터 이가를 파리목숨 같은 기업인의 명줄을 이어 붙여준 은 인이라고 떠받들면서, 뭐 할래, 뭐 해주꼬, 뭐 하고 싶노, 말 만 해라, 다 해주께, 라며 설레발을 떨었다고 했다. 담당 세 무공무원이 총각임을 알고 그런 은유를 헐떡거리며 쏟아낸 납세자의 수완이나 그 말귀를 즉각 넘겨짚은 징세자의 원모 심려는 짝짓기로서도 거의 천생연분이라고 하겠는데, 그쪽 세계에서는 일부러 혈연을 맺어서 상부상조하는 그런 사례 가 지금도 드물지 않다고 한다.) 자리마다 그의 형과 관련된 이가네 집안 동정은 꼭 들먹여지게 마련이었는데, 그때서야 큰집 작은집의 부모들 제사 넷을 이가 자신이 다 모신다는 말을 듣고 최가는 적이 놀랐다. 과부와 인연을 맺은 그 좀 기 구한 팔자의 형을 이가 자신은 물론이거니와 그의 누나들도 일심동체로 아예 척을 지고 내왕도 일절 끊어버리는 가풍이 한편으로는 무슨 신파극 같다가도 그 매정함 밑에 깔린, 장 자로서 한 가문의 기대감을 그처럼 일방적으로 내동이친 배 반에 대한 응징치고는 너무 모질지 않은가 싶었다. 어느 해 명절 밑에 최가의 어른이, 그 막은 안창집 막내아들과 풍악 을 울리며 접대술을 한 차례 거하게 마셨다면서, 당신은 막상 없혀서 친구 따라 갔더니 술청에 올라서자마자 이가가 중인환시리에 넙죽 큰절을 올렸고, 뒤이어 그때까지 지가 앉았던 상석을 이녁에게 양보해서 동행들에게 생색이 났으며, 주흥이 웬만큼 무르익길 기다린 끝에 접대자인 어느 건설회사 사장이 미덥다는 듯이 기다란 자기 지갑을 통째로 이가에게 건네주자 세무공무원 나리께서는 그 악어가죽 지갑을 제 것인 양 까발려 접대부들 앞앞에 보수 한 장씩을 돌리고 난 후, 색깔이 다른 보수 한 장을 꺼내 제 와이셔츠 주머니에 집어넣으면서 2차 술은 이가 자신이 이 돈으로 사겠다면서 가슴팍을 툭툭 치더라는 것이었다. 그런 호기의 자유자재한 구사가 이가로 하여금 뇌물 수수에 따르는 어떤 비리나 구설수에도 연루되지 않게 만드는 비결인 듯싶었다. 접대자가 식대·주대·화대를 거리낌 없이 내놓을 분위기와 그 기회를 알겨내는 능력이야말로 요직의 공무원이 소관업무를 제대로 두량하는 관건이라면서도 이가는 최가와의 회식 자리에서만은 지 말로 '그 배운 도둑질 버릇'을 앞서서 활수하게 써먹었다. 곧 번번이 이가가 식대를 낼 뿐만 아니라 그 처리가 하도 감쪽같아서 그때마다 최가가, 또 언제 계산했냐고 따지고 들면 그는, 어허, 어린것이, 무엄하다, 내가 자네 어른하고 식음을 같이하며 놀아본 몸이다, 그러니 내가 자네한테는 일컬어 부집父執뻘이라, 잘 모셔라, 라며 짐짓 거드름을 피우곤 한다는 것이었다.

이가가 모자를 벗자 희끗희끗한 상고머리가 드러났다. 달라지는 머리털의 색깔은 물론이고 이발 모양새까지 유전이고, 음성과 말투도 그대로 내림이다. "이런 것도 삼단논법이 될란지 몰래라. 첫째, 돈은 달다, 단것은 설탕이다, 설탕 싫어하는 사람은 없다. 맞제? 둘째, 설탕은 적당히 섭취하면 몸에 좋지만 지나치면 오장육부를 녹인다, 녹는 기 썩는 기다, 그러니 돈이 흘러들어가서 안 썩는 데가 없다. 말이 될라?" 최가가 즉각 말을 받았다. "그 부패를 미리 막는 풍요세를 거둬야지. 도덕적 품성 함양세라고 해도 좋고. 명칭이야 좀 많아, 담배세·주세도 거둬들이는 판인데."—"큰일날 소리. 잘 사는 것도 무슨 죈가. 내 배 째보라고 악따받게 덤비면 우짤라고? 지 몸 지가 알아서 썩힌다는데 나라가 나서서 그 귀한 자결권을 박탈하라고? 안 된다, 나라가 무슨 힘이 그렇게나 남아돌아서. 길잖은 인생 좀 쓸 데 쓰며 살아라고 나라에서 그렇게나 빌어도 쌈짓돈을 안 허물고 사는 여물어빠진 백성도 있고, 나라까지 당도를 높여서 구석구석 썩혀야 지 배짱이 편다는 모질어빠진 민초도 새삐까리다. 인종들마다, 그 소위 민족들마다 품격의 차이가 이렇다. 돈 앞에 장사 없다는 소리는 돈이 그만큼 썩히는 힘이 좋다는 소릴 것이다, 맞을라?"—"돈이야 무슨 죄가 있나, 오로지 요긴한 도구일 뿐인데, 무식이 죄만스럽지."—"다 무식한데 지 혼자 유식하다고 설치면 왕따 안 당할라? 다 썩는데 지만 안 썩어? 썩으면

끝이야."—"썩은 데를 발견하는 족족 잘라내는 데는 한계가
있어. 절제는 만능이 아니야. 그래서 예방조치를 강구하자는
거고. 의술도 시방 그런 쪽으로 가야 하고."—"이치는 간단
하다마. 낙천적이면 스트레스 안 받는다, 돈이 없으면 썩을
것도 없다, 무식하면 더 이상 알 것도 없어진다, 남을 모르면
지가 뭔지 몰라도 되고 지 자신을 알 것도 없다, 지만 잘살자
는데 세상이 썩든지 말든지 알 기 뭐 있나, 지 한 몸만 챙기
는 사람한테 남이 간섭하면 싫다 칸다."—"더불어 안 살겠다
는 주의지, 세상은 자꾸 더불어 살자는데. 수선스럽든 말든
지 멋대로, 온통 뒤죽박죽 뒤섞어서 살자는 자유주의도 그거
고, 품질 좋고 값도 싼 것은 남의 것부터 사 쓰고 보자는 신
자유무역주의도 바로 그런 발상이고. 그게 비경제적이라는
까탈부림에는 틀림없이 무슨 피해망상 같은 게 들어앉아 있
을 거야. 우리가 예전에 그렇게 당했는데 이제는 제발 잊으
라는 소리는 병이 있는데 그 병을 없다고 여기라는 헛소리
고. 그렇게 풀어야 반쯤은 말이 될 테고."—"지금 이북이 안
그럴라, 세상은 속도전으로 흘러가는데 저것들만 안 흐를라
니 시부저기 자발적으로, 그러다가 점점 기세도 좋게 적극적
으로 썩는 거 아인지 몰라. 계곡 물이 와 맑은데? 누가 단언
하데, 전투 안하는 군대는 반드시 썩는다고. 아무 하는 일 없
이 총구멍에 기름칠만 하고 앉았으니 거기서 혁명이 나오기
는커녕 엉덩짝에 진물만 흐르는 기라. 아쉬운 걸 모르니 귀

천의 감각이 없고, 자연히 썩을 수밖에. 없이 살아봐야 없는 기 귀한 걸 아는데 군대야 의식주 걱정이 있나, 전쟁을 안하니 목숨 귀한 줄 모르는데 지가 누군지 알 기 뭐 있노. 미국 군대가 와 안 썩고 싸움을 잘하는데? 전쟁을 안하면 저거 몸이 먼저 썩는 줄 진작에 알아서 그렇다. 또 우리가 저쪽보다 부분적으로 더 썩은 것도 없는 기 없어서 그렇다, 말이 될라? 저쪽은 전체가 몽땅 송두리째 썩어빠졌고. 배부른데 놀며 살지, 미쳤나, 땀 뻘뻘 흘리며 새 빠지게 일하고로. 노니 염불하라는 말은 진리다, 눈물겹도록 곡진한 당부다. 염불이라도 해야 지가 누군지 보일 거 아이가, 아무리 머리가 없어도 설마 그거야 안 보일라."

4

눈에 드러나지 않는 뼈마디의 이상을 점검, 교정, 치료하는 의사답게 최가는 병처病處를 캐들어가는 데는 일가견이 있었다. 굳이 분별하자면 그가 다루는 병증은 대체로 심하든 약하든 그 통증이 분명히 감지되고, 신체의 어느 부위에 탈이 났는지 환자 스스로가 짐작할 수 있고, 병력이 상대적으로 긴가 하면 치료의 경과가 산뜻하지 않아 고질이라 일컬을 만한 것들이었다. 그러니까 그것을 유전적 소인으로 치부할 수 있는 것도 없지 않으나, 후천적인 것일수록 그 내력을 정확히 점칠 수 있었다. 치료 효과마저도 막연하고, 그 예후도 내외과적 질환처럼 근치·완치·불치 같은 판정을 내리기가 쉽지 않았다. 다행히도 전염성은 없는 병환들이어서 당사자만 죽을 맛이긴 해도 그 통증의 호소로 말미암아 주위 사람들이 시도 때도 없이 심란해져서 생고생이었다. 바로 그런 질환을 구색 맞춰 앓고 있는 피붙이들에게 시달리느라고 최가는 근자에 영일이 없었다.

(갈치를 주재료로 삼아 요리하는 깔끔한 밥집에서였다. 호박·무·감자 따위를 넙적넙적하게 썰어 넣고 빨갛게 조린 갈치의 그 바특한 국물을 밥 위에 한 숟가락씩 얹어 호박잎을 둘둘 말아 싸 먹는 최가의 먹성을 나는 눈여겨보고 있었다. 갈치구이 토막만한 그의 휴대전화기가 식탁 위의 한쪽 모서리에 방정맞게 놓여 있었고, 그것이 울릴 때마다 그는 꼭 전화번호를 확인하고 나서야 그 앙증맞은 기기를 귓바퀴에다 갖다 대곤 했다. 통화자는 그의 집사람이거나 일가붙이인 듯했다. 그는 어떤 동작이나 표정도 자제한 채 거의 상대방의 말을 새겨듣기만 하고 있었다. 집안의 우환은 우선 말을 많게 만들고, 그 말들은 대개 다 이런저런 핑계거리의 주워섬기기가 아닌가 싶었다.)

"내일모레 사위 볼라는 이 나이에 내가 먼저 어서 돌아가시라 캐라 칼 수는 없어서 버버리처럼 입 닫고 듣고만 있는 기다. 중병 삼 년에 효자 없다 카지만 형수, 사돈댁, 집사람,

장인·장모, 여동생 내외, 장조카 이하 등등이 내 입만 쳐다
보고 있어도 난들 무슨 말을 더 보탤 기 있겠노. 그래도 만만
한 기 우리집 밥쟁이라서 하루라도 빨리 자는 잠에 운명시켜
돌라고 간절히 빌어라, 그 수밖에 더 있나고 새벽마다 달래
고는 있다. 돈으로도, 정성으로도 안 되는 기 바로 이런 경우
지 싶우네. 죽는 것도 안팎이 어떻게 이토록 판이하게 달라
서 내 마음이 한쪽은 찬바람이 일도록 내치고, 팬하케 앞서
간 양반은 잠시라도 와 좀더 붙들지 못했나 싶어 시방 원망
이 서리서리 똬리를 틀고 앉았다. 하기야 두 쪽 다 가슴에 대
못을 박아놓았지만서도. 우쨌기나 새벽 서너시부터 옳은 잠
한번 못 잔 지가 벌써 수삼 년째다." 집사람이 아직 잠도 덜
깬 에부수수한 몰골을 머리꼭지에서부터 이부자리를 걸터
넘는 걸음걸이에까지 덕지덕지 처바르고 방을 빠져나갈 때
마다 최가는 어둠 속에서도 눈을 흡뜨며 어떤 기억의 조각들
을 끌어모았다가 흩어버리곤 한다는 것이었다. 그러면서도
환등기 속의 흑백사진 같은 장면들 중에서 말로 옮길 수 있
는 것들은 몇 개밖에 없다고 했다.

오누이는 유달리 정분이 두터웠다. 아마도 그이가 처자식
을 남겨두고 매제 일가의 남행길을 전송하러 따라나섰다가
그 길로 영영 생이별수를 평생 겪게 된 곡절 때문에 더 그
런 듯했다. (그 시절의 모든 사연이 대체로 그렇듯이 최가네
의 파란곡절은 배경도 흐릿하고, 그래서 그럴 테지만 그 내

용 일체가 무슨 전설 같았다. 그중에서도 평양의 한 술도가 집 외동아들이 동대문시장 바닥에서 시마지를 필뙈기로, 광목·옥양목 등은 통뙈기로, 더러는 어느 것이나 자뙈기로 끊어 파는 장사치였다거나, 앞서거니 뒤서거니로 서울까지 유학 와서 모상업학교에서 동문수학한 친구이자 처남이 알음알음으로 미창인지 피복창인지의 고지기를 맡았다가 화재로, 유실물횡령죄로 경찰서에 불려 다니느라고 죽을 곡경을 치렀다는, 우연찮은 난민의 허실투성이 일화들이 그랬다.) 불과 두 살 차이인데도 해방둥이인 그의 형과 달리 최가에게는 동란 전후의 서울에서의 생활세계가 한낱이라도 옳게 남아 있는 게 없었다. 마찬가지로 죽은 듯이 업혀서, 또는 용수 쓴 죄수처럼 걸려서, 기차를 타다 말다 하며 발길 닿는 대로 내려온 피난길에서의 경험담도 역시 먹통이었다. 그러나 그 이후부터는 언제라도 그 가사는 어찌 됐든 곡조만큼은 따라 부를 수 있는 노래가 숱하게 줄을 섰다. 이를테면 무슨 연고로 등을 비비게 되었는지 알 수 없으나, 천장에 매달린 기중기가 통나무를 옮겨다놓으면 원형 톱날이 그 나무짝을 단숨에 두 동강으로 갈라놓곤 하던, 언제라도 나뭇내와 톱밥이 지천으로 풀풀거리던 삼올 제재소에 딸린 두 칸짜리 셋방, 송판때기로 담장과 지붕을 이어놓은 그 집의 험상궂은 도사견, 담요 같은 제복을 입고 무시로 재목을 켜는 현장에 나타나서 인부들에게 담뱃갑을 돌리던 주인집의 경찰관 아저씨, 주전자를 들고 뒷박 막걸리를 사러 다닌 술심부름 중에 목격한 여러 집집마다의 생활 형편 등등이 그것이었다.

하룻밤에 두세 번씩 들락이던 술도가의 말끔한 시멘트 바닥에 드러난 홈과 자갈까지 지금도 기억할 수 있었다. 외삼촌이 들르면 엄마는 술상을 봐서 명색 대청에다 내놓고는 지아비에게 '사이뺻상'이라는 호칭을 무람없이 내둘렀고, 당신 오라버니는 '미나미南상'이라고 불렀다. 그가 초등학교에 들어가고 난 후에도 그런 일본말 대화는 보란 듯이 들렸는데, 그 남의 나랏말 구사에는 여자로서 정규 교육을 제대로 받았다는 자랑과 그 말이 조선말보다 훨씬 부드러워서 맛깔스럽고 소화하기에도 편하다는 자세가 넘실거렸다. 지어미는 언제라도 막걸리 주전자가 비워져야 잠시 술상머리를 물러났다. 사이상, 어드렇게 남으로 내려온 것이 덩말 잘한 것입네까, 하고 외삼촌이 우스개조로 물으면, 아버지는 감나무 우듬지에다 시선을 못 박고는 한참이나 뜸을 들였다가 마지못해, 몰갔어, 디금 와서 ·어카갔네, 라고 시무룩이 되받고는 했다. 부엌에서 대꾸할 말까지 챙겨온 엄마가 받았다. "아주 잘 내려왔디, 말해 무어 함네, 돈도 제 수단껏 얼마든지 벌 수 있을라무니 얼매나 돟간디, 고향도 사는 방식이 달라서야 다시 찾고 싶은 정내미가 어드메 들갔어."

두 술꾼이 두부 부침개를 뒤집는다 싶게 간장 종지 속에다 굴려서 적시면 짜다면서 지어미는 눈살을 찡그릴 줄도 알았다. 좋게 보면 여성다운 애교가 몸에 밴 그런 지어미를 술상 머리에 턱받이시키고 점잔을 부리는 게 지아비에게는 호사인 것 같았다. 지아비가 검지로 관자놀이께를 톡톡 건드리며, 여기두 이게 너무 썩었디, 암, 그렇구말구, 정 붙이구 살래두 성이 타딜 않디, 라고 말했다. 어린 눈에도 엄마의 성정이 좀 간살스럽지 않나 싶었다. 억지와 가식이 별나서 비위에도 거슬렸다. 당신의 친정이, 나중에 알고 보니 큰집이었지만, 평양 시내에서 알아주는 포목상 집이었다는 하소연도 도무지 믿기지 않았다. 지금에사 긴가민가하지만 휴전 직후에만 해도 벌써 군복 같은 군수물자를 버젓이 내놓고 암거래하던 세칭 양키시장의 그 많던 가게들 주인이 대다수 이북 출신이었다. (많은 부분을 생략한다 하더라도 그들이 흘러흘러 거기까지 살길을 뚫어낸 그 디아스포라 행로 자체가 구구절절 기가 막히는 사연 일색일 터였다. 실제로도 그들의 생활력이라기보다 정착력은 무서울 정도로 그악스러웠다. 따지고 보면 서로가 박이 터질 때까지 싸우는 적국의 백성임에도 불구하고 같은 말을 쓴다는 이유만으로 거침없이 박힌 돌을 빼고 안방 차지를 해대는 행티도 적잖이 수상한 일이었다. 나중에 안 사실이지만, 어디선가 끊임없이 흘러나오는 횡령품으로서의 군수물자가 그들의 그런 모진 생존을 도와주고 있었으니, 소위 국민방위군사건에서 읽을 수 있듯이 1천여 명의 아사자·동사자의 속출로 말미암은 한쪽의 전투력 손실은 다른 한쪽 곧 암시장의 활성과 그 풍요를 보장하는 공급원이었던 셈이다.)

서너 평이 될까 말까 한 외삼촌의 가게로 엄마가 만들어준 밑반찬을 가져가면 가게 주인은 군복더미 속에 파묻혀 눈만 빠끔히 내놓고 있는 몰골이었다. 천장에 주렁주렁 매달린 전시용 상품을 벗겨내는 대나무 갈고리도 두 개나 첩첩으로 쌓아둔 군복더미들 속에서 굴러다녔다. 풍로로 갓 지은 냄비밥을 무릎 앞의 도마 의자 위에 올려놓은 외삼촌은 언제라도 말없이 3층짜리 찬합을 받자마자 학용품 사 쓰라며 반으로 접은 종이돈 뭉치에서 꼭 두 장씩 빼내 손에 집어주곤 했다. 그 가게 뒤쪽에는 골마루를 사이에 둔 골방이 두 개 있었고, 그중 한 방에는 키다리 아저씨와, 역시 군수물자인 양말짝·야전삽·대검·단도 등을 리어카에 싣고 행상하는 여자가 함께 살았다. 철부지였음에도 그들이 어쩌다가 만나 임시로 동거하는 뜨내기 삶이라는 것을 알아챘다. 그런데 어느 날 한낮에 그 키다리 아저씨가 밀짚모자를 눌러쓴 남루한 행색에 지팡이까지 끌고는 방천시장 일대의 가가호호를 누비며 동냥질하는 광경을 목격하고는 깜짝 놀랐다. 더욱이나 하도 이상해서 한참이나 그 뒤를 졸졸 따라다니던 이쪽과 눈이 마주쳤는데도 키다리 아저씨는 멍한 시선으로 까까머리 소년을 쳐다만 볼 뿐 알은체를 하지 않았다. 얼마나 괴기스러웠던지 한동안 그 빨래 장대 같은 아저씨의 뼈만 남은 형상에 쫓기는 꿈을 꾸다가 소스라쳐 깨곤 했다. 싯누런 누렁이 한 마리를 전봇대에 매달아놓은 채 때려잡느라고 사람들이 빼곡히 몰려 있던 어느 한여름날 오후였다. 아마도 여름방학 숙제로 곤충채집 표본에 쓸 메뚜기나 여치나 잠자리 따위를 잡으러 방천 너머의 논밭을 헤매다가 집으로 돌아가는 길목에서 목격한 풍경일 것이다. 그 지독한 무더위 속에서도 키다리 아저씨는 땀도 흘리지 않는 특이체질이었다. 교원 양성 학교로서는 이북에서 최고의 명문교 출신이라는 그 양반이 구걸 행각을, 그것도 그처럼 깜쪽같은 변장으로 동냥자루를 들고 다니다니, 그때부터 세상이 달리 보이기 시작했다. 누구라도 거지가 될 수 있고, 학생을 가르치던 선생이 그처럼 전락할 수 있는 세상을 어떻게든 이해해야 했다. 그 양반이 외삼촌의 둘도 없는 친구에다 아버지와는 호형호제하는 사이로, 그와 임시로 사는 동거녀도 지물상 집 딸이라고 해서 점점 더 뒤숭숭해지던 기억은 그후 재생시켜볼 때마다 머릿속이 불을 지핀 듯 후끈거리게 만들었다.

온통 가짜의 세상이었고, 위장한 사람들 천지였고, 불법의 암거래가 공공연한데도 니 것 내 것이 분명하고, 내남없이 각박한 살림살이여서 조석으로 쌀도둑, 신발도둑, 옷가지 도둑이 여기저기서 출몰했다고 두런거리는데도 수상쩍을 정도로 그냥저냥 살아내지고, 법 이전에 양심이 매사의 기율로 훌륭하게 작동하고 있었다. (웬만한 배짱 가지고는 학력을 속이지는 못하는 게 이 땅의 엄연한 질서인데, 그 당시 하필 그 명문교 출신들이 왜 그처럼 흔했는지는 아직도 풀리지 않는 수수께끼다. 그 키다리 아저씨가, 아니 외삼촌이 그즈음 연세가 얼마나 됐냐고 나는 물어보았다. 최가는 뺄셈을 하느라고 식탁 위에다 손가락질을 하더니, 서른 살은 넘었을 것이다, 라고 했다. 이쪽이나 그쪽에서도 벌써 지원병으로 불러들이기에는 애매한 나이였다. 승패의 고비가 결정적으로 판가름 나는, 어느 순간에 무슨 곡절로 한쪽에 망조가 들어버리는가에 좀 별난 관심이 있어서 총포류가 등장하는 이런저런 현대전의 '전쟁사' 읽기에 게으르지 않은 편인데, 내가 알기로는 평양사범학교 출신이 동란 중 현역으로 종군한 사례는 흔하고, 김일성대학과 평양사범대학 재학생들이 전선에 투입된 경우는 많았던 모양이다. 머리를 끄떡였다가 뒤이어 흔들기도 하면서 나는 최가의 어른 학력까지 염탐해보니, 열여덟에 장가가고, 열아홉에 소개다 뭐다 하며 근로봉사나하다가 이듬해 자식 보고 해방 맞고 했다니 공부고 뭣이고 할 엄두도 못 냈을뿐더러 이 지방에서 밥술이나 제때 뜨고 살 때까지 근 십오 년을 이래저래 부대끼고 쫓겨다니기 바빴다고 늘 한숨이 늘어졌었네, 운운하며, 소개 전학인가로 평양에서 중학교 졸업장은 간신히 받았던 모양이라고 얼버무렸다. 참으로 불행하게도 그와 나는 가족의 일원인 할아버지를 모르는, 사회적·시대적 강제 때문에 격세유전의 형질을 점검할 수 없는 천성의 굴퉁이[*] 세대였다.)

생각할수록 신통한 우리 배달민족의 덜렁이 기질 때문에 사회적으로나 가정적으로나 발빠르게, 거의 성큼성큼이라고 해도 좋을 정도로 사는 형편이 나아졌다. 급전을 돌려주고 때만 되면 여축없이 돌려받는 무진회사에 다니며 익힌 것이 시장바닥에서의 낯 두꺼운 면면과 그 상술이었다. 남 밑에서 돈 심부름이나 하면서 그 구전을 받고 사는 데 성이 안 찬 최씨는 그때까지도 혈혈단신인 처남을 앞세워 흔히 큰시장이라고 일컫는 서문시장에다 점포를 냈다. 업종은 양복지의 도소매업이었다. 한 감씩 자로 끊어 팔기도 했으나 양복점에서 주문하는 대로 필뙈기로 안기고 나서 맞돈이나 선금도 받고 외상도 놓았다. 몇 달 지나자 굴러가는 장사 꼴에 새파란 싹수가 환하게 비쳤다. 매부도 동종의 가게를 벌였고, 곧장 이때를 놓치면 돈복에 바람 든다 싶어 라이닝지라는 양복 안감지만을 주로 취급하는, 그즈음에는 통칭 라사점이라고 부른 맞춤 양복점들에다 두루마리 '기지'를 통째로 풀어 먹이는 태평상회의 사장이 되었다. 그것도 다 운이고, 영감의 타고난 돈복이겠지만, 계절도 바뀌기 전에 단골이 생겼다. 서너 집 건너 나란히 앉아 문을 열고 있던 처남의 양복지 전

---

[*] 겉모양은 제법 그럴듯하나 속이 보잘것없고 그 내력도 알 수 없는 물건이나 사람.

문 도소매점 대평상회보다(최가 외삼촌의 그 가게 상호는 피난지와 출생지의 지명 머리글자를 한 자씩 따온 것이라고 했다) 이녁의 가게가 단가는 저가였어도 수요가 많았고, 이문도 좋은데다 수금도 잘되었다. 그 업종은 결국 창고업이자 배달업이었다. 양복지든 안감지든 계절별로, 요즘 말로는 브랜드별로, 색깔별로 구색을 갖춰 진열해놓고 있다가 양복점에서 주문이 오는 대로 즉시 자전거로 돌려 주어야 했기 때문이었다. 책장 같은 선반을 줄줄이 세워놓고 거기다 켜켜이 쌓아둔 두루마리 피륙을 들고 낼 때마다 고의든 자의든 꺼뭉어나가는 것을 미연에 막자면 창고 앞에다 책상 한 짝을 갖다놓고 요령도둑놈처럼 지키면서 형식적으로나마 로트 넘버·거래처·물량 같은 항목을 출고장에다 기재해야 했다. 그렇게 단속해도 철마다 재고조사를 해보면 장부 속의 숫자와 말대 수가 맞는 품종이 하나도 없었다. 후무린 물건인 줄 빤히 알고 후려친 가격일망정 주문품을 배달하는 즉석에서 양복점 주인으로부터 받는 현찰이 수월찮았고, 실제로도 그런 좀도둑질로 치부해서 점방까지 버젓이 내고 있는 장사치도 있었다. 정직하고 부지런하면 저절로 살아지고, 때가 되면 양반처럼 잘살 수 있다는 것이 창고주인의 생활철학이었다. 그러나 그 말을 귀담아듣는 사람은 드물었고, 창고를 맡길 사람은 아예 없었다. 의심을 하기로 들면 끝이 없어서 오줌보가 터질 것 같아도 자리를 비우지 못했고, 이러다가 생병 나겠다면서 영감은 음식점에서 시켜 먹는 밥을 후딱 비우고 나서도 숭늉조차 적게 마시려고 한 모금 찔끔 털어넣고는 오랫동안 '우가이'하느라고 볼을 불룩거렸다. 많을 때는 배달꾼을 서너 명씩도 거느렸지만, 창고 주인이 의심의 눈길을 보낸다 싶으면 그들은 두말없이 하루에도 수십 리 길을 자전거로 달려야 하는 그 '불알에 요령 소리나는' 천직을 내팽개쳤다. 최가의 형이 창고지기로서는 적임자였다. 그는 경쟁률이 없는 대학에 입학했다가 학점이란 것을 따보지도 않고 도중하차한 이력이 말하는 대로 글과는 거리가 멀었다. 나중에서야 본인의 실토에 따라 들통이 났지만, 집에서는 등록금을 네 번이나 받아가서 대행 수납기관인 모은행에는 두 번만 집어넣고 엉뚱한 곳에서 얼쩡거린 그의 행적을 이미 훤히 꿰차고 있고, 바로 그런 눈치 빠름을 자랑거리로 삼는 사람이, 맏자식이 다섯번째로 학비를 달라고 손을 내밀자, 돈이야 주지만 헛걸음은 고만 하고 그런 간판따기가 어디에 쓸모가 있겠냐, 아버지 일이나 도우고 창고 자리나 지키라고 권하자, 당사자도 받은 등록금을 손에 쥔 채로 선선히 시장바닥으로 달려가 '따르릉거리는 자명종이 앞발통에 달린' 자전거부터 몰아대기 시작했다는 것이었다.

최씨의 맏자식은 역시 내림대로 장삿속이 밝았다. 창고와 장부, 출고증과 인수증을 여축없이 챙기면서 비수기인 여름이면 미수금을 독촉하는 빚받이 걸음을 마다하지 않았다. 넉

살도 좋았는지 한번은 영월군의 한 오지로 들어가서 채무자의 뒤꽁무니를 꼬박 이틀 동안이나 따라다니는 강행군 끝에, 심지어는 돈을 돌려오겠다는 채무자의 입에 꿀 바른 말을 못 들은 체하고 그 뒤만 쫓느라고 수박밭의 원두막으로, 천렵의 최적지로 소문난 어느 강변의 모래무지 낚시터로, 한 사찰의 발치께에 드러누운 디근자 여인숙으로, 닷새 장의 선술집 뒷간까지 졸졸졸 붙어다닌 보람대로 오 년 이상 묵은 거금의 물품대를 잔금도 안 떨구고 몽땅 받아와서 태평상회 사장을 깜짝 놀라게 만들었다. 아예 떼먹자고 작정한 것들, 제 쓸 데다 쓰면서 여수가 질겨빠진 것들, 준다 준다 하면서 사람 애만 태우는 입 싼 것들에게 시달릴 대로 시달리고 속이 썩을 대로 썩어야 옳은 장사꾼 소리를 들을 수 있었다. 오죽했으면 예로부터 장사치의 똥과 선생의 그것은 강아지도 거들떠보지 않는다고 했겠는가.

한편으로 장사란 팔기보다 사기를 잘해야 목직한 모갯돈을 쥐어볼 수 있는 돈놀이였다. 사재기란 돈이 돈을 물어오는 대량 매점買占이므로 창고는 클수록 좋았고, 일숫돈이라도 거금을 일시에 끌어들일 수 있는 수완이 관건이었다. 눈이 뜨이자 수판이 놓였고, 돈 버는 길이 훤히 보였다. 실행만 남아 있었는데, 그것은 발품이나 다름없었다. 안에서는 달러 환전상들까지 끌어모아 뭉칫돈을 여투었고, 밖에서는 착수금까지 지르고 직조회사에다 임직任織을 통사정했다. 천시

나는 물건을 누가 얼마나 갖고 있다는 거야 양복점 주인들이 먼저 알았다. 시세보다 몇 푼이라도 싸게 파는 것은 단골 숫자를 늘리는 수단이자 맞돈으로 거래하려는 장삿속이기도 했다. 돈 궁기에 몰려서 허둥지둥할 때도 없지 않아서 어느 해엔가는 한 시중은행의 지점장 집 문전을 부자가 밤늦도록 번갈아가며 지킨 덕분에 그 다음날 시중금리보다 싼 법정금리의 대출금을 받아내기도 했고, 한번은 그동안 여기저기에 잡아둔 여러 크고 작은 부동산들을 모개흥정하여 명도일까지 박아놓은 보관증 한 장을 건네주고 거금의 급전을 돌려쓴 적도 있었다.

80년대에 들어서자 그 업종도 벌써 노란 싹수가 보이기 시작했다. 맞춤 양복 시절이 시나브로 꼬리를 내리고, 백화점에 내걸린 기성복을 입맛대로 골라서 사 입는 세월이 제 발로 굴러와서였다. 장사야말로 바뀌는 세상 앞에서는 속수무책이었다. 유행을 타는 업종도 아니라서 세월이 다시 돌아오기를 마냥 기다릴 수도 없었다. 전을 걷자는 발론을 먼저 꺼낸 사람은 최가의 형이었지만, 그는 노임 지불에 늘 허덕이는 지방의 건축업자들을 상대로 뒷짐 지고 돈놀이나 하던 아버지를 앞세우고 가게와 창고를 80년대 말까지 지켰다. 그동안 부자는 억척스럽게 돈을 벌었다. 고객 접대조로 양복점 주인들과 짬짬이 회식자리를 벌였고, 옷감들에 대한 재단사의 반응을 듣느라고 양복점으로 수박을 사 들고 찾아보기도 했다. 단가가 오를 것을 미리 내다보고 전매해둔 이른바 유명 메이커의 양복지는 맞돈으로 거래한다는 조건을 내걸고 종전 가격으로 풀어먹였다. 돈이 모이면 시세보다 한푼이라도 헐값에 내놓은 땅을, 그것도 주로 변두리 지역에 있는 것부터 사들였다. 터무니없게도 그쪽의 땅값이 흐르는 세월 따라 급등세를 시원스레 보여주고 있었기 때문이었다. 은행도 못 믿는다면서 사채놀이로 돈을 굴리고, 그때마다 반드시 담보물을 잡았다. 일시적으로 돈 궁기가 덮쳐도 사둔 땅을 팔거나 작은 것으로 바꿔치기할 궁리는 애초에 얼씬도 못하게 잡도리하고는 급전을 돌려쓰든지, 고리의 이자를 물면서까지 변제 기일을 하루라도 뒤로 물렸다.

그런 이재 수단의 대강을 곁에서 조종하고 실천을 짓조르는 양반은 물론 세군細君이었다. 내자를 일본 사람들이 흔히 그렇게 써버릇해온다는 발설자의 말대로 최가의 모친은 환갑 전후까지만 해도, 그러니까 바깥양반이 현업에서 거지반 손을 떼고 사채놀이에 짤짤한 재미를 일구던 무렵에도 몸매에 군살이 없던 여자였다. 그 나이에는 살이 인물이라고 하지만, 그처럼 새치름한 자태에도 불구하고 불어나는 돈복을 오롯이 갈무리한 걸 보면 돈이란 역시 기리는 양반의 품을 보금자리로 삼는 모양이었다. 꼭 그 야무진 이재 수완 때문만은 아닐 텐데 두 양주는 금슬도 좋아서 돈푼깨나 만지는 바깥양반들이 다들 중년부터 알게 모르게 누린다는 축첩질이나 오입질도 멀찌거니 내몰았다. 한쪽은 맷돌처럼 과묵하고 부지런했으며, 다른 한쪽은 참외처럼 아금받고 오사바사해서 집에서 큰소리가 날 일도 없었다. 평생토록 음식 투정이 없던 바깥양반이 밥상 앞에서 한쪽 엉덩이를 끄떡 쳐들고 소리도 맑은 줄방귀를 뀌면 안에서는 얼른 부채로 까붐질을 하거나 한겨울에도 방문을 활짝 열어놓고는 손바람을 일구는, 그런 점잖은 호들갑을 부창부수 격으로 떨어대도 온가족이 웃지도 않았다. 한편으로 당신은 소주만 즐기면서도 맏자식에게는 담배도 제일 비싼 걸로 피우고, 술도 때와 장소를 가릴 것 없이 늘 기중 좋은 것을 골라 마시라고 단단히 일렀다. 그러나 돈만은 남에게 빌려주지도, 빌려 쓰지도 말며, 기집질과 노름질만은 하지 말라고 신칙했다. 또한 맏자식뿐만 아니라 둘째자식과 그 밑의 하나 여식에게도 공부를 하라 마라는 말조차 일절 없었고, 언행 일체나 돈 씀씀이나 남과의 사귐 같은 일상생활에 대해서 어떤 간섭을 내놓지도 않았고, 집사람이 자식 농사를 잘 짓느라고 이런저런 일에 따따부따를 일삼으면 몇 마디 듣자마자, 고만두디, 그 칸다고 뭐시 둏게 되갔어, 들었디? 날래 그렇거구, 어서 가라우, 라며 손짓으로 자식들을 물렸다. 그런 부상은 한결같았으며, 그 무심한 너그러움이랄까, 당신 주변의 잘잘못에 대해 대범하게 눈을 감아버리는 일종의 자상한 불간섭주의는 이남 땅의 모든 알궂은 세태에 대해서도 마찬가지였다.

두 양주의 그릇이 점점 판이하게 달라 보이던 차에 연이어 두 일화를 겪고 나자 최가는 그후부터 모친과는 매사에 버성기다가 자기 쪽에서 먼저 겉으로는 태무심을, 속으로는 앵돌아앉음으로써 아예 척까지 지게 되었다. 첫번째 일화는 최가가 반토막을 엿듣고 나머지를 전해 들은 갈등극으로, 한동안 자신의 판단에 어떤 사邪로서의 못난 편견이 끼어 있지 않나 하고 고심하게 만든 체험담이었고, 두번째 것은 몸소 두 눈으로 목격한 드라마로서의 생활수기였다.

그즈음 그는 제대 말년이라 영내에서만 군복 차림으로, 그것도 대개는 흰 가운만 걸친 복장으로 어물쩍거리는가 하면 일부러 바쁜 체하느라고 실내화 바람으로 기지 사령관의 집무실로 달려가 혈압을 재고 난 다음 상식적인 건강론과 신체 단련론을 늘어놓고 있던 판이었다. 그러나 퇴근 때는 사복으로 갈아입고 시내 한복판의 한 종합병원으로 달려가서 격일제 당직 의사로 근무하느라고 한 몸에 낮과 밤이 전혀 다른 생활로 심신이 그때마다 어리둥절해 있었다. 그런 고생을 달게 감수하고 있었던 것은 장차 개원의로서의 병원 운영 실태를 미리 알아두자는 복안도 움켜쥐고 있었던데다가, 갓 결혼한 처지여서 박봉의 군의관 봉급을 봉투째 아내에게 건네고 나면 자신의 잡비를 벌어서 써야 했기 때문이었다. 누구나 겪는 그 사정을 눈치 빠르게 꿰차고 있던 태평상회 주인은, 젊을 때는 이런저런 고생을 다 해보는 것이디, 참아보라우, 참으면 똥을 때가 오누만, 이라며 집안 식구 누구도 몰래 그의 바지 주머니에 흰 봉투를 집어넣어주면서 눈을 껌벅거리곤 했다. 어쨌거나 그 당직비는 은행에다 맡겨야 할 정도로 옹골진 것이었지만, 자다 말다로, 더러는 응급실과 대기실을 번갈아 들락거려야 하는 다급한 다리품팔이로 밤을 꼬박 새우는 날도 없지 않았다. 그래도 그런 고역은 한 시간 이상의 오침 시간을 즐길 수 있을 정도로 군대생활이 편하고, 또 젊은 기운이 넘쳐나서 견딜 만한 것이었다. 바로 그런 어간의 어느 날, 명절 밑이었는지, 아니면 누구의 생일이었는지 본가에서 저녁을 먹게 되어 있어서 최대위는 군복 차림으로 일찌감치 퇴근했다. 철책문이 뻘쭘히 열려 있었고, 모과나무·대추나무·매화나무 같은 수종을 명색 정원수로 심어놓은 좁다란 뜨락에는 그래도 넓적넓적한 징검돌로 자연석을 박아놓고 있었는데, 최가의 부친은 고개를 빠뜨린 채로 그 위를 바장이고 있었다. 영감은 군복 입은 자식의 인사를 받지도 않았다. 낌새가 이상했다. 주춤거리다가 단층짜리 슬래브 집의 반쯤이나 열어놓은 현관 속으로 슬그머니 발을 디밀자, 아예 시에미를 가르치고 길들이려고 덤비누만, 내가 아무리 못난 버릇을 갖고 있다기로소니 누가 누구 역성을 들어야 옳아, 그것도 모자라 나중에는 아예 자리를 피해버리더먼, 나참, 눈꼴이 시어서, 어드렇게 그 따위 소행머리를 버젓이 내놓고 있간디, 쾌씸한 것 같으니, 같은 모친의 씩씩거리는 지청구가 들려왔다. 둘째자식의 등장으로 그 씨근 벌떡거림은 이내 멎었다. 최가는 속이 뜨끔했고, 아내를 찾 았으나 보이지 않았다. 모친은 푸성귀를 손질하다 그와 눈이 마주쳤으나 평소처럼, 왔니, 별일 없갔디, 같은 인사도 없었 다. 부엌 바닥에 퍼대고 앉아서 전인지 뭔지를 굽고 있던 그 의 형수가 벌떡 일어나며, 서방님 오셨네에 이어, 아, 좀 그 만 하시더라요, 머시기 오해야요, 그럴 리가 없고 동서도 배 가 아팠다잖아요, 라고 덥적덥적하니, 반쯤은 이북말을 영판 그대로 흉내내며 싸움을 말리고 나섰다. 최가의 형수는 본인 의 말 그대로 제때 제대로 배우지 못해 무식하며, 그 때문에 더 어기찬 여자로서 내주장도 심하고, 남편이나 시부모도 좌 지우지한다 싶게 씩둑꺽둑하니 말도 잘 둘러댔다. 어쨌든 그 실랑이질의 전모는 백일하에 드러났다. 장가가기 전까지 그 가 기거하던 화장실 옆에 붙은 움막 같은 방으로 들어갔더니 아내는 벽에다 등을 기대고 두 손으로 허리까지 받치고는 눈 물을 떨구고 있었다. 막달이어서 배가 북통 같았다. 그가 묻 기도 전에 아내가, 아무래도 제가 미운털이 박혔나봐요, 라 며 털어놓은 전말은 어디서 자주 본 장면처럼 여실했다.

그날 일찌거니 점심을 먹고 나서 노친네는 두 며느리를 대 동하고 시장을 보러 나섰다. 재래식 시장은 속칭 속옷거리와 연이은 양말골목 곁을 돌아나가면 가구점들이 울을 치고 있 는 그 속에 들어앉아 있었다. 이런저런 먹을거리를 사다보

니 이내 두 장바구니가 그득하니 차올랐다. 마침 배추·무·
푸성귀 같은 찬거리를 잔뜩 늘어놓고 파는, 비가리개도 없는
가판상 앞에서였다. 그중 한 집에서 숙주나물을 팔고 있었는
데, 그 팬 싹도 싱그럽고 발도 통통하니 물이 좋았다. 그런데
노친네는 수북하니 솟아오른 콩나물시루가 보기에도 탐스럽
긴 했어도 그것부터 살 듯이 흥정을 하고 있어서 좀 이상했
다. 시아버지가 아삭아삭한 숙주나물을 워낙 좋아하고 노친
네도 그것을 반드시 사리라는 것을 둘째며느리는 잘 알고 있
었다. 그때 마침 큰동서는 건어물전에 간 터라 없었고, 일수
가 사나우려고 그랬을 테지만, 시어미 곁을 따르던 둘째며
느리는 속에서 이슬이 비치는 것 같아서 여간만 조마조마한
게 아니라 진땀도 빠작빠작 배어나오고 짜증스러웠다. 이윽
고 노친네는 헌신문지로 만든 고깔봉지에다 막 뽑아 담으려
는 콩나물 흥정을 그만두고 숙주나물을 달라고 덩드럭거렸다.
그것도 깎아달라는 말은 차마 못하고 두어 주먹 더 집어넣으
라고 떼를 썼다. 몇 마디 말다툼이 오갔고, 며느리가 나서서,
인정을 좀 쓰시라고 헛말 삼아 한 말이고, 굳이 덤을 안 얹어
도 상관없는데 언성부터 높여서야 되겠느냐고 곱게 장사치
의 말본새를 타일렀다. 그녀는 비록 이 지방의 음대를 나오
긴 했으나, 무릎 사이에 큼지막한 현악기를 끼고 앉아 활을
켜는 전공을 살려 결혼 후에도 몇몇 중고등학교생의 개인교
습을 맡고 있었다. 원군이 딸린 시어미의 기세가 대번에 등

등해졌고, 며느리는 그것도 남우세스러워서 고정하시라며 제가 지레 숙주나물 값을 지불했다. 그러고는 시어미의 팔을 끌고 그 자리를 뜨자마자 부리나케 어느 상가 건물의 화장실 속으로 뛰어갔다. 서둘러 볼일을 보고 나오니, 그쪽으로 다시 되돌아간 시어미와 장사치는 삿대질까지 하며, 남의 물건을 와 함부로 집적거리냐, 물건을 안 보고 어떻게 사냐, 와 이랬다 저랬다 변덕을 부리냐, 그것도 내 마음이다, 니가 나이 많은 손님을 가르칠 작정이냐, 행실이 고와봐라 내가 비싼 밥 묵고 무슨 할 일이 없어서 이북내기한테 고함 지르겠나, 따위로 서로 옳세라고 따지는 통에 구경꾼까지 몰려 있었다. 평생 콩나물 장사나 해 처먹어라, 니한테 물건 안 팔아도 산다, 보기 싫다, 가거라, 같은 막말은 가족으로서 듣기에도 창피스러웠다. 이럴 경우에는 성질이 천생 숭굴숭굴한 큰동서가 두 노인네의 언쟁을 가로막고 나서면 좋으련만, 어디서 지정거리고 있는지 코빼기도 비치지 않았다. 사단은 그것이 다였고, 숫기 좋은 큰동서도 뒤미처 나타났으나 귀가할 때까지는 가타부타 말이 없다가 음식 장만을 돕기 시작하자 느닷없이 노친네가 역정을 내며, 니가 왜 물건 값을 냈냐에 이어 어른들 말다툼에 왜 나서서 싸움을 키워놨냐고 윽박질러 대고 있다는 것이었다. 더 물어볼 것도 없이 시장바닥에서의 그 해프닝은 노친네가 오래전부터 갖고 있던 궁상스런 버릇이 무슨 후유증처럼 불거진 것이었고, 집에서 불끈거린 울화통은 공연한 분풀이로 밖에서 뺨 맞고 행랑 뒤에서 눈 흘긴다는 비유 그대로였다. 또한 노친네 특유의 성정인 변덕스러움과 용심사나움으로, 그것도 이제는 아쉬운 것 없이 살 만하게 되었다는 자세부림으로 풀이해도 곧장 고개가 끄덕여지는 대목인데, 그 되지못한 말썽을 뜨락에서 찬찬히 쓸어담고 있는 지아비의 복장은 거의 아무것이나 다 삭여내는 쇠밥통 같은 것이었다. 또한 다른 눈으로 본다면 그것은 무슨 억하심정의 발로인지 분별도 할 수 없는데다가 또 다른 선행과 대비해볼 때 자가당착도 그 정도가 너무 심해서 행패에 가까웠다. 그럴 수밖에 없는 것이 그즈음에는 태평상회 주인의 간곡한 뜻을 좇아 연말이면 맏자식이 동사무소에다 불우이웃들에게 나눠 주라고 쌀 포대를 용달차로 실어 나르고 있었고, 안에서도 딸년의 선교로 로사리오를 헤아리기 시작하고부터는 본당 신부가 권면하는 대로 회사금 내놓기를 거르는 법이 없는 처지였다. 안에서는 낯내기를 좋아하는지 어떤지 몰라도, 또 설혹 그런 선행에 대한 칭송도 신부의 주선 범위 안에서 자자하고 말 터이지만, 밖에서는 시중금리 정도만 챙기는 그 좀 면난스러운 사채놀이에 대한 체면 유지용 보상이라고 생각하는지 독지가 함자를 굳이 묻더라도 알리지 말라고 맏상주에게 신신당부하고 있던 터였다.

전역을 했다. 콩 볶듯한 품새로 전공의 과정도 후딱 마쳤다. 일반병원에 취직하여 봉직의로 살아갈까, 아니면 대학병원에서 전임의로 한두 해 더 경험을 쌓아볼까로 망설이고 있던 무렵이었을 것이다. 어느 쪽이든 돈과의 저울질에 스스로 결단을 내려야 하는 판국이었지만, 이러나저러나 하루를 초 단위로 쪼개 써도 모자라는데다 매일같이 덮쳐오는 심신의 피로는 가중되게 마련이라서 가족은 물론이고 주위의 동료들에게 건네는 말 한마디조차 각박해지던 한때였다. 마침 세상도 야박하기 이를 데 없어서 그쪽으로는 모르쇠를 잡는 게 속이 편하던 나날이었다. 그런데 신군부 정권이 나름의 체제적 보안을 강압적으로, 그러나 광범위하게 닦아가고 있는 계제에 이남 땅 전체를 눈물바다로 만든 이산가족 상봉극이 계획적으로 공연되었다기보다도 어느 순간에 폭발적으로 터져버렸다. 그런 이상 기류도 신군부 집권자에게는 천운이 용하게 굴러온 셈이었다. 연일 실황 중계하는, '억지로 파묻어둔 기억을 악착같이 발겨내는 그 사실주의 신파극'은(최가는 나를 의식하며 문자속을 드러냈고, 내가 고개를 끄떡이자 득의만면해서 맥주를 찔끔찔끔 마셨다) 워낙 감동적일뿐더러 시청율도 압도적이어서 일요일까지도, 심지어는 모든 정규 프로그램을 과감히 거둬들이고 온종일 그 울음보따리를 끌렀고, 사회자뿐만 아니라 온 국민이 그들의 포옹을 교사해댔다. 하기야 따져서 바로세우기로 들면 이 땅의 모든 백성은 원천적으로 실향민이었고, 운명적으로 난민의 삶을 이어왔다. 아무튼 그날은 일요일이었고, 이른 아침을 병원의 구내식당에서 때우고 늑장을 부리다가, 한 동료가 이쪽의 수집벽을 알고 자기 친척집에 굴러다니는 것을 애써 얻어다 전한, 1950년대 판 콜롬비아 레코드사의 유행가 음반 여남은 장을 들고 의사 최가는 본가에 들렀다. 걸어서도 불과 십 분이면 닿는 소형 아파트로 제금을 나 있었으므로 거기서 온종일 잠을 자야 했으나, 유치원생인 딸애의 개구쟁이짓이 감당하기 벅차다는 집사람의 간청을 좇아서였다. 꽤나 더운 날씨였다. 아마도 두 양주가 냉면을 먹으러 가자고 할 것이었다. 그 음식을 제대로 뽑아내는 집이 있다면 불원천리하고 찾아가는 것이 두 양주의 유일한 도락이자 생리적 사치였다. 그런데 두 양주는 텔레비전 앞에서 하염없이 울고 있었다. 한 사람은 뭐라고 들릴 듯 말 듯한 말을 연방 쭝얼거리면서 손수건으로 눈시울을 찍다 훔치기를 반복했고, 다른 한 사람은 아무런 말도 없이, 흘러내리는 눈물을 닦지도 않고 소리조차 죽이며 울기만 했다. 말이 틀렸다. 모친은 비록 목메어 울고 있었지만, 어깨조차 들먹이지 않을 뿐만 아니라 거의 부동자세다 싶게 꼼짝도 않고 굵은 눈물방울을 뚜욱 뚜욱 떨어뜨리고 있는 지아비의 동태를 자주 힐끔거리며 당신의 꽤나 억지스러운 설움을 북돋우고 있었다. 자식으로서 점점 머쓱해지다 못해 숙연해지는 정경인데도 자꾸만 한쪽이 가식처럼 다가오고, 식구조차도 의식하지 않는 다른 한쪽은 진정으로 원통해서, 부모 친지와의 별난 이별극이나 이즈막 그들의 근황에 대한 어떤 회오나 통분의 넋두리도 없이, 흐느낌 소리도 제풀에 멎어버린 그 눈물콧물 범벅의 서러움을 곧바로 전하고 있는 것이었다. 점점 더 조심스럽고 침통이 온몸으로 스며드는 그 장면을 보고 있자니 쏟아지던 잠이 까맣게 달아났고, 최가와 그의 아내는 감히 냉면 말을 못 꺼내고 말았다. "그때 집사람이 쌀뜨물처럼 뽀얀 사기 보시기에 담아낸 열무김치에다 계란을 푼 라면을 끓여 내놓았는데 정말 맛있게 먹은 기억이 지금도 안 잊히네. 영감이 거머올리는 라면 가닥 위로 연방 또닥또닥 떨어지던 눈물도 그렇고. 그런데 너무 쉽게 울디 마시구래 하며 달래던 우리집 할마씨는 표정도, 눈물도 모두 이상하고 그 성질이 많이 달라. 내 눈에는 왠지 그렇게 비쳤어. 몰라, 형수가 첫애로 장손을 낳고 우리 집사람은 연거푸 딸만 낳는다고 우리집 할마씨가 내쳐서, 그 베갯머리송사에 내까지 놀아난다고 싸잡아 홀대를 해서 내 눈이 삐딱하니 돌아앉아 그랬는지."

그 이후부터 집안이 삐꺽거렸다. 아니다, 집안 자체는 점점 더 그들먹해져갔다. 곧 알토란 같은 부동산들이 '물건'마다 테니스장으로, 대형슈퍼마켓과 당구장으로, 자동차 정비공장으로 쓰이고 있어서 다달이 황금알을 낳고 있었다. 그렇긴 해도 그런 재력의 축적이 식구들 간의 알력을 부추기고 있는 게 훤히 보였다. 술을 좋아하는 장남은 이런저런 열등감 때문에 명절이나 집안 행사 중에도 동생 내외를 데면데면하게 대할뿐더러 가능한 한 형제간의 대면 기회를 기피하거나 짧게 가지려고 어벌쩡한 핑계를 둘러댔다. 노친네는 큰 자식의 그런 배돎이 언짢아서 말끝마다 감싸고돌면서 둘째 자식 내외를 싸잡아 내물렸다. 시집간 여동생은 노친네와는 죽이 맞았으나, 큰오빠의 자작지얼* 같은 천격을 노골적으로 깔보았다. 때워질 균열이 아니었고, 더 이상 갈라지지 않도록 붙들고 있는 것은 돈이었다. 거친 손바닥으로나마 그 벌어진 틈을 쓰다듬고 있던 영감이 진갑 상을 받고 난 후에 몫몫이 뭉뚱그려 세 자식에게 상속 '물껀'들을 건별로 일러주었다. 그 배분은 대체로 수긍할 만한 것이어서 노친네 이하 세 자식은 분부대로 따르겠다고 다짐했다. 그 권리금만 해도 상당한 큰시장바닥의 가게와 창고는 작자가 나서는 대로 팔아서 두 양주가 노후 생계비로, 또 장례비로 쓸 작정이라고 했다. 파리를 날리고 있는 장사를 그만두라는 소리였고, 장남은 당장 소일거리를 날릴 판이긴 해도 이러나저러나 이미 그러고 있는데다가 앞으로도 금리생활자로서 창창한 여생을 알아서 수습해야 했으므로 가게 터야 깔린 미수금이나 거둬들이면서 처분할 테고, 그 대금이야 인감도장을 지르는 임자 몫일 테니 자신은 뒤에서 돈 심부름이나 받들겠노라고 했다.

그런 처분과 결단이 영감의 심신에 이완을 촉발시켰는지

---

* 自作之蘖, 자기 스스로가 만든 허물이나 재앙.

반신마비가 덮쳤다. 88년도 겨울 들머리였다. 징검돌을 집채 둘레에 돌아가며 박아놓은 예의 그 본가의 앞과 옆으로 대로 가 뚫렸으므로 해동하면 거기다 병원 건물을 신축할 계획이 었다. 육 개월쯤 지나자 영감은 한쪽 다리를 경중거리며 아파트 단지 내를 아침저녁으로 삼십 분쯤씩 걸을 수는 있게 되었다. 혀가 굳어서 의사소통이 여의롭지는 않았으나 식욕도 여전했고, 한쪽 손으로 용변 후의 처리도 할 수 있어서 남의 손을 빌리지도 않았으며, 눈치도 빤해서 병원 건물이 윤곽을 드러내고 있는 현장에 나와 뭣이 못마땅한지 눈살을 실룩거리기도 했다. 은행에다 건물 대지를 담보로 디밀고 대출을 받아 공사대금을 마련해놓고 있는데도 영감은 걱정이 되는지 한쪽 손바닥 위에다 주판을 놓는 시늉을 해보였다. 덩달아 병 수발을 들던 할마씨까지 보속증保續症이 현저해졌다. 방금 했던 말을 자꾸만 되풀이하는가 하면, '몸빼'의 허리춤 고무줄을 쉴새없이 끄집어 올리다가 문득 그 수선을 그만두고 나면 이번에는 블라우스의 단추를 끌렀다 채웠다를 반복했다.

조마조마하니 닥칠 곡경을 점치고 있던 대로 두번째 마비가 영감에게 혼수상태를 몰아왔다. 한 달쯤 병원에서 식물인간으로 누워 지내다가 집으로 모신 지 일주일 만에 영감은 돌아가셨다. 90년 해토머리여서 때 이르게 땅은 질척거리고, 생강나무에 노란 꽃봉오리가 눈이 아리게 매달려 있던 절기였다. 그날따라 날씨도 화창해서 천주교공원묘원에는 성미 급한 한식 성묘객의 차량들이 꽤나 붐볐다. 지아비를 먼저 보낸 충격이 컸던 듯 할마씨는 맥이 빠진 채로나마 분별력 은 멀쩡해져서 그 수선스럽던 망각성 반복 증세가 우선해졌 다. 뿐만 아니라 널찍한 아파트를 득달같이 장만해서 사위네 식구와 등을 맞비비게 되었고, 사는 날까지 주위 친지들에게 폐를 안 끼치는 게 도리라면서 섭생을 챙겼다. 그래도 노파 심은 어쩔 수 없어서 가끔씩 낮곁에는 두 블록 건너의 맏자 식 집을 찾아가서 밥도 함께 자시고, 발록구니*일 수밖에 없 는 맏자식이 사업이네, 장사네 하면서 반사기꾼 같은 또래들 과 일을 벌여 소롱†할까봐, 감냥대로 있는 재산이나 쏠쏠하 게 불려가며 살라고 단속하기를 일과로 삼았다. 아비가 덜퍽 지게‡ 뒷배를 봐줄 때는 그런대로 장삿속이 살아서 제법 여 물고 실팍했던 자식에게 세상이 할 일을 맡기지 않자 이내 얼치기가 되어서 언행이 헤퍼졌고, 남들이 버림치§로 여기기 전에 스스로가 헙헙할¶ 정도로 더덜뭇해졌다.** 남이라도 옆 에서 보기에 안쓰럽고, 허망한 노릇이 아닐 수 없었다. 술이

---

* 하는 일도 없이 공연히 놀며 돌아다니는 사람.
† 재물을 아무렇게나 되는대로 그렁저렁 써서 없애다.
‡ 푸지고 탐스럽다.
§ 못쓰게 되어서 버려둔 물건.
¶ 어이없으리만큼 허망하다.
** 결단성도 없고 단속력도 부족하다.

낙이었고, 마누리쟁이까지 나지리 본다면서 두 내외는 늘 찌그럭거렸고, 형제들과도 설면해졌다. 사람이 대번에 달라졌다. 자격지심은 당사자가 떨쳐버려야 하는 것인데, 그것은 돈으로 어떻게든 처리할 수 있는 일이 아니었다. 궁극적으로는 본인이 정신을 차려서 웬만큼이라도 똑똑해져야 했고, 무슨 일이든 제 능력을 까짓것 쏟아부을 만한 것에 매달려야 했다. 그러나 일찌감치 목에 두르지 못한 글줄을, 그것이 있는 것과 없는 것이 한눈에 두드러지게 마련인 어떤 소양을 뒤늦게 몸에 지니기는 어려운 게 아니라 아예 불가능한 일이었다. 그것은 본인도 잘 알았다. 일할 나이도 아니었다. 쓸만큼 써도 불어나는 재물을 남의 눈까지 기이며 허닥하는* 사람에게 꾀는 것이라고는 시래기처럼 으스러진 인간들로, 그들이 내놓는 수작이라는 게 대개 다 술잔이나 발라먹으려는 것이 고작이었다. 사날†이 좋은 그런 실없쟁이들과 어울리다보면 결국에는 덜퍽부릴‡ 일만 생겼다. 그 무드럭진§ 재물을 제대로 써보지도 못하고, 또 생각이나 머리가 두루 짧고 모자라서 보람이 나도록 쓸 엄두도 못 내고 맏자식은 쉰고개를 반쯤 접어들자마자 제 명을 줄였다.

---

* 모아둔 물건이나 금전 등을 헐어 쓰기 시작하다.
† 뻔뻔스럽게 남의 일에 참견하는 주제넘음.
‡ 고함을 지르면서 푸지게 심술부리다.
§ 두두룩하게 많이 쌓여 있다.

(나처럼 한미한 사람과 함께 저녁 한 끼를 밖에서 먹는 일도 최가에게는 예외적인 듯 연방 여기저기서 전화가 걸려왔다. 여러 말 할 것 없이 전화 받는 사람이 지금 어딨냐고 덤비는 그 통화 내용이 전화기 사용에 한껏 인색한 내게는 적잖이 생급스럽게 여겨졌고, 생활세계 전반을 바꿔가는 기기에 치여 살 수밖에 없는 생무지*로서의 인간과 그런 삶의 의의를 연방 되새기게 만들었다. 어쨌든 그는 걸려오는 전화를 제꺽 받는가 하면 그 번호를 두어 번 힐끔거리다가 어정쩡하니 따돌리기도 했다.) "방금 통화한 이 이서장이 막판에는 내 대신 나서서 우리 형을 골프장으로 데리고 다니며 절주하라고 달래기도 하고, 물가 싼 중국으로 여행이나 가자면서 중국어 학원에도 함께 등록하고 그랬어. 그 공을 내가 못잊지만 본인이 늘 무슨 일이든 작심삼일로 무질러버리니 어째. 할마씨도 맏자식 일이라면 자다가도 일어나서 꼬박꼬박 하라 마라고 간섭만 하려 드니 그런 거둠손이랄까, 과보호가 사람을 알게 모르게 뒤틈바리†로 만들고, 형수라는 것도 그 나물에 그 밥 그대로 제 서방 일이라면 게정거리기‡나 할까 다잡지를 않고, 또 그런 머리도 없으니 사람이 아주 제풀에 녹아버려. 그게 다 무엇 때문이겠어? 뻔하지 않아. 멀쩡한

---

* 그 일에 익숙하지 못한 사람.
† 어리석고 미련하여 하는 짓이 거친 사람.
‡ 불평스럽게 떠들고 하는 짓도 퉁명스러움.

사람이 허구한 날 놀고먹으니 그럴 수밖에. 누구 말대로 있는 게 탈이고, 정말 돈 가진 게 죄만스럽지. 몇 푼 되지도 않고, 편편히 놀면서 쓸 데 쓸 만큼 쓰고 살기에 꼭 좋을 정도로 있는 꼴에 말이야." (십 년 이상 연하이긴 해도 한때의 직장 동료였던 위인과 소일 삼아 세무사 사무실을 열어놓고 있다는 예의 그 이서장이 이 자리에 곧 합석할 거라고 최가는 일렀다. 오늘은 더 들을 말도 없지 싶었고, 부질없이 돈 있는 사람의 시드러운 고충을 다독이기도 제물에 물려서 나는 서둘러 자리를 뜰 틈을 노리고 있는데, 동석자는 자신의 별난 불효부제*의 곡절을 털어놓았다.)

햇수로 벌써 대여섯 해 전이었다. 최가의 형 기일이 초가을께 있으므로 그해 한여름의 끝머리쯤 어느 날, 이서장이 그 좀 조롱기가 번지는 상모를 앞세우고 예의 그 다종다양한 음반을 쟁여둔, 이가의 표현대로라면, 말대로 감아놓은 양복 '기지'와 '우라기지'를 빈틈없이 쌓아둔 현찰 곳간 같은 그 휴식공간에 나타났다. 별난 일이 주변에서 자꾸 터져야 살맛이 나는 천성의 호사가 이가가 대뜸, 최원장, 근자에 자네 모친과 싸웠냐, 라고 서두를 꺼낸 뒤, 조만간 자네 집안에 송사가 나게 생겼더라며, 일을 떠벌이는 사람답게 모자간, 수숙간, 숙질간이 서로 물고 물리는 이런 숭악한 재물탐은 난생처음

---

* 不孝不悌, 부모에게 효도하지 않고, 형에게 아우로서 도리를 지키지 않음.

본다고 설레발을 떨었다. 자초지종을 들어보니 어이가 없었다. 일 년에 두어 차례쯤 최가네의 고부가 번갈아 부르면 득달같이 달려가서 각종 세금의 절세 방안이라든지, 밀린 임대료를 속히 받아내는 한편 합법적·비합법적으로 '방을 빼내는' 수완이라든지, 사채놀이도 시세가 없는 시절을 맞았으므로 또 다른 이재 수단에 대한 자문을 받고 있던 이가에게 최가 모친은 무슨 말 끝에, 내 죽기 전에 살림 이룬 그 병원 집터를 장손에게 찾아줘야겠다면서 변호사를 사는 데 얼마나 드는지 알아봐달라는 청을 내놓더라는 것이었다. 고부가 팔을 걸어붙이기로 작정한 듯 최가의 형수도 훈수를 들고 나서기를, 내가 한 자라도 더 배워서 반듯한 간판이나 달고 살았으면 그 대지야 재판에 물을 것도 없이 진작에 찾아났을 거라고 다조졌다. 뿐만 아니라 이가의 말대로라면 '얼마나 눈독을 들이고 돈독이 올라 환장을 했던지' 최씨네 맏며느리는 벌써 그 땅이 우리 아들아 이름으로 올라앉아 있어서 뒷고개가 가벼워지는 꿈도 여러 번이나 꿨다는 것이었다. 최가네 식구들 앞앞에 떨구어진 상속재산의 전 규모를 손금처럼 들여다보고 있는 이가로서는, 최원장이 자신과 좀더 죽이 맞아서가 아니라, 그 상속 쟁의는 얼토당토않은 트집거리였다. 왜냐하면 최가의 엄친이 생전에 상속세를 얼마나 내야 하는지를 알아본답시고 이가를 찾아와서 크고 작은 물껀별로 분재分財한 내역서를 보여주며 그것들마다가 매입 당시에 평당 기백 원짜리였던 것이라고 낱낱이 알려주었을 뿐만 아니라 소재지의 복덕방에서 알아본 현시가도 털어놓았기 때문이었다. 게다가 그것들의 반 이상은 이미 그 명의가 자식 둘의 이름으로 올라앉아 있어서 상속세를 염려할 여지도 없었다. 최가의 먼눈에도 두 고부의 행태는 물론이거니와 그 이전에 서너 개의 물건에 선을 그어대던 삼팔따라지 노인의 옹이처럼 굵은 손가락 마디까지 훤히 얼쩡거렸다. 되돌아보기도 싫지만, 그 징검돌 박힌 집은 그가 대학에 입학하기 직전에 산 집으로서, 형에게 세간을 내주고도 한참 후에야 두 쪽으로 길이 나는 통에 뜯겨나간 땅보다 더 넓은 평수의 환지換地를 최가 자신의 주머닛돈과 집안의 쌈짓돈을 버무려 공시지가로 매입하고, 차제에 영감의 내락을 얻어 명의 변경까지 해둔 것이었다. 그런 내막까지 이가가 알든 모르든 최가는 현직 세무서장의 응수를 본인이 실토하도록 잠자코 기다렸다. 역시 이가의 머리굴림은 단호했다. "용식이 할매요, 껄끄러운 욕심이 아무리 등천하듯이 치받친다 캐도 인자 와서 버르집을 일이 따로 있지, 남들이 생트집 고만 부리라 칼김더, 변호사 사봐도 재판에서 질끼구마. 설혹 그 대지를 찾는다 해도 병원말고는 아무짝에도 쓸모없는 그 땅쪼가리가 무슨 소용이겠능교. 상말로 국 쏟고, 발등 디이고, 맨밥에 목 메이는 짝이 나고 맘더. 내가 덕진이형과 최원장을 어릴 때부터 다 잘 알고, 또 어른이 이런저런 사유로 물껀 몇 개를 자식들한

테 이렇게 물려줄란다고 하시길래 당시 지가를 따져보니 상
당하고, 요즘은 법적으로나 인정으로나 장남, 지차, 여식에
게 차등을 안 두던데 그래도 덕진이형한테 큰 덩치를 잘 안
기셨다고, 알아서 그렇게 나눠 주시니 얼마나 좋냐고, 상속
세 걱정하지 마시고 얼른 공증인 불러서 증여해버리시라고
권한 게 엊그제 같구마." 어김없는 사실이었고, 세무서장의
그 타박은 즉각 실효를 거두었으니 고부가 앞다투어 꿀 먹은
벙어리 신세가 되고 만 것이었다. 그런데 그런 생트집을 내
놓은 배경을 캐다보니 시어미와 맏며느리가 각각 제 주머니
를 끌러 재미를 붙이기 시작한 주식 투기가 한때는 투자액을
쏠쏠하게 불려놓다가 그즈음에는 말 그대로 반타작도 못하
게 되어 죽을상이었다. 실제로도 그 욕심 사나움이 화근이어
서 최가의 모친에게는 곧장 당뇨의 고수치가 들이닥쳤다. 모
친의 지병 앞에서는 다들 어쩔 수가 없었으나 그 반응은 가
지가지였다. 우선 지번地番은 같아도 숙식을 달리하는 한 아
파트 주민인 딸자식이 반쯤 모시는 지금 처지도 불편하기 이
를 데 없다며 다소곳이 하소연했다. 일리가 있었다. 언죽번
죽한 맏며느리는 친자식도 마다하는 병자를 타성바지 청상
과부가 무슨 정성이 뻗쳐서 그 수발을 들겠냐고, 아예 말도
붙이지 마시라고 돌아앉았다. 피상속인 두 분이 상속분을 슬
하의 자식들 앞에 이를 때, 며느리들과 사위는 그 몫을 지 배
필들이 알아서 나눠 가지든지 하라고 내둘린 말을 제멋대로,

그것도 젊지 않은 여편네가 입에서 나오는 대로 흉내낸 소리였다. (최원장은, 청상과부라니, 지가 나이가 몇 살인데, 먹고살 만큼 돈 있는 여편네들이 평생토록 사전 한번 안 찾아보고, 틀린 말을 제멋대로 씨부리는 이런 꼬라지 앞에서 나는 요샛말로 밥맛이다, 라며 세태와 무교양을 한목에 질타했다.) 당연히 최원장이 날을 받아둔 노친네의 잔명을 돌봐야 했으나, 그 자신도 막상 자식 된 도리를 지키기는커녕 면대하기조차 거슬렸고, 그럴 리도 없겠지만 안식구가 가리늦게* 그 봉사를 짊어지는 정경은 무슨 되다 만 효부의 설화와 한 본이어서 미구에 끔찍한 돌출행위가 터질 것 같았다. 자식들마다의 그런저런 사유의 타당한 내침에 대해 일체 몽따고† 있던 노친네가 가진 것을 막판에 제대로 쓰겠답시고, 참한 간병인을 불러달라고, 시설이야 좋든 말든 마음 편히 쉴 자리를 알아보라고, 아는 병인데 병문안은 올 것도 없다며 지레 당신 처신을 허허실실로 갈무리하고 나섰다. 고약한 성미였다. 정작 병자 스스로가 그런 과단성을 먼저 내놓는 것도 영악한 처세의 소치였다. 크게 보면 이미 그 결과가 좋게 드러난 대로 니 것 내 것이 없는 세상에서 남들이 겪는 대로 어리무던하게 살려는 지아비를 좨쳐서 진작에 삼팔선을 넘

---

* '뒤늦게'의 사투리.
† 알고 있으면서도 일부러 모르는 체하다.

어선 것도, 이 땅의 돌아가는 형세를 제꺽 파악하고 믿을 것은 역시 땅밖에 없다면서 조변석개하는 여러 법적 제재 조치가 머잖아 지목까지 바꿔댈 것이라며 도시 외곽의 값싼 토지를 형편 되는 대로 사 모은 것도 당신의 그런 제 몸 먼저 추스르기로서의 극성이 불러온 득책이었다. 제 잇속을 물었다 하면 결코 놓지 않는 거칠고 급한 그쪽 사람들의 성격을 흔히 맹호출림에 빗대어 지칭하지만, 그런 기질이 남자들보다 여자들에게 더 이글거리는 것을 최가는 혈육에게서 몸소 체험하고 있는 셈이었다. 처음에는 다들 당신의 그런 매몰찬 저승길 수습에 따르는 처신을 반쯤은 섭섭한 내색으로, 나머지 반쯤은 엉거주춤하니 받아들이다가 꼬박꼬박 닥치는 지병의 여러 증세 앞에서는 그런 격리 처분을 당연지사로 여기지 않을 수 없었다. 여기저기 수소문을 해보니 한목에 한곳에다 양친을, 사별한 배우자를, 형용은 그럴싸하나 사람 구실을 못하는 형제자매를 돈만 내고 소롯이 격리 요양시키고 있는 사례는 허다했고, 근자에 그런 사설 요양소는 시내 한복판에서부터 외곽지 산자락까지 우후죽순처럼 전을 벌이고 있었다. 물론 개중에는 간병인만 교대로 대기하는 창살 없는 유치장 같은 곳도 없지 않았다. 그러나 당사자한테는 본전치기도 못한 주식을 처분해서 꼬불쳐둔 거금도 있었으므로 당신은 공동 휴게실과 공동 취사 및 식사 시설, 영안실까지 제대로 갖춘 본격적인 노인전문요양시설을 택했다. 헐렁한 환자복의 괴춤을 여미자마자 노친네는 팔순이 내일모레인데도 중년의 간병인에게, 여기는 신문 구독 신청을 어떻게 하냐고 물어서 주위 사람들을 아연 어리벙벙하게 만들었다. 요즘 말로 하면 좀 튀는 행동인데, 그것은 알 만큼 알고, 배울 만큼 배웠고, 재물이든 뭣이든 남들보다는 좀더 가졌다는 당신 특유의 드센 현시욕이어서 최가에게는 낯익은 것이었다. 그러고 보면 재력이 웬만해졌을 때부터 자식 하나쯤을 미국 땅에서 살게 만들지 못한 것과 중고등학교일망정 육영사업을 일으키지 못한 게 후회스럽다는 말을 자주 흘렸으니 그 과시는 교만과 물욕의 착잡한 총체 그 자체였다.

5

매사에 두서도 없고 하는 듯 마는 듯 세월아 네월아 하며 시룽거리기를 일과로 삼다가도 무슨 바람이 불었다 하면 안밴 아이 낳으라고 설치듯이 달달 볶아치는 이 땅의 많이 이상한, 거의 해리성 정체장애 같은 행태를 여기저기서, 그것도 연방 목격하게 되어서 실소를 금할 수 없는 경우가 흔히 있다. 그 일이 무슨 자랑거리 알리기라든지, 조상 섬기기, 은덕 기리기이면 특히나 유별나다. 이리저리 따져보면 분명히 이치에도 안 맞고 조리에도 어긋나는데도 이해利害를 가리지 않고 그런 수선떨기에 발뒤꿈치를 들고 줄을 서는 것이다.

최가가 허울 좋게 감사라는 감투까지 쓴 한때의 은사 관수
선생 섬기기가 꼭 그 작태였다. 때맞춰 악보대로 읊어대야
하는 악기처럼 제 앞에 닥친 일을 뒤로 미뤄둘 수는 없는 성
미에 쫓겨 안 떠오르는 쓸 말을 발겨내느라고 혼자서 한동안
낑낑대고 있던 최가에게 역시 그 막중한 사업의 진행 현황을
알려온 작자는 언제라도 일손이 건 여가였다.

그의 전언에 따르면, 여가 자신을 '형님'이라고 지칭하면서,
자기는 '형님'의 여동생 여아무개의 주일학교 친구로서 빡빡
머리 때 '형님'을 몇 번 본 적이 있다고 둘러댄다는 예의 그
박선생 장남이 장례를 지낸 지 보름 만에 덜렁 거금 1천만
원이 들어앉은 예금통장을 등기우편으로 부쳐 보냈다고 했다.
그러니까 그 돈을 요령껏 쓸 일이 추모문집의 발행을 주무할
간사에게 떨어진 셈이었다. 그 기금 제공자는 여가에게 우선
추모문집 발행을 직간접으로 도울 여러분들이 모여 저녁이
라도 드시라고, 자기가 꼭 참석해야 도리지만 공연히 민망스
러워 사양하겠으니 그렇게 아시고, 그 대신에 거기서 치과의
사로 계시는 매형이나 조경업을 하는 동생 중 누구라도 부르
는 대로 보낼 테니 그 식구들한테 시킬 일은 시키고 맡길 일
은 맡기시라고 했다는 것이었다. 말씨는 깍듯했으나 그것은
은근한 압력이자 성마른 독촉이었다.

장례 당일에도 생전의 고인께서 흘리셨다는 수목장 말은
얼씬도 못하게 밀막아버리고, 진작에 마련해둔 어느 공원묘

원의 한 자락에다 배필 곁에 묻는 산역山役 중에도 들으랍시고 여러 일꾼들과 친지들에게 큰소리로 인심을 쓰는가 하면, 비석 세우기 같은 장차의 두량에도 말이 헤픈데다 따르는 수하들에게 무슨 일을 잦추는* 언행이 시설스러워서† 시쁘더니, 명색 자수성가하여 큰돈을 벌고 아랫것들을 많이 거느리는 인간들이 흔히 그렇듯이 박사장도 남의 사정·생각·말 따위는 시먹는‡ 성미가 아주 몸에 배어 있었다고 했다. 또 세상과 본인이 죽이 맞아 몸에 배인 안하무인격의 심술꾸러기답게 상대방의 아 다르고 어 다른 반응에도 워낙 민감해서 여가의 분부만 기다리겠다고, 책 발간도 시한이랄 게 있을 수 없는 일이니 무리하게 진행해서는 안 될 것이며, 그저 조그맣게라도 고인이 이 땅에서 남에게 민폐 안 끼치고 좋은 일 하시며 살아낸 이력 일체나마 정리하는 격식이면 자기로서는 대만족이라고 되뇌기도 했다는 것이었다. 그 번번한 사회적·경제적 신분 때문에라도 그런 말솜씨는 얄미운가 하면 현재의 재력 쌓기에도 그처럼 승겁들었지§ 싶게 무슨 일이든 성사에도 습습한¶ 기운이 약여했다. 그리고 덧붙이기

---

* 동작을 재빠르게 놀리며 연방 재촉하다.
† 성질이 차분하지 못하고 실없이 수선부리기를 좋아하다.
‡ 버릇이 못되어 남이 이르는 말을 듣지 아니하다.
§ 힘 안 들이고 저절로 이루다.
¶ 사내답게 활발하다.

를 일주기 때는 아담한 비석이라도 흉하지 않게 쪼아 모시려고 하니 거기다 새길 글은 그 방면의 전문가에게 따로 부탁할 작정이지만, 추모문집 속에서 활자로 말할 경력이나 내용이 한번 팼다 하면 지울 수 없는 비문과 일치해야겠기에 어차피 책 발간은 그 일정에 맞춰야 될 것 같다고도 했다. 비문을 작성할 자료로서의 원고가 곧 추모문집이라는 등식이고, 그 원고를 기한 내에 내놓으라는 소리이니 일의 순서도 과연 말솜씨처럼 빈틈이 없었지만, 그 수월한 제안은 숫제 거스르기 힘든 상급자의 족대기는 신신당부였다.

역시 여가는 언제라도 모범생이어서 그 수하자가 시키는 일을 재량껏 밀어붙였다. '대외적'인 '사업'을 기획하고 그것을 어떤 식으로든 꾸려내는 제반 활동을 즐기는 사람은 따로 있는 법이다. 후학들의 추모문이야 인턴짜리 하나를 골라 채근질로 쓸어 모을 수 있겠지만, 그이의 온 평생을 정리할 간략한 전기를 집필하려면, 그 필자역이야 동창생 중 누구에게 하명을 떨굴지는 나중에 중의를 모아 결정한다 하더라도 그것의 자료, 곧 근거가 있어야 했다. 당신이 정년퇴직 때까지 재직하셨던 여가 자신의 모교 총동창회 사무실에 알아보았더니 초창기의 선생님들 명단이나 재직기간, 담당과목, 최종학력, 학위제목 같은 기록은 깡그리 폐기처분해서 현재로서는 알 수 없다면서, 무슨 근거로 그런 연한을 만들었는지 십 년 단위로 그러고 있으므로 2000년대 이전 것도 아예 없다는 것이었다. 한쪽에서는 기록을 남기려고 거금을 쏟아붓고 있는데 다른 한쪽에서는 어떤 기록이라도 후딱후딱 버리지 못해서 안달하는 꼴이었다. 여사무원의 말씨는 워낙 친절하고 상냥한데다 나름의 조리도 분명했다. 그래서 이 여자가 이미 여가 자신을 잘 알고 있을 것 같다는 착각까지 불러일으켜서 제 신원을 밝힐까 어쩔까 하고 잠시나마 망설였다. 그러나 이내 본론부터 끄집어낼 수밖에 없었다. 지난달에 돌아가신 박모 선생을 아느냐고, 그이의 경력을 정리하려고 그런다고 했더니 그녀는 총동창회 총무님이 궂긴* 소식이라며 홈페이지에 올리라고 해서 그때 그분의 함자를 처음으로 뵙게 되었다면서도, '좋은 일을 하시네요'라는 칭송에다 책자가 발간되는 대로 한 부를 꼭 기증해달라고 앙청했다. 전화기를 놓고 찬찬히 생각해보니 그런 추후의 자료집 요청도 누군가가 아니라 어떤 제도가 하기 싫은 잡일을 반드시 해야만한다고 강권하는, 그런 일을 세금 내듯이 제때 또박또박 치르지 않으면 불령분자가 되고 만다는 엄포 같았다.

그런 일종의 사역질은 그 이후에도 여러 건이나 체험했다. 이를테면 나이 순서대로 쫓는답시고 박사장의 매형에게 먼저 전화를 걸었더니, 그렇잖아도 그 일로 맏처남한테서 연락을 받았다면서 자기는 지금 바쁠 뿐만 아니라 장인의 소관사

---

* 상사喪事가 나다. '죽다'의 존대어.

라면 집사람이 오죽 어련히 알아서 잘하겠느냐고, 나야 남의 이빨이나 손볼 줄 알지 여러 사람 앞에 나서는 재주는 젬병이라면서 집 전화번호와 그의 집사람 휴대전화번호를 알려주었다. 옹서가 어지간히도 닮은꼴이었다. 내친김에 조경업자에게 알아보았더니, 지금 지방에 출장을 와 있다면서 약국 이름을 여러 번이나 일러준 후, 거기 주인이 자기 집사람인데, 그 친구도 매인 몸이라 늘 바쁘다고, 아니래도 아버지의 만년 열여덟 해를 지가 불평 없이 모셨다며 이제 그 시집살이에서 막상 놓이고 나니 어찌나 허탈해하는지 옆에서 보기에 딱하다고도 했다. 역시 집채 언저리에다 화사첨족 같은 치장을 덧대는 사람답게 둘째아들은 당신의 유품 정리라면 집에 재중동포 도우미 아줌마도 있지만 아무래도 그쪽과 우리 내외가 한목에 만나야 할 테고, 그러자면 날을 잡아야 하지 않겠냐고 수다를 떨었다.

일이 거꾸로 돌아가기로 작정을 했는지 그새 유족은 뒷짐을 지고 있는 판이고, 여가 쪽이 서둘러 매조지려는 기세대로 간사가 사후에나 손을 털게 해주는 감사직 최가에게 시시콜콜한 진행사항까지 전화로 보고하는 체제가 틀을 잡았다. 그러고 보니 아무런 마련도 없이 추모사를 괴발개발 써버리려는 자신의 작태가 한심하기도 해서 쓴웃음을 지었고, 일의 추세가 적어도 육 개월쯤 후에나 둘러맞추게 돌아가고 있어서 최가로서는 일단 한시름 놓아도 좋은 터였다. 그러나마나 여가로부터 예의 그 은사 기리기 일의 경과보고를 몇 차례 받고 보니 자신의 번듯한 견해나 느낌 따위는 한쪽에다 따로 챙겨두면서도 제 쪽의 잇속만 밝히는 밥맛 떨어지는 인간들과의 관계를 누글누글하니 이끌어가는 품이라든지, 일의 매듭을 싸목싸목 풀어가는 건실한 태도는 역시 남을 가르치는 사람답다 싶어서 최가로서는 친구로부터 본받아야 할 게 많음을 절감했다. 아마도 박선생이 여가 자신의 첫 취직을, 그러니까 모교의 임상과목 교수진에 집어넣어준 공을 못 잊어서, 본인의 표현으로는 '다른 일에서도 그랬지만 특히나 인사 문제에서는 철두철미 의견은 물론이고 이견도 없이 묵인한달까, 대세를 좇느라고 내 경우의 낙점에도 반대만 하지 않았던 정도의 선처'에 보답하느라고 온갖 궂은일에 발 벗고 나서는 것일 테지만, 유족으로서야 구더운 제자 덕에 손도 안 대고 코 풀기 식으로 자식의 도리를 닦게 되어 여간만 홀가분한 게 아닌 셈이었다.

그런데 사람의 심리란 묘한 것이어서 그런 구도를 나름대로 눈앞에다 그려보고 있노라면 최가는 여가의 그 보은을 위한 활약담을 비록 전화로나마 속속 전해 듣고 싶어 안달이 나곤 했다. 아무래도 평안도 출신의 부모 밑에서 자란 자신의 신분 덕분에 그쪽 지방에서 배출한 숱한 '양의'들 중 한 분에 대한 관심이 속으로 자작자작 끓어올라서 그런 생래적 호기심이 충동인다는 분별을 그는 내놓고 있었다. 그의 그런

초조한 심정을 익히 안다는 듯이 여가는 보고를 디밀 때마다 '이것저것 좀더 알아봐야까봐, 엉터리를 내놓을 수는 없잖아, 온통 덜렁이들 천지야' 같은 토를 덧붙였다. 그 말밑에는 현대의학의 근간인 과학의 정확성을 팔아먹는 생업으로서의 체질이 발휘하는 집요한 추구열 같은 것이 찰랑거려서 미쁜 것이었다. 그러나 전화를 내려놓고 나면 이내 뭔가가 미흡해서 섭섭했고, 마뜩찮았고, 자꾸 서성이게 만들었다. (그는, 표현할 말이 이렇게도 모자라네, 라며 그 묘한 심사를 내게 털어놓았는데, 그것을 번역하면 대충 이런 심경인 것 같았다.)

뭔가 켕기고 이상했다. 음감 및 음색 따위를 혼자 힘으로 터득하여 반드시 재현해 보이고 말겠다는 자신의 한때의 몸부림이 떠오르는가 하면, 악기를 내려놓자마자 자신의 음악적 감각에 대한 지독한 열등감과 더불어 몽글몽글 뭉쳐지는 어떤 도전의식도 새삼스럽게 붙잡혔다. 그러니까 여가를 한껏 성원하면서도 가당찮게 그의 노고가 아직 부족하다고 책을 잡고 싶은 심정에 빠져들기도 하는 것이었다. 더듬어보니 그와 비슷한 심리적 갈등이야 그것만도 아니었다. 집사람과 여동생이 번갈아 일주일마다 노친네를 들여다보고 와서 그 결과를 전하는 통화 때도 그랬다. 그 울림부터 다른 두 전화번호를 매번 확인하고 나서 전화기를 손에 잡을 때마다 조마조마해지면서 이제 바야흐로 상주 노릇을 하게 되는가라든지, 노친네의 귀천 소식을 과연 언제쯤 듣게나 될까, 하는 불효막심한 조급증까지 끈적끈적한 더껑이로 앉는 것이었다. 그런 잡념을 뿌리치고 나면 이런 밑도 끝도 없는 유예상태가 마냥 이어졌으면 하는 얼토당토않은 희구도 움찔거렸다. 그런저런 방정과 유감은 늘 보기 좋게 빗나갔다. 노친네는 여전히 거동의 불편과 동공의 좌우 부동不同에도 불구하고 건재했으며, 남편복은 없어도 시댁복과 돈복이 터져서 팔자 좋게 빈둥거리면서도 사람보다 더 빨리 나돌아다니는 뭉칫돈의 마무리 짓기로, 게다가 풍뎅이보다 더 잽싸게 설치는 자식들 뒷바라지로 영일이 없는 맏며느리 쓰다듬기에 마음과 입만 바쁘다는 것이었다. 일주일마다 맞닥뜨려야 하는 그런 안도감과 실망감은 도대체 무슨 음조랄 게 없는, 지겹게 울리는 단조로운 공명기나 마찬가지였다.

추석을 앞두고 연거푸 여가로부터 동행 내지는 동석을 권유받았으나 그때마다 피치 못할 사정으로 거절하고 나니 최가는 좀이 쑤셨다. 그럴 수밖에 없는 것이, 비록 한 지역에 국한된 것일망정 박선생의 명성과는 감히 비교할 거리도 안 되는 한 영감의 흔적 없는 삶과 이름 없는 죽음이 슬몃슬몃 떠오르는데다가 두 삼팔따라지의 피맺힌 정착 과정, 그후의 방정한 처신은 일맥상통할뿐더러 이제 적어도 물질적으로는 째이지 않고 사는 두 집안 후예들의 정주 자체에 최대한의 경의를 표해야 마땅할 것 같았기 때문이었다. 그럼에도 불구하고 그런 도리 찾기가 여의롭지 않았고, 지레 삐딱하게 틀어지는, 무슨 허룹숭이*나 그런 인간의 일솜씨에 드러나게 마련인 흠결을 꼬집으려는 자신의 심사는 던적스러운 것이었다.

　그렇잖아도 기다렸다는 듯이 여가는 일주일에 한 번 있는 오후반 진료를 막 끝냈다면서 그동안의 경과보고를 두서없이 주워섬겼다. 우선 여가는 박선생의 둘째따님인 치과의사 부인을 길에서 만나 제 차에 싣고 둘째아들인 조경업자의 댁으로 달려갔다고 했다. 이런 자리에 빠졌다가는 그동안 모신 공력이 먼지처럼 흩어져서 생색낼 기회조차 누가 빼앗아 갈까봐서 나중에 헐레벌떡 동참한, 박색인데도 살림살이는 안중에도 없고 오로지 약사로 돈 벌기가 취미인 듯한 둘째며느리가 안내한 박선생의 생전의 명색 사랑방이자 침실이자 서재는 일층의 한 자락을 점하고 있는 남향받이이긴 했어도 한쪽 벽면 전체를 빼곡히 채우고 있는 책장과, 전기장판이 포개진 보료에다 옷장, 서랍장 두어 짝이 고작이었다. 둘째자부가, 어머님 돌아가시고 난 후 아버님이 혼자서 사시면서 서너 번이나 이사를 하시는 통에 당신 책이나 소장품 들은 그때마다 많이 내버리셔서 이 모양이라고, 이제는 이것을 어떤 식으로든 처리는 해야겠지만 엄두도 안 나고 임의로 처분

---

* 언행이 확실하지 못하여 미덥지 못한 사람.

하기도 마뜩찮다면서 말을 흘렸다. 한쪽 벽면의 면면은 한눈에 들어왔다. 책장 하단에 차곡차곡 뉘여놓은 새카만 하드커버의 논문집들, 주로 일본책들인 의학 관련 전문서적들, 도판이 많이 실린 해부학·병리학·임상의학 관련의 영어 원서들, 일어판 식물도감들, 건강·산행·나무에 따르는 각종 정보를 쓸어담아놓은 대중용 한글 및 일어 책자들, 무슨 자료를 묶어놓았지 싶은 두꺼운 상자형 파일들, 스프링이 달린 크고 작은 공책들, 편지나 사진을 집어넣고 지퍼 아가리를 맞물려놓은 비닐 주머니 등등이었다. 책장 위에는 상패함이나 등산 도구 등도 천장까지 빼곡히 쌓여 있었다.

차 속에서도 눈가의 눈물을 훔쳐쌓던, 몇 년 전까지 고등학교에서 생물선생으로 봉직했다는 둘째따님이 6단짜리 책장 다섯 짝을 빈틈없이 채우고 있는 고인의 전공서적을 손짓으로 가리키며, 필요한 사람이나 기관에 기증하는 게 어때, 라며 남동생 내외의 의중을 떠보고 있었으나, 여가가 잘못 듣지 않았다면 자신이 나서서 그 요로를 알아봐달라는 요청 같았다. 그러나 공공도서관에다 개인 소장의 장서들로 문고를 만들기도 요즘처럼 책이 지천으로 굴러다니는 시대에는 여러 사람의 품이 들고, 말이 많아지는 일이다. 여가는 그 일을 몇 번이나 주선한 경험자로서도 그런 기증 절차에 소상한데, 한마디로 줄이면 그것도 부익부 빈익빈 현상을 빚고 있다. 희귀본의 유무에 상관없이 그것은 그렇다. 곧 보관시설과 소장도서의 규모면에서 웬만큼 틀을 갖춘 도서관을 유지, 활용하고 있는 유명 대학 부속의 도서관과 공공기관의 그것들은 책이 넘쳐나서 주체하지 못할 지경이라 기증본을 떠안겨도 달가워하지 않는다. 심지어는 기증본을 잘 관리해달라는 별도의 기금을 덤으로 얹어야 하고, 피기증자측과의 상당한 법적·혈연적·학연적 연고를 만들어 쌍방의 명분에 분식粉飾할 조건이나 기회를 찾아야 한다. 다른 한편으로 텅텅 비어 있는 책장이나 서고만을 지키고 있는 썰렁한 공공기관이나 그런 유의 무명 대학들 도서관은 아무런 인연도 없는 자칭 타칭의 유명인사들에게 편지질로 소장 도서들을 기증해주십사 하는 일종의 구걸질을 연례행사로 삼지만, 미지의 예비기증자들은 그 기관이 언제까지 존속·운영될지, 또 제 물건이 과연 빛나게 보관·이용될지 알 수 없으므로 냉담하다. 정년퇴직을 앞둔 여가의 동료들도 대개는 그 일이 여간만 골치 아픈 일이 아니라서 한동안 미련과 주저의 숨바꼭질 속에서 방황하다가 종내에는 쓰레기로 내버리는, 예컨대 자기 연구실 앞에서 지키고 서 있다가 수천 권의 책이 학교 인부들 손에 실려 가는 것을 멀뚱히 쳐다보던, 전공이 의학사이나 법의학에도 해박하던 그 선배에게 차마 잘하셨습니다라는 덕담이 입에서 떨어지지 않았던 경우도 있었다.

싱크대 옆의 구석방에서 상주하는 도우미 아줌마의 거둠손을 빌려 작고하기 전까지 꼬박 다섯 해 동안 고인을 이 집에서 모셨긴 해도, 아래위층의 끼때도 달랐을 정도였다니까 꽤나 조촐했을 그 어른 받들기도 이제는 엔간히들 시원섭섭한지 두 내외는 고인의 그 사랑방조차 장차 어떻게 건사해야 하는지에 대해 이렇다 할 의견을 장만하지 못한 듯싶었고, 오로지 주위에서 알아서들 처분해주기만을 기다리는 눈치였다. 그런 침묵의 눈치놀음이 민망한지 조경업자는, 대충 큰 그림은 그려져 있으니까 거기에 맞춰서 디테일은 수의대로 짜맞춰야지요, 네, 그래야지요, 하고 덜렁거렸다. 그 큰 그림이란 서울의 제 형이 임의대로 결정한 예의 그 일주기 때 거행한다는 비석 제막식을 뜻하는 모양이었다. 워낙 깐깐해서 당신의 주위가 차돌처럼 함초롬한 그 분위기와는 너무 다른 소생이 두루뭉술한 소리를 내놓아서 뜻밖이었으나, 여가는 서로의 나이도 있어서 차마 깔볼 수는 없었다. 그래서 저희 의대 부속병원에 딸린 전공의 및 전임의 전용의 자료실 겸 열람실에 참고용 도서로 비치해서 여러 후학들이 선용하는 길을 찾아보지요 같은 말이 입에서 맴돌았지만, 또 다른 짐을 짊어지게 될까봐 자제했다. 그러나 여가는 자신도 미처 가다듬지 못한 허튼 말이 무심코 내뱉어지는 것을 내버려두었다. 말이란 그럴 수밖에 없었고, 그런 무신경한 언사에서 무류성無謬性이나 몰상식을 들춰낸다면 당사자는 억울할 것이었다. "어차피 한번은 정리를 해야 할 겁니다. 추모문집에 묶을 사진이나 선생님께서 남기신 이런저런 글과 서신 등을 찾아내려면, 게재 여부는 나중에 여럿이서 말을 맞춘 다음에 결정한다 하더라도, 누가 한번 큰마음 먹고 시간을 내서 찬찬히 점검해야지요. 다들 흔히 그러듯이 고인의 유품정리입니다." 두 내외와, 여가와는 한두 살 차이의 동년배쯤 되지 싶은 둘째따님이 서로 번갈아가며 눈길들을 맞추었고, 그 부딪치는 시선들 속에는 그런 당연한 일을 미처 생각지도 못했으며, 다들 바쁜데 그 귀찮은 일을 누가 도맡겠느냐는 떠름한 기피증이 스며들고 있었다.

그때쯤에서야 명색 한 가정의 엄연한 주부를 손님처럼 대하는, 시건방져서가 아니라 그러는 것이 자신의 직분을 다하는 것으로 아는 순박한 '혈거인'으로서의(최가가 굳이 덧대는 설명에 따르면, 여가는 '만주'라는 말만 들어도 왠지 '혈거시대'나 '혈거부락' 같은 이미지가 솔솔 괴어든다고 했다) 가정부 아줌마가 활짝 열어놓은 고인의 방문 앞에 나타났다. 짧은 머리를 꼬불꼬불하게 말아놓은 그 여자는 몸이나 얼굴이 두루 네모반듯해서 한때는 임상강의 중에서나 수술실에서 카리스마가 철철 흘러넘치던 노옹까지 그처럼 문문하게 다루었지 싶은 말본새로, 그러나 그 표준말의 억양은 재중동포임이 틀림없는 말투로, 상 차려놨어요, 나와서들 식사하시면서 천천히 좋은 말씀들 나누세요, 라고 지껄였다. 약사가 기다렸다는 듯이 안주인답게 나직이 일렀는데, 그 소곤거리는 목소리도 그랬지만 그 말투도 권매와 투약에 길들여진 사람답게 의논성스러웠다. "이 방에 누기가 있는 것 같애요, 낮에도 불 좀 때세요, 당분간 이삼 일마다 번갈아 그러세요, 아셨죠." 끝물의 꿉꿉한 잔서가 아직 남아 있긴 하지만 그렇게 눅눅하지도 않은데 누기 운운한 것은 구리터분한 노인 냄새를 지워버리라는 재촉 같았다.

중국 음식점에서 배달시킨 요리 두 가지를 기본 안주로 남자들은 우선 입가심으로 포도줏잔부터 비우기 시작했고, 냉채로 입을 가신 시누이와 올케는 식사를 하는 둥 마는 둥 하면서 고인에 대한 자잘한 회상을 풀어놓았다. 들어둘 만한 말이 금방 줄줄이 쏟아졌고, 그것들마다 여가가 가지고 있던 기왕의 여러 이미지를 여지없이 허물어뜨리고 있어서 긴장을 풀어놓을 수 없게 만들었다. 따져보면 그 이야기들은 누구에게서 들었던 말을 기억이라는 곳간 속에서 끄집어내놓은 것으로, 말하자면 추체험에 불과한 것인데도 그 주체가 바로 어제까지 곁에서 상존했기 때문인지 원근법이나 시대색이 제법 살아 있는 풍속도를 보는 듯했다. 강의 중에 빠뜨려서는 안 될 말을 머리로나 메모로나 갈무리해두는 것처럼 여가는 스스로 특기할 사례라면서 귀에 붙박이는 일화와 사실들의 간추리기에 열중했다.

나이에 어울리지 않게 첫대바기부터 여가가 그처럼 바싹 긴장해서 청취하지 않을 수 없었던 것은 일시적으로 뭔가에 홀려서 말귀가 어두웠던 자신의 불민 때문이기도 했다. 둘째따님은 고인보다 두 살 손위였다는 고모님으로부터 주로 들은 말을 그대로 옮겼는데, 박씨 가문의 가업이 '염상'이었다고 했다. 무슨 수수께끼가 뜻밖에 풀려버린 듯해서 여가는 이내 머리를 주억거렸다. 박선생의 그 소문난 천부의 과묵과 수술 시의 그 찬찬한 '바느질' 솜씨도 그런 내력과 무관하지 않았다는 그의 추단은, 비록 학술적 연구의 도구로 그러긴 했지만 시체를 떡 주무르듯 한 고인이나 자신의 팔자가 되돌아보여서였다. 순간적으로나마 여가는 자신의 팔뚝에 소름이 끼치는 것을 어쩌지 못했다. 뒤이어 작은집이, 그러니까 당신의 둘째따님에게는 작은할아버지가 되는 그이가 곡상을 크게 하셨다고, 우리 할바이가 글에 뜻이 있어서 우리집 살림이 작은집에 비할 바는 아니었지만 사람들은 작은댁 식구들보다 엄청 나았고, 결국에는 작은집 부자가 앞다퉈 아편에 빠져서 일제 중반쯤에 벌써 살림을 거덜 냈다고 했을 때에서야 여가는 자신의 귀 어두움을 잠시 의심했다. 생리적인 난청이 아니라 가끔씩 일시적으로 혼잔해버려서 남의 말을 한사코 엉뚱하게 알아듣는 증세가 근자에 현저한데, 그것의 다발, 상습화가 종내에는 고질화라는 경과에 이르고, 그때에는 어쩔 수 없는 노망, 곧 의학적으로는 노인성 치매가 되리라는 것을 그는 예상하고 있기도 했다. 그런데 그 심각한 정신적 장애를 영어로는 시나일 디멘시어senile dementia라고 하며 그 스펠도 정확하게 욀 수 있으므로 지금 겪고 있는 그 초기 증상은 일종의 집중력 해이가 불러일으키는 착란상태일 테고, 그것 자체가 정신의학에서는 이미 정신분열증의 초기 사례로 정의하고 있기도 하다. 환갑 전후의 여자를 두고 미모 운운할 것은 없겠으나, 이목구비만 반듯할까 올케의 박색을 겨우 면한 시누이가 다시 '염상'이라고 했을 때, 여가는 왠지 가슴이 철렁하는 자각증세를 느꼈지만, 연달아 이어진 전언을 통해 그것이 소금장사임을, 그것도 소금을 넣은 가마니때기를 켜켜이 보관하는 창고까지 두고 시커멓고 굵은 소금이나 알이 가늘고 흰 소금을 됫박으로 파는 저자바닥의 소금집임을 알아챘다. 오늘날 우리가 흔하게 쓰는 소금이 신의주는 물론이거니와 강 건너의 남의 나라 땅 만주에는, 그것도 추운 데로 들어갈수록 아주 귀한 생필품이어서, '아바지' 평소 말씀대로라면 그쪽 사람들은 소금을 봤다 하면 설탕 퍼먹듯이 '한답니다'에다. 중국에서는 우리 것처럼 맛좋은 천일염 곧 제조염은 아예 없거나 드물고, 천연소금이랄까 자연소금을 쓰는데 그것이 바로 석탄처럼 땅속에 매장되어 있는 것을 파서 먹는 암염이라고 했다.

그 대목이 끝나자 여가는 은근히 밀려오는 포도주의 술기운을 즐기면서 비로소 말귀가 술술 뚫려감을 직감했다. '아바지'의 할아버지는 연경사의 하인으로 지금 북경까지 다녀오시기도 했다는 말을 듣자, 여가의 의식은 쉬 차도를 보게 할 수 있는 환자를 진료할 때처럼 좀 퍼드덕거렸다. 그래서 염장이, 소금, 미라, 프로말린, 방부제, 혈거족, 염반鹽飯 등의 어휘들이 앞다투어 출몰하는 것을 하나씩 타이르듯 노려볼 수 있었다. 주견도 없는 조경업자가 제 밥줄에 구색을 맞추느라고 석가산石假山에 쓸 막돌 하나를 들고 나섰다. "공식 수행원은 아니었던 모양이고, 이제 코앞에다 남의 대국 땅을 건너다보면서 장기간 고국 땅을 이별하는 마당이라 그새 며칠 겪어보니 워낙 고분고분하고 몸이 가벼운 사람이길래 즉석에서 심부름꾼으로 그 할아버지를 차출한 걸 겁니다. 나도 우리 선조가 연경사 따라 북경까지 갔다 왔다는 말은 누구한테서, 오마니한테서였던가, 여러 번 들었어요. 모르지요, 정식 명단에 박모라는 이가 있었는지. 이제 우리 집안에 그것까지 밝힐 재원은 없어졌다고 봐야지요. 전설이나 신화는 시쳇말로 믿거나 말거나인데 그 재량은 전적으로 경청자 자신의 수습 능력 나름이지요."

나무 보기를 즐긴 당신은 그렇게도 과묵했건만 나무로 경치에 생색이나 내는 그 아들은 말도 잘했다. 이미 오래전에 돌아가신 그 고모님은 서울까지 유학 가서 사범과를 나와 교편을 잡은 적도 있으며, 이 지역에서는 제일 말씨가 무뚝뚝하면서도 양반 행세에는 남자나 여자나 제 먼저 나서는 한 벽지로 시집을 왔고, 해방 후에 그곳 위생병원 뒤에 대궐 같은 집을 지어서 살던 한 토호의 부인이었으며, 일본 여자를 정식부인으로 삼은 그 집 동생 곧 우리 고모님의 시동생은 일제 때 거기서 개업한 양의였다고 했다. 수련의 시절에는 가식으로, 그다음에는 그쪽 출신이 이쪽에서 정착하기 위한 어떤 술수로서의 위장처럼 다가오기도 했던 당신 특유의 겸손에 대한 연원도 드러났다. 서울의 한 고보에서나 일본 본토의 한 제대 의학부에서 일등을 놓치지 않았다는 당신의 화려한 학력은 물론 말이 새끼를 치다보니 그렇게 되고 만 과장이기도 했으나, 당사자는 늘 나보다 두어 살씩 어린 것들이 동급생인데 그들보다야 아무래도 소견머리가 빨리 터져서 그랬을 뿐이었다는 것이었다. 당신의 호적상 생년은 1918년이었지만 실제로는 그 세 해 전에 태어났기 때문이었다.

게다가 허우대만 헌칠했지 당신은 어릴 때부터 병치레가 잦았다. 여러 병이 있었으나 가족들이 죄다 한 번 이상씩 들었던 병력 중 하나는 부스럼 딱지가 온몸에 거뭇거뭇하게 일어나서 나중에는 비늘처럼 뿌옇게 떨어지는 피부병을 앓았고(최가는 그 피부병을 영양실조와 위생환경의 불비로 말미암은, '그 시절에는 워낙 흔했다니까 각기나 괴혈병 같은, 말하자면 궁핍한 연대기가 부하한 유행병의 일종'이라고 했다), 그것이 숙지막해지자, 아마도 소학교 고학년 때였나본데, 무단히 달병疸病이 걸려 머리 밑까지 노랗게 물든 적도 있었다고 했다. 당신의 증언대로라면 인진쑥을 달인 시커멓게 쓴 물을 몇 동이나 마셨다는 것이었다. 그것이 씻은 듯 가시자 이번에는 다리에 부증이 보이고, 허벅지가 뻘겋게 붓고 쑤셔대는 염증을 다스리느라고 소금 반에 밥을 반 섞어 고약처럼 만든 것을 뜸뜨듯이 붙이고 다녔다. 현대의학으로는 신장과 간장에 심각한 정도의 이상이 드러난 셈인데, 그것을 민간요법으로 극복했다니 천명은 따로 있음에 틀림없었다. 그것만도 아니었다. 후에 당신이 그 공동의 흔적을 알고 몹시도 놀라고, 도대체 언제 그 질환을 앓았던지 모르겠다며 머리를 오래도록 흔들었다는 폐결핵의 자연치유 경험도 있었다. 여가도 그 대목에서는 머리를 끄떡일 수 없었다. 하나의 가설이긴 하지만 호흡기·순환기·소화기·감각기 중 상대적으로 튼튼한 장기와 부실한 그것이 한 몸에 상존한다는 전제 아래 사람을 네 체질로 크게 나눈 사상의학에 따르면 당신의 몸은 그 가치중립적 속설을 전적으로 부정하면서 골고루 허했다는 소리였다. 그 일반성을 무시한 신체적 허약이 당신에게 특유의 조신스런 성정과 단조로운 인생역정을 강제했다면, 이중 삼중으로 별나기도 하고 또 그처럼 재미없는 인생살이의 표본을 만든 장본인이 심술궂게도 메스를 귀신같이 휘두른 외과의가 되는 셈이다. 급기야 해방 전후에는 음식을 삭여내지 못하는 만성 소화불량증에다 하루에 서너 시간의 수면으로 버티는 중증의 불면증으로 고생했는데, 그즈음 권부의 핵심에 깊숙이 진입한 어느 요인의 충수염 수술을 집도한 후 탈진한 듯 비지땀을 흘리며 복도에서 맥없이 주저앉아버리기도 했다는 것이었다.

당신께서는 부랴부랴 낙향, 그곳 방직공장의 부속병원에서 정양하는 한편 첫딸의 재롱받이로 기한 미상의 세월을 덧없이 살았다. 그때 당신의 연배는 삼십대 들머리였다. 한창 나이인 만큼 반년쯤만 모질게 투병하면 웬만한 내과적·심인성적 질환은 거뜬히 털어버리고 일어날 수도 있었겠으나 적잖이 미심쩍기도 하다. 그쪽 체제에서야말로 그 당시는 기왕의 것과는 생판 다른 형식의 나라 세우기와 암암리에 적화통일의 준비로 누구라도 동분서주할 때인데, 과연 압록강 연변에 가없이 펼쳐져 있다는 갈대밭만 바라보며 요양에 전념할 수 있었을까? 더욱이나 의료업은 세상이 시끄러울수록 그 쓰임새가 요긴해지는, 인민의 생사여탈권을 한 손에 쥐고 있는 유아독존의 천직이다. 그즈음에는 이미 가업 소금 점방에다 몰락한 작은집의 곡물 가게까지 떠맡은 알짜 살림 전부가 인민공화국 정부의 강제에 의해 거덜 난 후여서 당신의 어른은 신의주수산사업소인가에서 '똑같이 일하고 똑같이 배급받는' 노동자계급이 되어 있었다. 꾀병이었을 리는 만무하지만 보신술로는 병·시대적 배경·환경적 요인이 너무나 걸맞게 조화를 이루고 있는 것은 사실이었다. 먼차우전 증후군*은 아프다는 핑계를 그럴싸하게 포장하여 당면한 자신의

---

* munchausen syndrome. 병을 가장하거나 자초하여 자신의 병세를 과장하고 남의 동정을 사려고 하는 병적인 허언증. 정도의 차이는 있으나 누구에게나 있는 흔한 정신병의 하나.

임무나 의무를 방기하는, 그래서 주위 사람의 동정을 사는 허언증인데, 그런 증세는 누구나 가질 수 있고, 그것이 과도하게 드러나는 경우는 이미 심신의 증상이 정상을 벗어나 자립성을 상실한 상태다.

그때쯤에서야 조경업자가, 원래 일병장수라잖아요, 라고 말했다. 지당한 말이었다. 운명론이긴 하지만 늙은이 소리를 듣자마자 막무가내로 덮쳐오는 열두 가지 지병에 시달리며 살아도 아흔의 천수를 누리는 경우가 없지 않다. 엉뚱한 지론이 부창부수로 따랐다. "병이란 다루고 제가끔 갖고 놀기에 따라 돈과 비슷한 것 같애요. 그걸 자꾸 쓰다듬으면 평생토록 제 몸에 달고 살게 되고, 대범하게 무시해버리면 그것이 있으나 없으나 불편한지 어떤지도 모르고 잘살아지잖아요. 문제는 남녀 누구나 늙으면 두어 가지 이상의 병을 지니고 고생하기 마련인데, 그때를 대비해서 목돈을 웬만큼 미리 장만해두면 좋을 거예요. 많든 적든 돈은 누구나 지니고 있잖아요, 병도 꼭 그래요." 여가로서는 도대체 무슨 견강부회인지 종잡을 수 없었다. 아마도 의약분업 후에는 약효 미상의 영양제 같은 각종의 비의약품을 권매하기에 열을 올리는 장사꾼이라서, 제 오빠 집에 맡겨두고 있다 하나 두 자식의 유학비가 갈수록 밑 빠진 독에 물붓기일 터이므로, 또 누구나 그렇듯이 사십대에는 한창 돈타령으로 날밤을 새울 것이기에 이해는 하지만, 이 약사 여편네는 말도 헤프고, 그 말이 어디서부터 앞뒤가 안 맞춰졌는지 분별해보는 버릇이 아예 없는 듯했다. 장사치들은 원래 말에 조리가 없다, 그것이 그들의 생리다. 아니다, 아무렇게나 나지리 볼 게 아닌지 모른다. 그처럼 몸 간수에 빈틈이 없었다는 시아버지를 마지막까지 한집에서 모신 며느리로서의 솔직한 경험담일 수도 있고, 어떤 특유의 사생관을 터득한 소치일지 알 수 없다. 여가는 이미 술이 많이 취해서 남의 말을 그대로 받아 듣기보다제 추측만 남발하기에도 바빴다.

의심을 하기로 들면 만사가 수상쩍게 보이는 것이지만, 그당시는 일본의 내지든 반도의 식민지든 의학 교육 연한이 사년으로 끝나게 되어 있었다. 한참 후에야 제대 의학부는 육년을 이수하도록 편제가 바뀌었지만, 작게는 열아홉 살쯤에, 많게는 스물한두 살이면 졸업과 동시에 의사가 될 수 있었으며, 그후 개원의로서든 큰 병원의 봉직의나 대학 부속병원의 임상의로든 근무하면서 나름의 정진을 경주하면, 예컨대어떤 병이나 증상에 대한 수례數例의 병리적·임상적 소견을 논문 형식으로 발표하면 서른 살 이전에, 특례로는 스물다섯 살에도 의학박사 학위를 받을 수 있었다. 이 땅의 초창기 양의들이 대체로 그런 전철을 손쉽게 밟을 수 있었던 것은 현대의술의 미숙과 그 분화의 미진에다 의학이라는 최첨단의요긴한 학문이 막 나름의 골격을 갖췄으므로 이제는 그 내용을 어떤 것으로든지 빨리 채워가야 할 필요가 만만했기 때문이기도 하지만, 그 당시의 평균 수명을 감안할 때 조숙早熟을 무작정 성원하는 시대적 흐름도 간과할 수 없다. 어쨌든 그런 시대적 배경 속에서 당신은 해방 직전에야 느지막이 귀국한 것 같은데, 그렇다면 일본 본토의 유수한 제국대학 의학부를 졸업하고 짧게는 삼사 년, 길게는 오륙 년을 어디서 고군분투했단 말인가? 그 공백을 증언해줄 사람도, 자료도 현재는 없는 듯하다. 재학 중의 성적이 워낙 뛰어나서 일본인 교수들의 총애를 한 몸에 받았고, 그들의 권유에 따라 모교의 부속병원에서 수련의 생활에 매진하는 한편 박사학위 논문을 준비한다는 핑계로 소금가마니 속에서 찌들어 사는 모국의 가난한 양친과 형제들의 생계를 나 몰라라 할 수 있었단 말인가. 하기야 그 당시는 모국에서든 일본 본토에서든 대학에서 강의를 맡으려면 일본인 교수의 지도 아래 받은 박사학위가 반드시 필요했다는 말이 있기는 하다. 저희들이 독일의 현대의술을 그대로 전수해놓고서도 독일에서 받아 온 조선인의 박사학위조차 시쁘게 여겼다는 일화도 있으니 일본인들은 식자나 무지렁이나 공히 시샘으로, 국수주의로, 한민족에 대한 생래적 열등감으로 말미암은 차별의식이 골수에 들어 두뇌의 구석구석이 꽁꽁 얼어붙은 미개종족인지도 모른다. 그거야 어떻든 학위 소지야 일종의 불문율이었을 뿐이고, 전공 분야의 권위 있는 선생들이 천거하면 어떤 자리라도 취직은 양해 사항이고, 또 추후에 일본 내지의 어느 대학에서나 얼마든지 획득할 수 있는 요식 행위였다. 그것도 아니라면 그 믿음직한 범상에 날렵하고 신속한 수술 솜씨가 호가 나서 일본인 지기들의 호의와 금전적 후원 아래 간호부 한 명에 수술대 하나를 달랑 놔둔 '동네' 의원의 문을 열어 돈벌이에 전념했었다는 가정이 떠오를 수도 있다. 그러나 그 가정은 너무나 조촐한 소설적 소재 같아서 설득력이 약하다. 우선 조선인으로서 신민 일반의 생명을 담보하는 외과의 개원 절차가 방금 곱씹어본 바로 그 차별의식 때문에라도 그렇게 호락호락했을 리 없고, 두부 행상이나 신문 배달로, 또는 세탁물의 주문배수를 위해 가가호호 방문하는 일로 고학했다는 가정형편을 돌아보면 그것은 복권 당첨만큼이나 믿기지 않는 행운이다. 또한 다들 그렇지는 않았겠으나 주문을 받는답시고 현관에 우두커니 서 있으면 잠자리에서 일어나자마자 아랫도리 속옷을 보랍시고 면전에서 벗어 던져주는 개차반 같은 안주인도 없지 않았다는 망신스런 수모담 따위를 감안할 때, 그 당시 일본인 일반의 조선인에 대한 멸시감은 거의 짐승 수준의 미개종족에 대한 그것이었을 것이 자명하다. 더욱이나 꼭 한 걸음 먼저 서양학문을 배운 일본인 식자계층일수록 그런 모멸의식이 더 심했을 수도 있다. 그러나 알 수는 없는 일이다. 그런 중에도 제대 재학 중에, 그것도 어떤 법적 문제의 의의·요건·효과 등에 대해 명징한 논리의 수사적 전개를 요구하는 고등문관시험의 사법·행정 양과에 수석으로 합격한 양반도 있고, 그 제자 앞에서는 일본인 선생도 옷깃을 여미고 대학원에서 더 공부하여 모교의 후배들을 지도해달라고 앙청했다는 미더운 쾌보가 없지는 않다. 요컨대 가장 평범한 인생살이도 실은 희귀한 예외적 삶의 끊임없는 연속임은 보는 바와 같다. 누구와 만난다는 것, 그 사람과 밥을 먹고 하룻밤 동숙한다는 것, 이런 흔한 인연 맺기의 일반성이야말로 유일무이한 예외성 그 자체를 입증하고 있기도 하다. 그런 실례가 박선생의 생애에는 몇 번이나 더 있었던 모양이다.

신의주사범을 나온 아우에게 집안을 맡기고 당신은 평양의 모종합병원에서 근무하다 한국동란을 맞았다. 징집연령을 아슬아슬하게 피할 수 있었던 것도 시운이었다. 거의 십여 년에 걸친 일본 내지에서의 학력 만들기로서의 면학, 뒤이은 의술 습득과 의료 연구에 시달린 후, 그 성취를 보고 귀국하자 후더침 같은 심신의 피로 증후군이 막무가내로 몰려왔을 수 있고, 그런 신체적 불균형도 종군의 결격사유였을 수 있다. 아마도 김일성종합대학 의학부였다가 이 년 후에 평양의학대학으로 분리, 확충해간 북한의 대표적인 의료기관에 적을 얹으려고 호시탐탐 기회를 노리고 있었을 것이며, 그것이 여의치 않았던 것은 평양의전 때부터 내려오는 재임교수들의 학연과 그 텃세에 당신의 우뚝한 학력과 변방지역 출신 같은 조건이 오히려 불리하게 작용했던 탓일지도 모른다. 그럼에도 불구하고 의술로 인민에의 복무는 워낙 엄연한 것이어서 평양을 사수하느라고 하루에도 크고 작은 수술을 평균 30건 이상 베풀어야 했을 것이다. 알려진 대로 그해 9월 초부터 북한 전역에는 미국 공군기들의 맹폭이 퍼부어졌다. 특히나 평양 시가지 전체에는 성한 건물이 한 채도 안 남아 있을 정도로 쑥대밭을 만들어버렸다는데, 수술실마다 집도의들이 러닝셔츠 바람으로 전장의 억울한 사상자와 씨름하는 그 병원 건물의 옥상에까지 폭탄이 떨어지기도 했음은 여러 후일담이 증언하고 있다. 그 아비규환 속에서도 박선생은 손가락 하나 안 다쳤을 뿐만 아니라 군진의학의 주종이라 할 외과적 치료술 곧 집도에 관한 한 발군의 요령을 터득할 수 있었다. 뒤이어 닥친 피난길에서도 당신의 운은 계속해서 기적적이었다. 곧 아내와 첫딸, 그리고 만 두 살배기 둘째딸까지 거느리고 당신은 원산을 거쳐 함흥까지 소개를 감행했다. 엄밀히 말하면 그것은 소개가 아니라 자의반 타의반의 엉거주춤한 피난에 다름 아니었고, 그것도 남들과는 생판 다른 북행길이었다. 믿을 만한 근거도 착실하다. 왜냐하면 평양 인근에는 임시로나마 몸을 의탁할 일가도, 학연마저 생판 멀리 떨어져 있는데다가 붙임성 없는 성격대로 우인과 지인도 없었지만, 함흥 쪽에는 처가가 있는데다가 그 인연을 맺어준 당숙이 그곳 도립병원 원장으로 복무하고 있어서였다. 그 당숙은 서울의 모의전에 재학 중 3 · 1운동에 참가했다가 1년 6개월의 징역을 산 후 하얼빈의과대학을 졸업한 선각이었다.

서쪽에서 동쪽으로, 뒤이어 남쪽에서 북쪽으로 강행한 그 대장정을 주로 부모의 등에 업혀서 마친 당사자는 당연하게도 어떤 독자적인 경험담을 갖고 있지 않았다. 그럼에도 불구하고 이제 중늙은이가 된 그녀는 수많은 기억들을 지참금처럼 오달지게, 또 그 액수조차 정확하게 헤아리고 있었는데, 그것들은 대개 다 혈육들이 그후 다문다문 들려준 후일담이 낙인처럼 심상에 딱딱하게, 한편으로는 시냇물 위에서 얼른거리는 어떤 형상처럼 시시각각 지워지기 쉽게, 어떤 색깔도 입힐 수 없는 단색화들이었다. "그 험한 피난길 중에도 한숨한번 안 내쉬셨다는 우리 아버지가 러시아 말을 익히신다고 손바닥만한 사전을 짬날 때마다 들여다보곤 했다는 말도 오마니한테 듣긴 했어도 제 머리에는 암것도 안 남아 있어요. 외갓집에 당도했을 때는 제 온몸이 복쟁이처럼 희끗희끗하고 탱탱 부어 있었다고 그러고, 그후 당숙모라는 양반이 부모뻘이랍시고 우리 일가를 말갛게 쳐다만 보고 말도 안 건넸다는 둥, 유행가에도 나오는 그 흥남철순가를 할 때서야 기독교인 가족과 어린애 딸린 부모들부터 먼저 배에 태운다는 소문을 듣고 나를 가로채 가다시피 했다는 둥, 다들 하루하루 살기가 그저 운수소관이고 고역일 때라 앉으면 일가친지들 험담부터 서로 질세라 늘어놓곤 했잖아요." 증언자가 제 설움에 복받쳐 목이 메는 틈을 이용해서 이남 태생의 막둥이가 나섰다. "그러고 보면 아버지가 열심히 공부하라는 말은 한번도 한 적이 없었던 것 같네요. 그런데 안 잊혀지는 것은, 사전 찾기를 귀찮아하지 마라는 말은 자주 했어요. 그 말을 할 때는 꼭 일본말로 번역도 하고요." 아마도 일본인 선생들로부터 귀에 못이 박히도록 들은 말을 자식에게 대물림했을 것이었다. "이 세상의 하고 많은 일 중에 사전 찾기만큼 들이는 품에 비해 당장 얻는 소득이 큰 게 다시없다 그러시고. 사전에 올라앉아 있는 그 숱한 말들이 전부 인간이 만들고 써오는 것인데 그것을 한 번이라도 찾아보지 않으면 얼마나 억울하냐고 그랬어요. 그 많은 단어들을 한 번씩은 찾아봐야 사전 값 본전을 뺄 것 아니냐 그런 말씀이었던 것 같은데 너무 심했지요."

문득 후손들까지 포함한 다음 세대들은 앞서 산 세대들의 삶을 기린다면서 제 식으로 해석하는 통에 올곧게 전하기는 커녕 비하, 축소해버리거나 과장, 숭배를 일삼아 우상화시키고 있는데도 스스로는 그 불찰을 모르고 지낸다는 생각이 장차 그이의 행적을 끌어모으려는 여가의 술 취한 머리를 압박했다. 그렇다면 우리가 가지고 있는 여러 기억들도 실은 그런 유의 번역 및 해석과 대동소이해서 어떤 부분이든 흉물스럽게 커져 있거나, 징그럽게 비뚤어져 있거나, 몰라보게 망가져 있거나, 창피스럽게 작아져 있을 게 틀림없다. 그럼에도 불구하고 엉터리일 수밖에 없는 해석으로 선행先行의 제반 족적을 백일하에 드러내려는 경거망동은 인간의 근본적인, 차라리 숙명적인 한계다. 곧 불찰이야말로 인간의 타고난 족 쇄이자 인간이 인간다울 수 있는 상표다. 아니다, 거시적으로 보면 그런 고유한 기능이야말로 바로 인간만이 누리는 영광스러운 미덕이다. 그 좀 이상한, 부정확한 투사력을 수시로 과시하는 거울 같은 힘 좋은 능력에 전적으로 기대서 오늘의 이 요란한 세상을 구축했을 테니까.

"온갖 것을 다 아껴 썼지. 시간, 돈, 모든 물자는 물론이고 말까지 할 말만 하느라고 꼬깃꼬깃 접어두기만 하고 쓸 줄을 모르셨어. 와이셔츠를 일주일 내내 입어도 빨 것도 없다고, 밥그릇도 언제나 말끔히 닦아 드셔서 씻을 것도 없다면서 엄마가 대충 자시라고 해도 들은 둥 만 둥 하셨어. 늘그막에 엄마가, 그때 벌써 가물가물 병이 깊었던지 그랬을 거야, 남의 살을 가르고 고장 난 데를 잘라내고 깁고 하는 양반이 어째 옷에다 피 한 방울 안 묻혀온다고 신부님한테 일러도 당신은 수술복에는 더러 묻히신다고, 땀 닦아내면서 피도 훔친다고 하시고는 그러시데. 대수술 중에 허기가 지면 피고 뭣이고 아무것도 안 보이신다고. 우선 내가 살고 봐야 병자도 살릴 수 있을 텐데 의사와 환자가 한자리서 줄초상이 나버리면 그 시끄러운 입방아가 듣기 싫어서도 죽으면 곤란하다고, 물론 내가 저승 귀신이 되고 말면 남이야 뭐라든 들을 수도 없어서 섭섭할 테지만, 이라며 처음으로 듣는 농담도 하시고 그랬어. 수술하다 말고 뙤약볕에서 물에 만 보리밥을 양푼이째로 들이켜는데 조수가 동맥 수습도 제대로 못해서 피가 꿀렁꿀렁 쏟아지길래 밥숟가락을 집어던지기도 했다 그러시고."

어째 가장 요긴한 증언 같다. 어떤 처지에 놓이더라도 우선 당신의 몸부터 챙긴다, 환자의 안위는 나중이다, 만사 전폐하고 기아부터 해결하고 본다, 당면한 의무 곧 수술 같은 것도 생존의 수단일 뿐이다. 가장 편하고 솔직하며 쉬운 생존전략이다. 누구나 다들 그러면서도 실제로는 그 당연한 진면목에다 쓸데없는 변명과 너절한 수식을 덕지덕지 달고 붙인다. 바른 대로 쏘아붙이면 남의 생명의 존엄에 대한 자각이 지나친 외피를 껴입고 설치는 바람에 그 반동으로 한쪽은 죽을 맛이다. 곧 주객전도의 양상이 의술을 베푸는 현장에서도 맹위를 떨친다. 의사는 뻣뻣한 약자가 되고, 환자는 땡고함이나 질러대는 불평분자나 불쌍한 강자가 되고 만다. 휘장막 속에 묻혀 있던 당신의 본성이 일거에 드러나버린 것 같다. 여러 사람의 의견을 한 골짜기로 모아야 할 자리에서 당신의 의중 안 비치기, 묵언을 앞세우고 속으로만 우물쭈물거리기, 환자·의무·봉사·의술이야 어찌 됐든 나만이 전부다, 라는 무식하나 강인한 처세술 고수하기. 결국 의사는 기술자일 뿐이다. 더 이상의 인자한 처신과 정성스러운 치료 행위는 생명을 담보로 환자의 지갑을 노리는 일방 내키지 않는 감사와 존경을 억지로 끌어내려는 사기행각이다. 사회와 이웃은 물론이고 가족과 자신의 생업에조차도 당신의 온몸을 통째로 기대지 않으려는, 스스로 고립무원을 자초하는, 나 아닌 외부에의 의존도가 거의 제로 상태인 이런 인물을 어떻게 명명해야 옳은가? 해답이 얼핏 떠오르다가 까무룩하니 멀어져간다. 표준말을 구사하는 전직 고교 교사의 회고가 이어졌다.

"새벽에 일어나셔서 삼십 분씩 방 안에서 맨손체조하는 습관을 하루도 안 거르셨어요. 바로 이 좋은 습관을 유지할 수 있어서 그런지 이 땅에 내려온 이후로는 잔병치레가 없으시다고 그러시고. 아무래도 이북보다는 여기가 당신 생리와는 맞았나봐요. 말하자면 하루하루 살아가는 주변의 생활환경과의 궁합이지요. 화분에서 자라는 식물도 그렇듯이 사람에게도 그런 이치가 맞을 수 있을 거예요. 초년고생을 할 만큼 다하고 중년 이후에서야 고만고만한 운이라도 차츰차츰 펴가는 팔자가 있듯이 아바지도 그런 양반이 아니었던가 싶어요. 당신 일신은 물론이고 주위나 세상을 어질러놓지는 않았어요. 새처럼 그랬어요. 간당거리는 나뭇가지에 앉아서 위태위태한 제 처지를 쉴새없이 살피는 그런 자세로 이 땅에서 사시다가 어느 날 홀쩍 새처럼 아무런 흔적도 없이, 지저분한 자취도 안 남기시고 떠나가신 거예요. 돌아가시고 나자 우리 아바지가 새 같다는 생각이 자꾸 들어요. 이 땅에다 뭘 보탠 것도 없겠지만 그렇다고 축내고 해 끼치는 일은 안했을 거예요."

실내가 문득 숙연해지자 둘째며느리부터 눈시울을 적시기
시작했고, 딸자식도 굵은 눈물방울을 떨구었다.

6

（남의 일이든 제 일이든 가리지 않고 일을 좋아하는 사람
에게는 일 같잖은 일도 제 발로 굴러오고, 그런저런 크고 작
은 일들이 주위의 여러 도움으로 틀을 갖춰 때가 되면 웬만
큼 성사에 이르는 경우를 흔히 경험하게 된다. 그래서 일하
는 재미도 새록새록 맛보고, 일을 통해 세상과 사람들을 훨
씬 더 잘 알아보게 되고, 점차 다른 일에도 눈길을 돌리게 되
는 것이다. 몇 다리 걸쳐서 주위들은 이 땅의 도규계의 어제
와 오늘도 정확히 그렇게 굴러갔다.）

박선생의 장서 500여 권을 어디다 모양내서 비치해둘 것인
지를 알아보느라고 의대 구내의 몇몇 관계자들 방을 순방하
면서 일단 이런 소문을 퍼뜨려놓으면 이 일을 공공의 사업쯤
으로 알고 소매를 걷어붙이고 나서는 독지가가 있을 테지 하
는 궁심을 여가는 따로 챙기고 있는 판이었다. 그런 궁심 먹
기가 벌써 일을 반이나 치른 것 같아서 그의 기분이 그렇게
저조하지는 않았다. 사실상 그 자신의 호기심만 얼마쯤 다독
거리면 박선생의 추모문집이야 어떤 형태로 꾸려지든 누가
감히 가타부타할 리도 없겠으나, 무엇인지가 자꾸 찜찜해지

는 구석은 고인의 그 작정하고 토해내버린 매사의 부덕不德, 가족조차 저만치 내물리는 그 쌀쌀맞은 처신 때문이 아닌가 싶었다. 당분간은 더 또렷한 설명을 덧붙일 밑천이 없을 듯한데다 그 배후야 어떻든 그런 냉엄 자체가 제 잘난 멋에 겨워 자가 홍보로 미쳐 돌아가는 이런 시대에 귀하지 않은 바도 아니었다. 나이 듦에 따라 다들 고분고분 치르는 여느 세속화 과정과 멀찍이 떨어져서 살아낸 고인의 모난 성격 일체가 한편으로는 거치적거리고, 다른 한편으로는 여가로 하여금 일을 서두르게 만드는 추진제임에는 틀림없었다. 오랜만에 학생을 가르치고 환자를 진찰하는 주업무말고는 다른 보직을 일절 안 맡은 대학 접장으로서도 그의 머리는 늘 바빴고, 그것이 자신의 건강에 도움닫기 구실을 톡톡히 한다고 그는 믿었다.

앞 동의 의료원 본부 건물과 달리 외양도 다소 추레하고 동향이라 칙칙하기까지 한 복도를 지르밟고 있는데, 저만치에서 누가 다가오고 있었다. 금요일 오후라 방들이 반쯤은 비어 있을 때인데, 복도 끝에서 슬그머니 걸터 넘은 석양을 등지고 걷는 양반이 이쪽을 먼저 알아보았다. 연만하신 서 선생이었다. 지금도 석좌교수 명찰을 달고 매일같이 출퇴근 시간이 일정하며 건강증진센터의 한몫을 책임지는, 곧 위 내시경 검사에도 활달하게 임하는 노익장이었다.

"어, 여박, 잘 만났어. 일부러 방까지 찾아갔더니만. 차 한

잔 얻어먹을 수 있을까. 바쁜가?"—"전혀 안 바쁜데요. 무슨 도장 찍을 일이 있습니까?"—"없어. 정말 심심해서 왔어. 마땅히 갈 데가 없어서 말이야, 당신도 곧 이렇게 돼. 말 탄 장가가 먼가, 직방이야. 빈말이 아니야, 이 말을 잊으면 자기만 손해야. 일언이폐지하고 다음 달 말에, 삼십 일쯤 남았지, 연말이야. 주례 한번 서주겠어?"—"설마 벌써 손주사위를 보십니까?"—"아니야. 그야말로 조카사위를 봐야 하나봐. 생질서야. 매제란 인간이 인물값 한답시고 세전지물을 분질러 쓰기 바쁘다가 일찌감치 여기저기 떠돌아다니는 바람이 나서 버림받은 자식이야. 불쌍해. 모녀가 둘 다 아주 똘똘하지."—"친동생입니까?"—"그럼. 위에서 넷째고 밑에서 셋째야. 돈도 좀 있어."—"재혼도 안하셨나요?"—"옳게 갈라서지도 못했어. 복잡해. 자식 둘 다 키워놓고 나서야 말벗 삼아 들락거리는 사내는 만들었다 말다 했을 거야."—"재미있네요."—"걔가 지 머리만 믿고 변덕이 여간 심했어야지. 동생들도 많다보니 별의별 팔자가 다 있어. 그쯤 알아. 그럼 믿고, 그렇게 알릴 테니까. 다음 주에라도 예비 신랑 신부를 인사하러 이 방에 보낼 테니 둘 다 감별이나 좀 해줘봐, 술 한잔 살 테니."—"술보다 요즘은 은행 온라인 번호를 물어 간다는데요, 송금하겠다고."—"그래? 그러라고 시킬게. 싯까대로 하라고, 거마비에 말품삯을 셈하라고."—"물론 농담이고요."—"알아."—"좀 앉으세요."—"서 있는 게 편해. 오늘도 오전 내

내 한 번도 안 앉고 서서 검진했어. 건강에 좋아. 논문거리도 전임의 둘한테 일러줬고. 가야지. 한 살이라도 젊은 서방님들의 귀한 시간을 방해하면 쓰나, 아직 그 정도 염치는 있어." 다변조차도 건강 증진에 도움이 된다는 것을 의식하고 있는 양반이었다. 커피물이 끓었다. 모든 게 속성에, 속전속결이다. 방주인은 가위로 길쭘한 막대기의 한쪽 끝을 본업의 버릇을 좇아 '대중하고' 잘라낸 다음 머그잔에다 쏟아부었다. "제가 오늘 모처럼 만에 저녁을 대접하면 안 되겠습니까?"—"왜? 청탁은 누가 했는데 사례는 엉뚱하게 누가 하라고."—"갈 데도 없다면서요?"—"좋아. 보직 맡고 있을 때는 점심 먹자는 말 한마디 없더니만."—"제가 선생님께 뭘 잘 봐주고 자시고 할 것도 없고 또 그런 능력도 없다는 거야 잘 아시잖습니까. 그래서 그런 거고 물론 잘 아실 테고 해서. 하나마나 한 소리지만요."

두 동료는 세 사람씩 마주 앉고, 좌장과 주무자가 멀찍이 떨어져서 마주 보는, 흔히 담합회용으로 쓰는 장방형 테이블의 한쪽 모서리씩을 차고 앉았다. 자잘한 저승꽃이 드문드문 보이는 정수리 일대가 김이라도 모락모락 피어 올릴 듯이 잘 익었고, 언제라도 잘 간수한 무슨 장신구처럼 반질거리는 안면의 서선생은 이제 책장 따위에 시선을 파는 법도 없고, 상대방과의 눈맞춤에 거북해하지도 않는다. 연륜은 그런 것이라서 어정쩡한 모든 언행을 시원스레 앗아간다. 여가는 복도에서 별것도 아닌 청탁을 연장자로부터 받자마자 제 쪽에서 하등에 어려워하지 않는, 어딘가 격의 없는 그 관계의 저편 곧 대척점에 정좌하고 있는 어떤 상을 떠올렸고, 공교롭게도 서선생의 동생 곧 미구에 혼주가 될 양반의 반대쪽에도 이미 고인이 된 은사의 맏딸이 앉을자리도 없이 엉거주춤해 있지 않나 하는 생각을 간추렸다. 그러나 돈도 있고 꽤나 까탈스러울 것 같은 그 미지의 혼주는 신상명세가 훤히 드러났는데, 그 맞은편의 착석자는 아무리 훔쳐봐도 그 신원은 오리무중이다. 중국산 대자리가 널찍하게 깔린 거실 바닥에서 포도주와 맥주를 섞바꿔가며 제법 마셨던 그날 밤의 고인에 대한 추억담 나누기 자리에서도 끝내 그 말은 나오지 않았다. 무사히 월남하여 정규 교육을 받은 것까지는 얼추 짐작하겠고, 실제로도 그럴 수밖에 없었을 텐데, 그 이후는 두 동생이나 타성바지인 약사조차 입을 맞춘 듯이 어떤 언급도 내비치지 않았다. 만성의 지병으로 사람 구실을 못하게 되어 있는지, 아니면 무슨 사고를 당해 흉물로 살아가는지, 적어도 한차례 이상이나 치른 혼인에 좀 창피한 장애가 생겼는지, 그것도 아니라면 남편짜리가 반체제운동에 뛰어들었다가 빛도 못 본 반풍수였는지 도통 알 수가 없었다. 그럴 리야 만무하겠지만 일본에서 조총련 간부로 활동함으로써 이 땅의 가족들과는 만부득이 서름하게 지낼 수밖에 없었을 수도 있다. 어느 집안이나 그 정도의 말 못할 사정은 한두 개씩 다 갖고 있다 하더라도 그날 밤 그 '대장정'과 '흥남철수'의 전말담이 한창 진진하게 이어졌는데도 그 조연이 맡은 역할은 시종 쉬쉬로 일관해서 경청자의 긴장감을 제고시켰다. 바로 그 대목이었다. 박선생의 전모에는 까발릴수록, 목격자와 공동 체험자들이 본 대로 들은 대로 옮겨놓을수록 어느 구석엔가는 남들이 알까봐 두려워서 숨기는 국면이 어떤 시약試藥 속의 침전물처럼 서물거렸다. 그 쉬쉬의 반대쪽에는 물론 이렇다 하게 만져질 것도 없고, 호기심을 자극시키는 부연도 필요 없으며, 찬찬한 설명이 있어야 이해할 수 있는 대목도 전혀 안 보이는, 그야말로 일망무제라고나 해야 어울리는 서선생 같은 양반이 제자리를 지키고 있다. 서선생도 당연히 고인의 행적에는 소상했다.

역시 서선생은 서두부터 미닫이문짝을 활짝 열어놓고 밝은 눈으로 뜨락을 내다보며 큰기침을 터뜨리는 그런 기백을 과시했다. "아, 나는 인편에 조의금만 전했어. 천직과 맺은 인연 때문에 인정세라고 생각하면서. 그 양반과 초대면부터 조금 껄끄러웠던 장면이야 이 나이에 머리 한번 흔들고 나서 없었던 일로 돌린다 쳐도 이제 문상만은 정말 못하겠어. 마음이 안 내켜. 젊은 상주들하고 맞절하기도 마뜩찮지만 내 코가 석자라는 기분에 영 찜찜해서 말이야. 아, 물론 그 양반 사정이야 잘 이해하지. 어려웠지, 그러니 이해할 수야 있다고 봐야겠지. 그래도 그렇지, 아무리 그래도 우리는 그럴 수 있을까 싶은 처신도 더러 많았어. 여박도 물론 잘 알 테지만."—"첫 임용 때 아주 힘들었다는 그 말씀이시지요?"—"내 임용말고 그 양반 경우 말이지? 알면서 뭘 물어." 여가가 잘못 알고 있지 않다면 서선생은 분명히 의과대학 출신이었다. 무슨 말인가 하면 해방 직전의 의전에 한쪽 다리를 일단 걸쳐놓았다가 그후 의과대학으로 개편되고 나서 정규의 의학 교육을 대충 밟기는 했다는 소리다. 그런데 해방 전 이삼 년부터 휴전 직후까지, 그러니까 꼭 십 년 동안은 학제가 워낙 혼란스러워서 당사자의 솔직한 고백을 들어도 뭐가 뭔지 헷갈릴 때가 많다. 뒤숭숭하기 짝이 없던 시절인데다 학년조차 뒤죽박죽이어서 본인들도 어떻게 교과 과정을 이수했는지, 졸업학년을 어떻게 맞고 마감했는지 옹송망송해하는 경우가 허다하고, 그런 밀담 같은 우물거림이야말로 교육의 부실은 말할 것도 없고 학년제 전반을 마구 헝클어놓는다. 이를테면 9월에 졸업한 사람도 있고, 고등보통학교는 4년제와 5년제가 병존했는데다가 그것도 삼 년 만에 졸업장을 받는가 하면, 7월에 입학한 학년도 있고, 의전과 의대도 이수 과정에 편법을 얼마나 자주 들이댔는지 저마다 얼버무리곤 한다. 따라서 그 시절의 전반적인 수라장화 때문에 그들의 기억 자체는 교육 연한이 들쭉날쭉했던 모양새 그대로 엉성하기 짝이 없다. 그야말로 난맥상 그 자체다. 극단적인 실례로는 이미 없어진 학교명을 연도도 정확히 기억하면서 졸업했다고

우기는가 하면 학점을 어떻게 취득했는지도 모르고 삼 년 반
만에 졸업은 했는데 막상 졸업장은 몇 년이나 지난 후에 거
머쥐었다는, 무슨 참칭 상속인 같은 얄건달도 없지 않다. 그
런 믿을 수 없는 기억을 재생시키다보면 여러 대목에서 삐꺽
거리는가 하면 앞뒤 말의 아귀가 맞지 않아 난감해져버린다.
언제 무너질지 알 수 없는 집에 발을 들여놓으면 누구라도
불안해서 뛰쳐나올 궁리만 하느라고 그 집의 지은 경과 따위
야 몰라도 된다고 치부해버리게 마련이다. 동거인이 아닌 다
음에야 더 이상 그 집과 인연을 맺을 일도 없을 테니 말이다.

달변이라기보다 요점을 잘 간추리는, 그래서 그 과감한 생
략 때문에 내용 자체는 어차피 소루한 데가 많아도 머리 좋
은 사람들이 흔히 구사하는 능변 같은 말솜씨를 곧잘 발휘하
는 서선생의 증언은 당연하게도 앞뒤의 이를 맞춰가면서 새
겨들어야 했다. 우선 그이는 누구한테 들은 게 아니라 실제
로 목격한 일이라고 했다. 듣고 보니 풍도 적지 않아서 간접
체험한 것만은 분명했고, 그것보다 직접 체험했다고 강변한
사연의 실감이 오히려 떨어졌지만 믿을 수밖에 없었다.

해방 직전까지의 의전 시절에도 다른 지방의 의전과는 비
교급이 아니었고, 서울의 몇몇 의전들과 제대 의학부에도 뒤
지지 않을 정도의 깐깐한 교수진과 교과 과정을 자타가 인정
하던 이 지방의 그것은 명성과 전통에 걸맞게 화려한 실체
가 그럴듯했는데, 그 요체는 물론 일본인 선생들의 학력이었

다. 그때만 해도 열대여섯 명의 선생들 중 두어 사람의 조선인 선생을 제외하면(최가는, 그야말로 금석지감을 금할 수 없지만 요즘의 의대는 교수 요원만 적게는 100여 명에서 많게는 200명 남짓이 있어야 직할 운영의 의료원과 의대생 교육이 그런대로 굴러간다면서, 의학의 양적·질적 비대화와 전문화를 '단적으로 해마다의 격세지감'으로 풀이했다) 나머지는 모조리 일본 내지에서 학력을 만들어 온 사람들로서 그들은 그 학맥 곧 일본에서도 제일 좋다는 그 제대 출신이 은사의 낙점 아래 부임하는, 무슨 마피아 조직 같은 명령 하달의 형식을 취해왔다. 말하자면 그 학교의 지부 하나를 이 척박한 분지에다 설치해두고 있었던 셈인데, 몇몇 예외는 있었으나 한국인 선생도 학연에서는 동일한 가계의 의붓자식 같아서 그 선민의식에서는 단연 타의 추종을 불허했다. 그러나 바로 그게 말썽이었고, 모든 전제 정권은 기필코 속이 곯아 망하듯이 교류를 밀막아버리는, 가르치고 배우는 길이 달랐던 학파들끼리의 물길이 섞이지 않는 웅덩이는 썩게 마련이었다. 게다가 똑똑한 서자의 자만심이 우물 안 개구리의 기고만장까지 불러와서 당시 경성의 의술과 그 전수 과정조차 속으로 비웃을 지경이었다. 그러나 그것은 얼토당토않은 경쟁 심리로서, 이발 기술이 일본에서 들어온 것이고 그 기술을 고도의 경지까지 닦아가려면 이발소를 찾는 머리 숫자가 상대적으로 다량으로 확보되어 있는 도시로 나가야 하듯이,

환자 수요가 훨씬 많은 곳에서라야만 의술 공급의 세련과 그 기량의 발전을 기약할 수 있는 터이므로 서울의 이발사들 솜씨를 얕봐봐야 그것은 어리보기들의 생뚱 같은 고집이거나 착잡한 패배의 자인이었다. 의술 소비자들의 취향도 그 점을 반영하듯 웬만큼 돈 있는 지방 부자들은 아예 경성으로 나들이 가서 이발을 했고, 요즘 말로는 머리 모양내기에서 '코드'가 서로 맞아야 하듯이 이용자가 그쪽 실력만 믿는다면 그런가 하고 승복할 수밖에 없었다. 현대의 모든 기술이 다 그렇듯이 화끈한 실적을 보여주려면 인구가 다량으로 밀집한 도시라는 토양이 필요한 법이었고, 그런 의미에서도 현대의학은 단연 돈이 그쪽으로 꾀게 마련인 도시를 위한, 사람들이 바글거리는 도시에 의한, 시골과 시골의식 일체를 아예 무시해버리는 도시만의 기술이었다. 벌써 싸움의 승패는 결정이 난 셈이었지만, 깐깐한 의술의 전수 과정이야 지방이라고 해서 다를 게 없었고, 의학 교육이 원초적으로 사람의 목숨을 다루는 섬세한 기량의 연마이므로 고지식할 수밖에 없기도 했다. 의사로서의 바로 그런 자세 만들기와 빈틈없는 인간 키우기에 관한 한 이 지방의 그 자존심 덩어리 같은 교수진들도 하등의 나무랄 데가 없었다. 아무튼 그런 시대환경적·의학윤리적 배경을 뚫고 박모라는 조선인이 우선 강사에 적을 걸어두려고 덤볐던 것을 보면, 그 자세한 내막이야 알 것도 없지만 단연 화제를 불러일으킬 특기사항이었는데, 아무래도 망조 든 노름판처럼 패망이 눈앞에 얼른거려서 제정신 들일 수 없는 제국의 제반 체제와 덩달아 제대 자체의 흐트러진 명령 계통도 단단히 한몫을 했다고 봐야 옳을 것이다. 동창생이 아니었는데도 그만한 학력에다 일본 내지의 걸출한 어느 교수의 추천으로 명함을 내민 터라 거의 내락을 받은 상태에서, 그러니까 다음 봄 학기부터 젊은 조선인 실력자 박모의 임상강의가 개설될 예정이었는데, 갑자기 그의 행방이 묘연해졌다. 당시의 일반적인 예의범절상으로, 더욱이나 위계질서가 엄연한 의학계 선후학의 의리상으로도 도대체 있을 수 없는 일이었다. 그런 연락두절은 배은망덕에다 일종의 근무지 무단이탈로, 불경스럽기 짝이 없는 행패였다.

"천둥벌거숭이도 아니고 그게 뭐야, 괘씸죄에 걸렸지. 그런데 이 발칙한 예비강사가, 그 당시는 강사도 당당한 직위야, 요즘처럼 보따리장사가 아니었다고, 교수 밑에 조교수는 있었어도 부교수라는 직위도 없었고, 어쨌든 종무소식이야. 다른 쪽은 학도병이다 근로동원이다로 선생도 학생도 못 죽어서 사는 경황이었어도 의전은 전혀 딴판이었어. 원래 경황이 없을 때 아픈 사람은 더 속출하잖아. 환자는 더 바글거리고, 그 북새통 중에도 임상강의를 착실히 하고 그랬어. 물론 강의 도중에 더러 방공호 속으로 부리나케 뛰어들기도 했지, 삐이십구가 굉음을 앞세우고 잠자리처럼 날아다녔으니까. 그러고 있는데 얼렁뚱땅이의 무슨 소동 같은 해방이 덮쳤어.

다들 들떠서 정신이 없었지. 그래도 병자는 수술도 받고 그래야 되니까 일본인 선생들도 우왕좌왕하면서도 일부는 병상을 지키고 또 도항길을 뚫는다고들 설쳤어. 그런데 개중에는 그해 연말까지도 이 바닥에서 뭉그적거린 일인 의사들, 선생들이 제법 있었다는 거야. 병든 사람을 진찰하는 족족 살린 공을 봐서라도 해코지야 당하겠냐는 배짱도 있었을 테고, 이왕에 상투적으로 해석하면 아무리 제국이 망했다기로소니 무식하고 가난한데다 헐벗은 조선인 병자들을 놔두고 의사로서 어떻게 일신상의 안위만 챙기겠냐고 버텼을 거야. 물론 말도 안 되지. 까놓고 말해서 우리 의사들처럼 세속화될 대로 된, 버젓이 내놓고 돈만 밝히고 무식한 직종도 없잖아, 사실이지. 일본은 더하지. 그 좋은 기술이 자본주의 맛을 제대로 아는 그 땅에서는 더 대접받고, 그런 환란 중에는 더 요긴하게 쓰이고 손쉽게 치부할 수 있을 건 뻔하잖아. 그 이듬해쯤에는 벌써 의전 교수들은 말할 것도 없고, 시내에서 개업하고 있던 일본인 의사도 말짱 다 지들 나라로 환국했어. 그 당시 저쪽 시내 한복판에 있던 일본인들 병원, 내가 잘 알지, 하루아침에 전부 적산가옥이 됐어. 지금이야 다 흔적도 없어졌지만. 담쟁이넝쿨이 나풀거리는 빨간벽돌 건물들, 그것들을 거저 줍다시피 횡재한 모모 인사들, 이름만 대면 다 알 만한 사람들이 많아."

하루아침에 세상이 바뀌었다. 무슨 기적 같았다. 그토록 지겹던 세월이 영영 계속될 것으로 알았는데, 어느 날 갑자기 희한한 세상이 질펀히 전개되었고, 매시간마다가 공돈이 생겼을 때처럼 설레는 나날을 맞은 것이었다. 공연히 들썽거리는 사람들 천지여서 장삼이사들조차 일이 손에 잡히지 않는 판이었다. 그래도 끼때마다 밥들도 챙겨 먹었고, 학생들은 배워야 했으며, 그 와중에도 시집 장가들을 오가는가 하면 환자는 여기저기서 속출했다. 의전이 의대로 탈바꿈했다. 일본인 선생들이 비우고 간 자리를 메워야 할 판인데 박모라는 위인은 여전히 종무소식이었디. 타방 것들은 원래 믿을 수 없었고, 예의도 모르는 불상놈들이었다. 이가 없으면 잇몸으로 사는 법이었다. 실력의 수준이야 가늠해본들 오십보백보였고, 그 쩌렁쩌렁한 학력을 무시해버리면 배운 것을 그대로 전수하는 데는 아무런 지장이 없는 의사들이 지천으로 널려 있었으며, 또 그 또래의 자격 소지자들은 자천 타천으로 명줄을 대려고 줄을 섰다. 심지어는 한지의사限地醫師였다가 편입하여 자식뻘 동급생들과 공부한 끝에 무사히 졸업한 한 인사는 재력도 좋아서 그 힘으로 명예까지 누려볼 심사로 후배를 지도해보겠다고 껄떡거렸다. 의술이야 워낙 뻔하다지만 학생을 가르치는 직위는 아무래도 지식을 전수하는 방법으로서의 학덕의 반듯함이 우선인 법이라 어림도 없는 수작이었다.

그럭저럭 구색을 갖춰 의사 양성에 박차를 가하고 있는 판

국에 이번에는 하마나 터질 것 같은, 버르집어놓으면 그것을
아물리는 데 환자나 의사나 공히 죽을 곡경을 치를 것이 분
명한 동란이 기어이 터졌다. 당장 공부고 뭣이고 죄다 거덜
이 나버렸고, 집집마다 또 남녀노소마다 나날의 구명도생에
부대끼는 세월이 닥친 것이었다. 알다시피 다행인지 불행인
지 이 우묵한 분지는 동란 내내 적 치하 신세만은 간신히 모
면했는데, 저쪽 밑바닥 통영까지 일시적으로나마 점령당한
걸 보면 천우신조랄 수밖에 없을 터이다. 어쨌거나 후방이
라고 나을 것도 없는 아수라장 판이 곧장 벌어졌다. 전국 각
지의 피난민들이 홍수에 터진 봇물처럼 삽시간에 밀어닥쳤
으니 그런 난리가 달리 없지 싶었고, 인파에 떠내려갈 것 같
은 현장의 대표격은 그즈음도 다들 도립병원이라고 부르던
의대 부속병원으로서, 그곳은 이미 군에 징발되어 군의관들
이 속속 밀어닥치는 상이군인들을 치료하느라고 시끌벅적하
기 이를 데 없었다. 전쟁 때문에 병원과 의사가 있는 게 아니
라 수술대와 집도의가 있으니 사상자가 마구 몰려드는 것 같
은 형국이었고, 어제까지 시가지를 활보하던 학도의용병들
이 만신창이의 몸으로 실려 오곤 했다.

그럼에도 불구하고 희한한 것은 이 지역의 전반적 치안 상
태가 지극히 정상적이었다는 사실이다. 정말로 수상할 정도
로 그랬는데, 전시인데도 약탈·방화·강간 같은 무질서 상
태가 우발적으로라도 터뜨려지지 않아서 다들 목숨 부지에

나 허둥지둥인 일상의 생활 방편들을 흩뜨려놓지는 않았고, 그런 실정은 지금 점검해보아도 착오라는 말은 듣지 않을 게 틀림없다. 물론 동네마다 좀도둑이나 말다툼질이야 비일비재했겠으나, 잘사는 집에 대한 없는 것들의 반목도 보기 힘들었고, 어디서나 부녀자조차 한밤중의 통행마저 여의로웠음도 꼭 첨언해둘 만하다. 빨치산의 출몰이 번다했다는 다른 지역들과는 달리 일상생활을 흐르는 강물처럼 수월히 영위하려는 서민 일반들에게는 어떤 적대 감정을 가질 여유도 없었고, 그런 세력들이 편을 갈라 짜일 무슨 방편도 없는 게 사실이었다. 다들 목숨 부지에 그처럼 허둥지둥이었음에도 불구하고 아픈 사람과 헐벗고 굶주린 사람들에게는 빈말이라도 동정심을 아끼지 않았다는 실정實情을 유교적인 예의범절과 반상의 윤리에 빚졌다고 풀이하는 것은 분명히 너무 안일한 귀추일 것이다. 아마도 어떤 악감정은 특별한 이념이나 사상누각 같은 엉뚱한 생각의 사주에 의해 인간의 정서가 최대한으로 메말라져버렸을 때 터져버리는 가시 돋친 앙심일 텐데도, 동족이 서로 적대적으로 싸우고 있음에도 불구하고 그것이 서민들 사이에 비집고 들어갈 자리가 없었다는 엄연한 사실은 아무리 따져봐도 불가사의한 현상이었다. 지내놓고 보니 분수 밖의 무엇을 바란다는 것은 더 큰 불행과 비극을 부른다는 지혜를 터득한 이 민족의 집단적 심성을 그때서야 어렴풋이나마 짐작했다고 해도 틀린 말은 아닐 것이다.

하기야 그런 생각의 여톰조차도 동족상잔이 가져다준 뼈아
픈 교훈이었고, 누천년에 걸쳐 그런 전 국가적 생고생을 얼
마나 많이도 겪었는지를 되돌아보면 그때마다의 단련이 나
름의 의미도 없지는 않았던 셈이다.

청산유수에 너무 오래도록 파묻혀 있었다고 자각한 경청
자가 진지하게 이야기를 되돌려놓았다. 그것은 풀리지 않는,
어쩌면 영원히 베일 속에 가려 있어야 마땅할 수수께끼 같은
의문이기도 했다. "가족들이 들은 말을 이구동성으로 옮기는
바에 따르면 망인께서는 해방 전후에 몹시 아팠다는데요, 황
달 증세의 재발로 말이지요. 9월 중순부터 맹폭이 퍼부어지
자 평양에서 원산을 거쳐 함흥으로 피난길에 나섰던 것도 이
번 전쟁에서 요행히 목숨이라도 부지하면 아예 그쪽에서 정
양이나 하면서 살려고 그랬다는 말도 어째 일리는 있을 것
같기도 하고요." 향토 출신이라서 피난생활을 면제받은 달성
서씨의 눈매에는 아직도 소년의 장난기 같은 영채가 아른거
렸다. 늙은이의 입가에 나이와는 어울리지 않는 냉소가 희미
하게 머물렀다. "아, 그 양반의 병치레, 병 핑계는 워낙 다양
하기도 하고 번번이 반복되던 것이라서 다들 그런가보다 하
고 말았어." 원래 중병은, 주기적은 아닐지라도, 어느 정도
의 경과 후에는 섭생과 정양의 적부에 따라 재발하는 것인데,
평생토록 큰병을 모르고 살아오는 건강체의 서선생 말은 앞
뒤가 겉돌았다. 여가는 잠시 뜨악해지는 눈씨를 보란듯이 내

버려두었다. "물론 꾀병일 리야 만무하지. 실제로 아프기도 했을 거야. 그러나 달리 해석해야 맞을지도 몰라. 그 간질환의 초기 증상도 평생토록 말조심, 몸조심, 처신조심을 스스로에게 포장하듯이 덮어씌우는 데는 아주 안성맞춤의 구실이었을 거야. 실은 그것도 황달이 아니라 발진티푸스였다는 거 아냐? 그 법정전염병이 해동하기 직전에 잘 발생했고, 죽다가 살아났다는 그 시기도 대충 맞아. 그 당시의 일반적인 영양 상태로 볼 때 황달은 성인에게 덮칠 확률은 낮다고 봐야잖아. 물론 예외야 있을 수 있겠지만. 일종의 보신책이었어. 틀림없어. 황달 병력이 임용에 장애가 된다기보다도 오히려 동정 점수를 따게 만든 관건이었을 수도 있어. 그 정도 꾀야 다급하면 내남없이 다들 원용하지. 자기보신에는 그 양반만 뛰어났겠어? 좋다 나쁘다 할 것도 없이 명줄이 걸린 자리에서는 난들 그 정도의 자기방어기제랄까 임기응변술을 부릴 테지. 그때는 그랬어, 살고 봐야지, 다들, 우선. 문제는 그것만이 아니라 몸 핑계를 너무 자주 써먹는다는 거였어. 진력이 나지, 이해관계가 있는 주위 사람들은. 동어반복에는 누구라도 싫증을 내잖아. 그런 보신의 되풀이로 말미암아 동료들이 그때마다 일정하게 피해를 입는다면 서로의 입장이 팽팽해지고 말아. 물론 그이가 자기 의무, 자기 일에 게을렀다는 소리도 아니고, 제 일과 남의 일의 그런 경계 짓기에 너무 여축이 없었다는 것이 바로 말썽거리고, 서로가 서로를 배돌리게 만드는 불씨인데도 막상 그런 대인관계를 스스로 부추기는 행사가 역력했고, 또 요긴할 때마다 되풀이 써먹었다는 게 정평이야. 내 말이 지나칠 정도로 억지스럽게 들리지는 않을 거야. 여박도 곁에서 모시고 겪어봤으니 잘 알 테고, 또 듣는 사람마다 판단하기 나름이지만."

그렇다면 그 소문난 과묵이야말로 자기보신을 위한 작위적인, 말하자면 짐짓 엄숙주의를 호신용으로써 마구 휘저은 과시적 행태였단 말인가. 지게 작대기처럼 제 일신이 미치는 범위 안에서 아주 만만하게. 한 인간에 대한 지나친 편견이거나 악의에 찬 매도가 아닐까. 보신은 결국 몸 사리기의 다른 말일 테고, 병치레는 그것을 적극적으로 도와주는 일방 궁지에 몰리면 누구나 그러듯이 남의 동정을 사려는 핑계거리이긴 하다. 그렇긴 해도 말 한마디도 곱게, 걸음걸이 한 발자국도 신중하게, 심지어는 일상 전반을 자로 잰 듯 정확하게 꾸려간 그 처신 일체라는 인품 자체가 어떤 완성을 위한 전략이었다기보다도 오로지 생존에만 매달리느라고 저지른 위장술이었다는 진단은 아무래도 곡해에서 나온 비방이라고 해야 옳지 않을까. 여가는 여전히 어리벙벙했다. 구수한 설득력과 해박한 정보력이 서선생의 입담을 떠받들고 있어서 점입가경이었다.

"그 좀 희귀한 북행 피난길도 미상이야. 종잡을 수 없는 대목이 너무 많아. 정양보다는 취직하려고 갔을 거야. 손위 동서가 제법 힘을 써줄 만했으니까."—"유족 말로는 당숙이었다던데요."—"둘 다야. 혼인이 맺어지려면 양쪽이 있어야지. 동서가 그쪽 의대의 교수였던 것은 여러 증언으로 신빙성이 있어. 또 다중인격장애인지 뭔지 명명 불상의 중병을 앓은 그 양반 부인이 함경도 사투리를 썼던 것은 사실이라 하고, 부산에서 잠시 피난생활을 하는 동안 문방구점을 동업하기 전에 달러장사도 하고 일수놀이도 했다는 소문은 일리가 있어. 그때는 다들 그랬으니까, 목구멍이 포도청이잖아. 그런데 그 당숙이나 손위 동서의 그후 행적이 아리송해. 일본배 화물선을 탔든, 미군 엘에스티에 짐짝처럼 실렸든 부산항이나 거제도에 떨어졌다면 그후 행방은 대체로 분명해질 수밖에 없었다는 거야. 곧 흥남부두에서 떠난 10만 명 남짓의 피난민들 대다수가 기독교 교인들이었다는 말은 물론 과장이지만, 하필 그해 12월 24일 밤에 마지막 배가 철수하는 기연 때문에 그랬을 테고, 어쨌거나 개인 소유의 발동선으로도 하루 한나절이면 너끈히 포항항에 떨어진다는데 명색 사람 실은 수송선이 이틀씩, 심지어는 닷새 만에 거제도에 떨어졌다니 그 배후의 온갖 우여곡절이야 짐작만 할 뿐이라 해도 그 이듬해 3월부터는 피난민들 중 부녀자와 어린이를 제외한 모든 청장년을 급조한 그곳 방위군 교육대에 입교시켜 삼 개월쯤 총도 없이 훈련을 받도록 조져놓고는, 아는 대로 그해 5월에 방위군이 해체되자 흥남부두에서 떠내려온 피난민들은 거의 유야무야로 자동 해산됐어. 내가 한참 후에 그쪽 방면의 해군기지 군의관으로 복무해서 그 사정에는 정통해. 아무튼 그해 여름부터 흥남철수 작전에 묻혀온 피난민들은 경향 각지로 흩어져서 생사존망의 귀로에서 활로 찾기에 미쳐 돌아갔다고 보면 대과가 없을 테고, 그후 각자는 군문에 빌붙든가, 아니면 요즘의 당직의사 같은 조건으로 취직을 하든가 청진기 하나 목에 차고 개원의가 될 수밖에 없는데 그 함흥 사람들, 두 사돈이지, 그 양반들은 어느 쪽 생업에도 사활을 걸기에는 객관적으로도 부적격자일 수는 있어. 물론 그런 악조건 속에서도 그때 벌써 평양 쪽 인맥들이 깡그리 잡고 있었다는 부산의 제3육군병원에 기어들어가서 호구 연명할 수는 있었겠지. 허나 그게 과연 그처럼 만만했겠어? 쉽잖아, 어려워. 있을 수 없다는 소리는 아냐. 누가 그러대, 삼팔따라지였던 한 평양의대 교수 출신이 행려병자로 떠돌다가 무연총에 묻힌 경우도 있다고. 있겠지, 그러나 그런 사연이 말이 되려면 당사자가 미쳤거나 이쪽 사회가 철두철미하게 비정상적·비이성적이어야 해, 그렇잖겠어? 그런데 참으로 희한하게도 사람 사는 데치고 철저히 비정상적·비이성적 사회는 있을 수 없어, 그렇잖아? 완벽하게 정상적·이성적 사회가 있을 수 없듯이 그건 그래. 물론 나치 치하 같은 예외적 정황은 있었지만, 그런 광란의 통제 속에서도 피박해자들 대다수가 그나마 정상인일 수 있었다는 것은, 그 미친 집단이나 소굴의 연옥화를 감안할 때, 앞서의 비정상적 행려병자의 불행·박복·불운이 너무나 극단적으로 침소봉대됐다는 사실을 웬만큼 반증하고 있어. 몰라, 나는 그렇게 봐. 물론 동란 전후를 통틀어 이쪽의 상층부가 저쪽의 그것보다 훨씬 더 썩어 문드러져 있었던 것은 객관적인 사실이랄 수 있을 테고, 그런 세상을 도저히 배겨낼 수 없었다고 판단하는 것은 각자의 소관이야. 그런데 말이야, 온통 다 썩었다거나 일부만 썩었다는 것은 보기 나름이 아니라 말이 안 되는 수작이야. 그런 게 어딨어, 어느 세상치고 안 썩은 데가 어딨냐고, 없어. 그 속에서 다 썩어가며 살잖아. 있어야 썩지, 없으면 썩을 것도 없잖아. 물론 있을수록 안 썩어야지. 그런데 그게 쉬워? 썩게 되어 있는데도 썩지 마라는 게 말이 돼? 그야말로 비의학적 발상이지. 요컨대 썩은 세상에게 삿대질하면 지만 고달프고 고약한 사람이 되는 거야. 그러니 썩은 세상과 싸울 게 아니라 썩게 만드는 병원病原과 싸워야지. 우리가 사람을 도구로 사용해서 병과 싸우는 것과 마찬가지야. 사람을 상대해봐야 무슨 소용이 있어, 병을 때려잡아야지. 병리학이 그거아냐. 어쨌든 그래서 그 두 사돈 중 하나는 밀항선을 타고 도일해서 뒤늦게 창씨개명했다는 말도 나돌았어. 한때는 조총련계의 유명의사 모씨가 바로 그 동서란 말도 떠돌고, 저쪽 김가 부자의 땅에다 상당한 헌금도 내놓았다는 소문도 있었어. 아마 낭설이었을 거야. 그럴 가능성이야 물론 배제할 수 없겠지만. 왜 그런 신화 같은 낭설이 퍼졌는지도 짐작은 가. 그해 12월 24일 밤에 마지막 수송선이 흥남부두를 떠나자마자 미군들이 두만강을 넘어 막 함흥 시가지를 점령하기 시작한 중공군들을 몰살시킨답시고 함포사격을 퍼부었다는 거야. 한마디로 흥남부두를 끼고 있는 함흥만 일대를 온통 불바다로 만든 거지. 수송선을 못 탄 그곳 주민들은 어떻게 됐겠어? 뻔하잖아, 생지옥이었을 거 아냐. 그것을 목격했든, 나중에 난민 수용소에서 들었든 그때 안 돌았다면 사람도 아니지. 미군과 중공군 사이에서 우리는 어차피 파리 목숨이다, 이 땅이 장차 누구에 의해서라도 초토화되는 것은 필지다, 이런 상상을 앞질러 내놓으면서 서서히 미쳐가는 정상을 그리기는 정말 너무 쉽잖아. 그런 사생관두에는 우선 피하고 봐야지. 어디로 내빼? 내뺄 데가 어딨어? 밀항선을 탈 수밖에. 일본 땅을 이 땅의 그런 몰살의 대피호쯤으로 봤을 거야, 우선 살고 봐야지. 기술이 있는데, 우리말보다 더 싹싹한 일본말을 자유자재로 구사하는데 밥이야 못 먹겠어. 나, 녹차 한잔 더 줘. 커피는 더 이상 곤란해. 불면증이 심해져." 후학이 열탕 속에 잠긴 녹차 봉다리를 실끈으로 몇 번씩이나 무자맥질시킨 다음, 무슨 실험의 결과물을 감별해달라는 듯이 연두색 찻물을 공손히 건넸다. "부임 때 방은커녕 자리도 안 내주고, 요즘 말로는 왕따로 한참이나 따돌렸다면서요?"—"그런 일이 있었어. 껄끄러웠어. 잘 알지, 내 눈으로 직접 봤으니까. 이 나이에 이런 목격담까지 흘려도 되는가 몰라." 증거물이 많을수록 좋듯이, 또 병리학에서 여러 사례의 집적이 어떤 병의 원인 규명에 관건이듯이 증언도 많을수록, 특히나 한 사람의 일방적인 목격담, 정찰담, 탐문담 등등도 헤플수록 진위의 구별이 두드러진다. "휴전 직훈가 그 전인가 아슴아슴하네. 겨울이야. 그때는 이렇게 해만 지면 가을에도 억시기 추웠네. 맞아, 그해 가을부터 박모가 외래강사로 나왔어. 거미줄 같은 끈이래도 그걸 붙잡은 것만도 큰 거지, 장차 쇠심줄이 될 수도 있으니까. 일반외과학 임상실습이었을 거야. 아다시피 전공이 그것이니까. 강의 수준이야, 여박도 들어봤을 테니까 잘 알 테지. 두부모처럼 네모반듯하고 듬직한 풍모답게 억양만 좀 어색할까, 이북 사투리를 일부러 안 쓰면서 뜸직뜸직, 강단 좋게, 우스개 한마디 없이, 춥디 않소, 어드레, 그 뒤쪽 학생, 문 좀 닫읍시다 날래, 같은 말만 하고, 자기 경험이란 말은 절대로 하는 법 없이 일인들은, 일본인들은 운운하면서 임상경험을 들려주는데 우리는 그게 말키*박모의 직접경험인 걸 짐작하고 있었어. 어쨌거나 실속 있게 가르쳤어. 그런데 지금에사 되돌아보면 내 경우는 진작부터 개업할 생각을 아예 꽁꽁 묶어놔버렸던지 일본인 교수들이 저렇게 가르쳤구나 하는 짐작만 하고 헐뜯듯이 그 강의를 주

---

* 말끔, '하나도 남김 없이 모두'의 사투리.

섬주섬 주워듣고 있었어. 일본말을, 그것도 어휘뿐만 아니라 문장을 꼭 반씩은 집어넣고 있어서 그렇게 받아들였던지. 물론 우리야 이 말 저 말 다 알아들었지. 아마 그때도 가끔씩은 군복을 입고, 목이 짧은 군화를 신고 대학병원을 들락거렸을 거야. 들은 말이지 싶은데 동래 너머의 범어사 근방엔가 있었다는 군의관 양성학교에서 교관으로 복무했다데. 나이로나 성품으로나, 그토록 몸부터 아꼈으니 제대로 찾아먹은 군역이지. 그럴 수밖에, 군인이 특대特待였던 시절이었으니까, 의사든 학생이든 민간인은 뒷전이고 찬밥 신세였어. 마침 그 시절에 별명이 총통인 양반이 총장이었어." 여가는 비로소 그 총통이라는 양반의 함자를 정확히 떠올렸고, 얼굴은 모르나 이 땅의 초기 근대의술의 보급에 상당한 역할을 다한 그 약력까지 간추릴 수 있었다. "이 총통 양반이 이북 출신인데, 혹시라도 나중에 무슨 말썽이 날까봐 그러는지 교원 발탁, 임용에 관한 한 원칙을 세워놓고 꼼짝도 안했어. 원칙은 별것도 아니야, 이북 출신이거나 총통 자신과 무슨 연고가 있으면 곤란하다는 거야. 처음에는 서슬이 시퍼랬지. 그 원칙이 줄곧 지켜질 리야 있나. 게다가 인사만큼은 내 소관이다고, 감히 넘겨다보지도 말라고 공언하던 총통이 자기가 한번 잘봤다 하면, 실력이나 학력이나 인품이 확실하다고 점을 찍었다 하면 그것으로 끝이야. 편애가 심한 사람들이 흔히 고집 세고, 남의 말 안 듣고, 자부심이 하늘을 찌르고 그렇잖아.

마음이 쏠리는 대로 해야 속이 편해. 주위에 사람이 안 꾀들어, 가근방이 절해고도처럼 삭막하고 휑해. 그래서 총통이야. 박모 선생은 그 넓은 평안도에서도 총통과는 지근거리의 동향이야, 벌써 자격 미달이지. 더욱이나 해방 직전에 박모가 강사 임용에 거의 내락되었다는 것도 총통은 의당 알고 있었어. 그것은 하자다마다, 요즘 말로는 싸가지 없는 짓이지. 그래서 자네는 그때 일본인 교수 모씨가 전권을 행사한 인사를 왜 이제 와서 나한테 전가시키려 드나, 이런 무례가 통할 것 같나, 박군, 자네의 실력은 인정한다 치고 전공도 우리 대학에 꼭 필요하다 하더라도 내 인사 권한 밖의 일을 소급 적용시켜달라니 언어도단이 아닌가 하고 내쳤어. 그랬을 거잖아, 또 맞잖아? 그런데 그 말 밑바닥에는 묘한 여운이 깔려 있어. 실력과 학력 때문에라도 붙잡고는 싶은데 사람은 반쯤밖에 못 믿겠다 이거지. 소위 계륵이야. 씹히는 살코기도 없고 맛도 그만하지만 막상 버리려니 아까워. 본인도 대번에 알았지, 그 정도 눈치야 가축도 다 가지고 있잖아, 시방 주인이 지를 어떻게 보고 있는지. 그러니 발령이 난 것도 아니고, 그렇다고 안 난 것도 아니야. 강사는 강사래도, 심지어는 급한 수술까지 시키는 대로 도맡아 하는 전문의임에도 자기 자리는커녕 책상도 없을 수밖에. 그 당시 권씨라고 힘들고 험한 일을 꾸벅꾸벅 잘도 추슬러내는 소사가 있었어. 이 친구는 언제라도 송이버섯처럼 누구 곁에 가만히 붙어 서 있거나, 아니면 저만치 뚝 떨어져서 오두카니 서 있다가도 누가 부르면 꼭지 떨어진 버섯처럼 쪼르르 달려오고 그랬어. 시키는 일도 아주 매닥지게* 잘해서 쓸모가 있다고 다들 별명으로 버섯이라고 그랬어. 그런데 이 권버섯은 흰 가운만 걸쳤다 하면 누구라도, 간호사든 학생이든, 다 예, 예고 선생님이고 그래. 벌써 자기가 무식한 걸 아는 거지. 이 친구가 조개탄 때는 숙직실에서 먹고 자고 그랬는데 박모 강사가 한동안 거기서 얼쩡거리고 그랬어. 참으로 무서운 것은 그 버섯처럼 멀뚱하고 맺힌 데 없이 생긴데다가 누가 가라 마라 해야 움직이는 권씨를 박모 강사가 한글도 깨치게 만들고 나중에는 일등 마취사로 만들어놓데. 그때만 해도 마취를 등 너머로 배워서 반半의사 노릇은 하고 그랬지. 그 권씨가 박모 선생을 사적으로나 가정적으로나 가장 잘 아는 사람일 거야. 어디 수소문을 해서 좀 알아보지? 비서도 아니고 거의 종자였으니까."

그 권씨는 여가도 잘 알았다. 박선생 방에 무단으로 출입하는 여가에게, 엄지손가락을 까딱이며 사부님이 자꾸 시중 일반병원에 취직해서 돈 벌라고, 고집 피우지 말고 시키는 대로 하라고 등 떠밀고 해서 곤란해 죽겠다며, 잘 좀 말씀드려달라고 짓조르기도 했던 위인이었다. 그 권버섯은 결국 박선생의 정년퇴임 때 스스로도 국가공무원 직에서 벗어났다.

---

* 처신이나 일솜씨가 다부지다는 뜻의 사투리.

"그런데 정말 웃기는 것은 한때 서울과 일본에서 두루 이름난 대학병원의 외과의로서 자타가 공인했던 총통이 더러 대학병원에 들르고 그랬는데, 그때마다 박모 강사는 그 제수하자 권버섯을 대동하고서는 멀찌거니 떨어져서 얼쩡거려. 절대로 자기가 먼저 총통 곁에 다가가는 법은 없고, 그러니 총통에게 말을 걸거나 인사를 하는 법은 없지만 총통 눈길이 반드시 두 번 이상쯤 자기 전신상을 훑고 지나가도록 만들어. 그 적당한 위치 선정, 그 고개 숙이지 않는 아첨, 그 무언의 곡진한 충성 앞에는 총통인들 못 당하지." 다른 볼일로 자신이 통솔하는 부속기관을 방문했다가 막상 돌아갈 때는 미제건 하나를 하루라도 빨리 처리하라는 성화를 안고서, 그 무언의 협박이자 장승 같은 호소에 주눅이 들어버린 총장의 자태를 그리기는 어렵지 않았다. "허나 잠시만 생각해보면 그런 처신이야말로 자기 자존심을 절대로 안 죽이면서 주위 사람의 주목을 받게 하고, 윗사람 곧 총통의 신임을 즉각 끌어내고 말아. 얼음장 같던 마음도 이내 돌아앉지, 서로가 훈훈해지는 데야 어째. 아마도 일 년 넘게 그처럼 앉을자리도 없는 불목하니로 뒹굴었을 거야. 그동안 동료 및 선임들의 온갖 천대, 멸시를 다 받았지. 그때 별의별 모함이, 그 반대쪽에는 과찬이 나돌고 그랬어. 그럴 거 아냐?" 제자가 스승의 본을 받아 다른 찻잔에 담은 따끈한 녹차를 말없이 대령했다. "학력이 가짜라느니, 일본의 유수 제대 의학부까지는 인정하겠는데 수석 졸업은 말이 되느냐느니, 조회해보자느니, 그 당시 흔히 떠돌던 유언비어대로 소련군 간부, 정치위원이었다지 아마, 모씨의 충양돌기 절제 수술에 차출되었는데, 마침 신의주 도립병원 내에서는 일본 내지에서 메스를 잡은 의사가 박모밖에 없어 소련군들이 유독 그를 지명하고 칙사대접을 했다느니, 별 말이 다 돌았어. (최전선은 물론이고 후방의 단위부대에까지 심어두고 해당 지휘관의 군사적·정치적 언행 일체를 통제하는 '정치장교' 제도는 레닌이 집권하자마자 치른 적백내전에서 간신히 이기고 난 후 실시한 '군부의 충성심 제고 장치'였지만, 그 '정치위원'들이 한때 한반도의 북단에 과연 몇 명이나 잠복, 어느 선에까지 영향력을 미쳤는지는 궁금하기 짝이 없는 미해결의 과제이다. 왜냐하면 앞에서도 잠시 언급했듯이 혼란기에는 유독 특정의 어느 학교 출신이라는 학력 사칭자가 너무 흔한데, 바로 그런 맥락에서도 '정치위원'의 출몰은 약방의 감초 같아서이다. 아마도 증명의 원천적 불가능성을 악용한 임기응변적 조작력이 빚은 허실상몽虛實相夢일 테고, 차제에 해방 직후 및 동란 중에 충수염이 왜 그쪽 고위층 인사에게 그처럼 다발했는지를, 요즘 역사학계에서 불어대는 바람대로 '생활사 및 일상사적 관점에서 본 특정 질병의 연대기별 유행 양상'을 규명해보는 것도 그런 일화의 불충실을 보완하는 방책이 아닐까 싶다. 일설에는 그 당시의 최고 실력자 김모도 하필 바로 '그때, 그것'의 제거 수술을 받았다고 알려져 있을 정도이니까.) 그런데 희한한 것은 조교수 발령이 정식으로 나고, 방도 생기니까 사람이 대번에 확 달라 보이데. 그 멍청하니 바보 같던 양반의 과묵, 인내, 신중이 모조리 무슨 조홧속처럼 그럴듯한 치장으로, '삐까삐까'하는 훈장으로 둔갑해서 체통에 무게를 실어주는 거야. 이제는 다들 그 묵직한 위엄 앞에 경배해야지 별수 있나." 무심하다고 해도 좋을 정도로, 특히나 정색했을 때의 그 침착한 동공에는 고요가 찰랑거리고 있었지만, 머릿속은 그 반대로 온갖 것을 다 견주고 있음이 빤히 들여다보였고, 당신의 그런 일상 중 흔한 풍모야말로 하나의 신화였다.

서선생은 머리보다 가문이, 가문보다는 스스로 길들인 팔자가 워낙 뛰어나게 좋은 양반이다. 원만한 인품은 바로 그런 배경에서 만들어진 것이다. 지금도 슈퍼마켓에서 파는 소주값은 몰라도 비행기 안에서 파는 양주값은 레테르별로 훤히 꿰고 있을 게 틀림없다. 바로 그 화려한 팔자 때문에 시기 및 견제 세력이 알게 모르게 형성되어 모교에서는 자리를 못 잡았을 테고, 돈 벌 목적으로 개원할 것까지는 없었으므로 느지감치 군문에서 나오자마자 한창 중년 때 이십여 년이나 객지로 나돌았다. 그것도 인근의 지방 대도시와 미국의 동부에서 각각 십 년쯤씩 학생들을 가르치고 연구하다 만년에야 귀향한 것이다. 팔등신 미인인 사모님도 몇 해 전까지 정기적으로 발표회를 열어서 부군으로 하여금 동료들에게 초대

권을 돌리게 만든, 한 사립대학의 피아노 전공 교수였다. 나이 차가 열 살 이상일 텐데도, 또 거의 전 생애를 별거로 살았음에도 불구하고 두 내외는 금슬도 좋다. 역시 팔자는 길들이기 나름인 것이다. 슬하의 두 자식을 앞세우고 서선생이 미국 동부의 모병원 소속 방문학자로, 시쳇말로는 역기러기아빠로 살러 갔을 때, 그 옆에 딸린 식구가 하나 더 있었다고 하는데 그 여자는 아내라고 해도 믿을 수밖에 없을 정도로 노숙하고, 화초를 잘 키우는 가정부였다고 한다. 물론 객지인 항도에서 주중의 홀아비 생활을 할 때도 서선생은 그 가정부를 상주시켰고, 미국에서는 그런 유의 식구를 둘씩이나 거느리기도 했다니, 부러움을 살 만한 팔자는 따로 있는 셈이다. 아침마다 탁 트인 전망을 바라보며 기지개를 켜면서 매사를 긍정적으로 대하며 살아가자고 다짐하는 양반의 서슴없는 증언이 다시 이어졌다.

"여박도 아는 대로 그 양반 별호가 사무라이야. 말 그대로지. 늘 가는 길만 가, 다른 길은 위험하다면서 쳐다도 안 봐. 그렇다고 모험심까지 없다고 깔봤다간 큰코다치지. 사무라이가 믿는 게 자기 칼 실력밖에 더 있어? 또 오로지 섬기는 것은 주군이야. 그 충성심 하나는 알아줘야지. 그 주군이 그 양반한테는 환자야. 환자말고는 총장이고 동료교수고 다 눈 아래로 보여, 안하무인이지. 저 혼자만 잘났고, 남이야 죽든 말든 저 혼자만 살아남아서 주군을 섬겨야 한다 이거야. 말이 돼? 이런 요란한 시대에, 또 이처럼 시끌벅적한 거 좋아하는 이 땅에서. 사무라이한테는 사생활이고 가족이고 친구고 다 소용없어. 그냥 칼 대신 책이나 보고, 칼부림을 어떻게 요령 좋게 끝내나, 그것만 연구하고 앉았어. 그냥 앉아 있지도 않아. 주위의 모든 사람은 언제 자기를 한칼에 벨지 모르는 적이니까 온갖 생각을 다 만지작거리지. 그게 일상이고 전 생애야. 정말 따분하지. 그래도 어쩨, 그게 그 사람 팔잔데. 옆방 김가는 엉터리야, 실력은 거의 하수야, 칼 잡는 꼬락서니가 그게 뭐야, 피 흐르는 부위를 깁는 실매기 솜씨를 보면 바보가 공부도 안하고 있는 게 뻔히 보이잖아. 누가 제대로 가르치지도 않았고, 본인 스스로도 일류가 되려고 연습조차 하지 않는 게 분명해. 비뇨기과 이박은 덜렁이지, 아예 상대할 가치도 없으니까 고개만 끄떡이고 다섯 걸음 안쪽으로 다가가지 말아야 해, 말이라도 걸어오면 아주 난처해. 병리학실 장군은 아무래도 불성실해, 생긴 것도 행동거지처럼 당최 어수선해서 정신이 시끄러워, 정리정돈을 할 줄 모르니 그게 바로 털팔이지. 이런 오만 생각을 간추리고, 메모하고, 지우고 그러는 데야 어쩨. 재미있다기보다도 한심한 일상이지. 사무라이가 원래 그렇잖아, 따분한 걸 즐기고. 그래도 우리가 존경하지 않을 수 없는 것은, 사무라이의 진정한 승복 자세, 정진 맹세의 실천력이야. 50년대 중반쯤에는 해방 후 우물쭈물하지 않고 바로 화물선 타고 미국으로 건너가서 보드board 과정 다 마치고, 미국 의사시험까지 합격해서 돌아온 양반들이 이미 과장으로 앉아 있었어. 아까 말한 그 총통이 인사 받길 아주 좋아했어. 어느 정도로 심했냐 하면 자기 제 자나 후배가 바쁘다고 출국인사나 귀국인사를 하러 오지 않 으면 당장 불호령이 떨어져. 자네는 귀신인가, 사람의 탈을 쓴 것이 어째 출필곡반필면*도 모르는가. 우리가 일찍이 가 르친 일본사람들은 지금도 배운 대로 또각또각 실천하고 있 는데 우리는 입이 없나, 발이 없나, 눈이 없나 왜 못하는가, 이러면서 쿠사리를 먹이는데 눈물이 쑥 둘러빠져 나올 지경 이야. 인사를 가면 그냥 보내는 법도 없어. 반드시 편지봉투 에다 축 도미유학 장도, 필 학업성취 같은 말을 적은 촌지를 여비로 보태 쓰라고 건네주면서 문간까지 따라 나와 배웅하 고 그래. 군사부일체를 그야말로 실천하는 양반이야. 그런데 실력 좋은 제자가 귀국 인사차 들르면 당장 그 자리에서 칙 임해버려. 우리 학교에 있어, 서울 가지 마, 한시라도 빈둥거 리지 말고 배운 대로 여기서 곧장 써먹어, 애로사항이 있으 면 나한테 바로 말하고, 정 돈이 급하고 쓸 데가 많으면 후배 들 똑똑하게 만들면서 개업해, 겸직 정도는 내가 봐줄 테니까, 총통이 이러면 그게 곧 발령이고, 그걸 거절했다간 동네의원

---

* 出必告反必面, 외출할 때는 반드시 부모님께 가는 곳을 아뢰고, 귀가했을 때 는 반드시 부모님을 뵙고 무사히 돌아왔음을 아룀.

으로 그냥저냥 밥은 먹겠지만 평생 일류 소리 한번 못 들어보고 도규계에서 퇴출당하기 십상이지. 학회에 나가본들 자리도 안 주고 좌장격들이 벌써 알아서 거들떠보지도 않으니 그게 뭐야, 삼류고 죽은 귀신이나 다름없지. 다들 오래 못 있데. 한 오 년쯤 있다가는 다 다시 미국으로 건너가더라고. 그때 내과과장 이모, 흉곽외과도 그 총통이 신설했어, 그 과장 정모 또 몇몇 주임교수들이 다 미국파였어. 그들이 많을 때는 일제시대 관학파들과 세력을 견줄 만했지. 어쨌든 그런 미국 유학파 중에서 출중한 전문의로 그 박모가 점찍었다 하면 그이 앞에서는 무릎 꿇고 조그마한 잡책 들고 받아쓰기를 하는 자세를 취했어. 대개 다 자기보다 오륙 년씩, 심지어는 칠팔 년씩 연하인데도 칼 실력이 벌써 차이가 많이 나고, 자기가 지는 게 틀림없으니까 항복하는 거지. 지금 수준으로 생각하면 그 당시 의술이야 정말 별것도 아니었지만, 리가춰 ligature, 그 뭐냐, 절제 자리 꿰매는 실 말이야, 그것도 없어서 시중의 재봉실, 명주사도 사서 쓰고, 심지어 톱까지도 공구점에서 사 썼어. 아무튼 배우겠다 이거야, 가르쳐달라고 조르는 데는 어째. 정모 과장이라고 있었어. 그이 선친도 명의로 소문나서 큰돈 벌었지. 그 양반이 미국 보스턴에서 수련의 전 과정을 다 마치고, 학위도 따고 자격증은 죄다 갖고 귀국해서 잠시 있었어. 인물 좋고 돈도 있고 말도 잘하고 성질도 걸걸하고 팔방미인이야, 지금도 은퇴해서 미국에서 잘살고 있어. 이 양반이 오륙 년 연상의 박모 선생을 제일 뒷자리에 앉혀놓고 전공의, 전문의들과 무슨 스타디를 끝내는 마당에, 선생님은 술을 못하시지요, 오늘 저녁에는 제가 이 친구들을 데리고 회식을 할 예정인데요, 라면서 회식대를 내든지, 아니면 우리가 거북하니까 회식자리에는 빠져달라는 언질을 주자, 박모 선생이 머뭇머뭇거리다가, 아, 나도 밥은 먹습니다, 이랬다잖아. 한마디라도 더 배우겠다 이거지." 널리 알려진 사실을 서선생은 추측성 발언으로 대신했다. "그이가 여기 이남 땅에서는 술을 한 방울도 안 마셨다는 말은 사실일 거야. 아마 젊었을 때 걸렸다는 그 조온디스(황달) 때문이었는지도 모르지. 그러니 자신의 그 부실한 몸, 처지, 입장을 철저히 파악하고 있었기 때문에 끝까지 누구의 도움도 받지 않고 자기 혼자 힘으로 살아남기 위해서 그 모든 악조건과 처절한 사투를 벌인 사무라이라고 보면 크게 틀린 진단은 아닐 거야. 과거? 털어놓았다가는 득보다 해가 더 많을 게 뻔한데 입이나 뗄 엄두를 한번이라도 냈겠어? 택도 없는 소리. 하기야 되돌아봐야 소름만 끼칠 텐데 그 짓을 와 하겠어. 당면한 일, 코앞에 닥친 하루하루도 감당하기 벅찬 판에. 평생을 그렇게 조심조심, 재수 없게 벼락이라도 맞을까봐 벌판 같은 훤한 공간조차 피해 다닌 그런 사람이었어."

여가의 머릿속에 어떤 광경이 퍼뜩 떠올랐다. 하루에 두 종류 이상의 신문을 한 시간쯤 봐야 사회생활을 원만히 꾸려간다고 믿는 사람이라면 그의 이름을 듣자마자 어떤 신분의 위인인가를 대번에 알 수밖에 없는 한 명사가 자신의 유명세를 고려해서 인편에 박선생에게 수술을 앙청했다. 그의 활동 무대가 서울이었으므로 구설수를 피하기 위해서였다. 아마도 유문협착이었거나 위에 종양도 있었을 것이다. 절제 수술을 받았고, 최단 시일 내에 완치해서 퇴원했다. 세 달쯤 후에 재검진을 받는답시고 유명인사는 비서를 앞세우고 사례인사를 닦았다. 비서가 곶감 소쿠리인가를 입원실 바닥에 내려놓으면서 흰 봉투를 건네자 박선생은 그 봉투를 잡은 두 손을 찬찬히 노려보고 난 후, 정색한 얼굴로, 병은 생길 수도 있고, 고칠 수도 있는 것이지만 이런 규정 밖의 수수는 병처럼 있어서도 안 되고, 의사는 병만 보고 고칠 생각만 하지 사람을 상대하지 않습니다, 라며 매정하게 물리쳤다. 물론 곶감 상자는 간호사의 섬섬옥수에 들려 치워졌고, 박선생도 그 말랑말랑한 간식을 두어 점 맛보았을 것이다.

"우리가 배울 것은, 이것도 다 사무라이 근성이라고 할 수 있을 텐데, 수술할 때의 그 빈틈없는 준비성, 그 과감성, 그 신속성 등이 아니라 실제로 수술 그 자체를 즐겼다는 사실이야. 칼 실력이란 게 안 쓰면 녹이 슬잖아. 정말 그러고 보니 그 양반만큼 그 천직을 즐겼던 사람도 없는 것 같애. 수술 일정을 잡아놓고는 흔히 담합회도 열고, 절개 부위, 절개 방법, 이를테면 늑연肋緣절개냐, 구상鉤狀절개냐, 파상波狀절개냐,

각상角狀절개냐 등을 놓고 의사들끼리 토론도 하고 그러잖아, 옛날에는 데이터가 부족하고 오늘날처럼 분명하지도 않아서 감으로 집어내느라고 그런 담합에 열을 올리고 그랬어. 그러면 그 양반은 가만히 듣기만 하다가 단호히 택일하고 두 말 않고 열어. 망설이고 우물쭈물하는 법이 없어. 사람 살리는 일인데 여러 말 할 것 없다 이거지." 여가는 상습적으로 고개를 주억거리고 있었지만, 속으로는 그러면서도 당신이야말로 메스를 과연 들어야 하는가에 관한 한 누구보다 많이 망설인 의사가 아니었을까 하는 의문을 쉬이 뿌리칠 수 없었다. 서선생이 보호수로 지정된 창밖의 은행나무 우듬지에까지 새카만 어둠이 매달린 것을 물끄러미 바라보았다. 박선생은 물론 이 일원의 신설 의료시설을 찾아온 바도, 이용한 적도 없었다. "자, 우리도 누구 말대로 밥은 먹어야지. 일이든 수술이든 다 한시라도 더 살라고 하는 짓인데 말이야." 이미 오래전에 개복 같은 큰 수술에서는 손을 뗀 여가가 무슨 준비를 서두르는 듯 제 책상 주위를 몇 번씩이나 훑으면서 빠뜨린 게 없나 하고 두리번거렸다.

*

교통사고 후유증이 오래간다는 것은 이제 누구에게나 상식이다. 차가 뒤집혀 엎어질 정도의 큰 사고였다면 더 말할 나위도 없다. 내 경우가 꼭 그랬다. 육 개월 동안은 얼굴의 멍자국조차도 가시지 않았고, 자잘한 유리 파편이 박힌 부위는 몸의 부조不調를 가리키는 바로미터인 양 수시로 가렵고 아팠다. 한쪽 무릎과 정강이뼈 일대에 파묻힌 시커먼 멍자국 때문인지 걸음을 떼놓을 때마다 욱신거렸고, 책상 앞에 앉아 있을 때라든지 누워 있을 때는 저린가 하면 뻐근해서 맥살이 사지에서 제물에 빠져나가는 증세를 진저리처럼 실감했다. 사고를 당한 지 일 년쯤 후 정형외과 전문의 최가의 추천에 따라 내가 봉직하고 있는 대학의 의대 부속병원 소속 성형외과에서 얼굴의 울퉁불퉁한 상처 부위를 레이저로 깎아내는 수술을 받았다. 닷새쯤 후에 수술 부위에다 붙여놓은 가제를 떼고 나서 이제부터 일상생활을 영위하는 데 큰 무리는 없을 것이라고 담당 의사는 단언했다. 다만 자외선 차단용 모자를 쓰고 다니는 게 좋을 것이라는 당부를 빠뜨리지 않았다. 엉성하고 부실한 채로나마 본래의 몸으로는 영영 돌아갈 수 없다는 내 심리적 울증은 제법 심각했으므로 나는 의사의 말을 믿지 않았다. 여기저기 쑤셔대는 통증 때문에라도 그럴 수 없었고, 그 저상감이 또 다른 통증을 유발한다는 것도 잘 알고 있었다. 견딜 수밖에 없었다. 막상 참으려고 단단히 작정하니 참을 만은 했다. 그러나 그 참을 만한 통증은 초 단위로 내 심사와 일상 전부를 닦달질해대는 악귀였으므로 내 적수로는 너무 버거운 상대였다. 그래도 목숨을 부지하려면 그것과 동거해야 한다는 아이러니에 한껏 놀아나는 내 심신은 언제라도 시난고난이었다. 더욱이나 하기 싫은 밥벌이에 매달리다보면 온몸에서 식은땀이 지레 배어 나왔다. 그러면서도 나는 더 이상 통증이 심해지지 않기만을, 조금 욕심을 부린다면 그동안 엄두도 못 냈던 산행에 다시 나설 수 있기만을 간절히 바라고 있었다. 일본인들은 그 방면의 문외한이라도 '등산'과 '산행'을 반드시 구별해서 쓴다고 알려져 있다. 등산은 밥벌이처럼 산타기에 전적으로 매달리는 전문 산악인의 험한 등정登頂을 의미하고, 산행은 산악국가인 이 땅에서도 근래에 일대 붐을 이루고 있는, 주말 중의 하루를 짬 내어 근교의 산자락을 탄다기보다도 잘 다져져 있는 산길을 마냥 걷다가 내려오는 여가선용을 일컫는다는 것이다. 오래전부터 내 경우도 그 산행을 동행 없이 혼자서 즐겨왔는데, 교통사고를 당하기 전까지만 해도 세 시간쯤은 한번도 쉬지 않고 숨을 몰아쉬어가며 가풀막을 오르내릴 수 있었다. 그 힘겨운 산길 밟기를 재연해보고 싶은 생각이 간절했다.

과연 시간과 인내는 뛰어난 명약이었다. 안면 수술을 받은 지 반년쯤 지난 어느 날 아침, 용단을 내려 산행에 나섰고, 억지로일망정 무탈로 귀가했다. 그나마도 살 것 같았다. 그 후부터 내 몸을 교통사고 후유증의 어떤 계기판으로 삼기 위해서라도 산행을 거르지 않기로 했다. 산행 횟수를 거듭할수록 내 몸의 희한한 회복력에 감탄하기보다도 인간의 신체적 재생력을 웅숭깊게 장치해놓은 조물주의 섭리에 감사하고 싶은 심정이었다. 무슨 누더기 같은 내 지난날의 삶을 되돌아보지 않고 장차 내 몸에 어떤 반응이 일어날까를 미리 걱정해보는 것만 해도 산행은 내게 정신적으로도 보약이었다. 더불어 그 모진 집념이야 이해할 수 있다 치더라도 그 당시에 벌써 그처럼 억센 기력을 과시한, 사시장철의 풍찬노숙을 온몸으로 맞받아내며 살아온 고산자古山子의 힘찬 등정登程을 그려보는 것도 나만의 산행에서 맛보는 즐거움이었다. 바로 그런 산행 중에 엮어낸 내 나름의 또 다른 사고양식 하나도 있었다. 곧 인간을 세속화 정도라는 잣대로 대별하면 자칭 도사라는 미치광이들과 불학무식한 나무꾼들로 나눌 수 있을 텐데, 앞의 무리는 명색 글줄이나 읽었답시고 껍죽대는 기득권층이거나 손·몸보다 말·글로 살아가는 상층계급일 테고, 뒤의 무리는 만년 속물로서 제가 무슨 말을 하는지도 모르는 하층계급 일반일 것이었다. 그래서 머리만 쓰면 악종이나 미치광이가 되고, 손발만 쓰면 바보나 짐승이 되고 마는지도 모른다. 물론 그 두 영원한 신분의 행동 양식은 때때로, 또 장소와 경우에 따라 섞바뀌기도 하는데, 사람이 말만 하고 또는 일만 하고 살 수는 없어서 그럴 수밖에 없겠으나 그 일시적인 직분의 호환이야말로 반풍수의 횡행활보를 사주하는 이치와 이가 정확히 맞물림으로써 이 세상을 보는 바와 같이 시끄럽고 시답잖게 만드는 셈이었다. 아무튼 두 무리 중 누구도 밟지 않았을 첩첩산중의 경계를 촘촘히 아로새기면서 다급한 발길을 떼놓았을 한 지리地理 탐구자의 신산을 떠올려보면 우리의 삶마다는 철부지의 엄살이랄 수밖에 없는 것이다.

그런저런 저회를 일삼아 누리며 쉬임없이 내 심신을 단련해가던, 산행을 다시 시작하고 나서 두어 철이 지났을 때쯤의 어느 날 한낮에 문득 그 통증이 덮쳐왔다. 만성적 후유증에 반드시 시달릴 것이라는 최박의 예언이 그대로 들어맞은 셈이었다. 목덜미에서 양쪽 어깻죽지 일대까지의 넓은 부위가 단속적으로 아리고 쑤셔대는 동통疼痛이 지독했다. 너무 아파서 눈물이 속속 괴어들었다. 털버덕 주저앉았고, 짊어진 배낭을 부려 허리에다 괴고 반쯤 누웠다. 인적이 드문 오솔길 일대는 리기다소나무의 군락지여서 황토색 솔가리가 울퉁불퉁 뒤엉킨 고주박 사이마다에 푹신하게 깔려 있었다. 겨울 들머리의 환절기라서 하늘이 유독 새파랬다. 통증은 간헐적으로 점점 심해졌다. 음식점들이 몰려 있는 산행로 입구까지는 두 시간 이상 좋이 걸어야 했다. 방금까지 비지땀으로 흠뻑 젖은 온몸이 이제는 진땀으로 칠갑이었다. 생수로 목을 축였다. 아득하고 막막했다. 그런 중에도 이런 죽을 고비가 한번씩 덮치지 않는다면 인간의 삶이란 도대체 무슨 의미가 있을까 하는 허풍스런 생각이라든지, 어차피 인생이란 아무리 조심조심하며 살아도 어떤 불가항력의 액운과 봉변 앞에서는 속수무책인데도 사람들은 저마다 허무한 발버둥질로 영일이 없다는, 제법 탈속한 경지의 망상 따위도 떠올렸을 것이다. 마침 점심 나절이어서 해지기 전까지는 어떤 결판이 나리라는 짐작에 그나마 안도하며 통증이 다소나마 우선해지길, 팽팽한 긴장의 시간이 지딱지딱 흘러가길 기다렸다. 그 범위가 최초의 그것보다는 좁아져 있는 것 같긴 했어도 교통사고의 후유증임에는 의심의 여지가 없었다.

그 이후부터 때맞춰 막무가내로 덮쳐오는 통증을 일시적으로나마 누그러뜨리려고 나는 최모 정형외과를 자주 들락거리게 되었다. 교통사고를 당하고 나서야 안 사실이지만, 내 목뼈의 이음새가 아주 불량하다는 것이 엑스선 사진상에 드러나 있다고 했고, 선천적일 리는 만무하고 후천적 요인 때문일 텐데, 그중에서도 환경적·영양학적·생활 습관적 결정인자를 밝혀내기는 불가능하지만, 관절과 뼈마디가 서너 개 이상 뒤틀려 있달까, 한쪽으로 실그러져 있는 골격의 이상 상태를 이제 와서 바로잡을 수는 없다고 했다. 그동안 그 비정상을 모르고 살아왔으니 그나마 다행이고, 일상생활을 꾸려가는 데 지장이 없고 환부를 의식하지 않으면 병이라기보다는 미구에 드러날지도 모를 어떤 증후군에 가깝다는 말도 덧붙였다. 그러니까 비정상적인 구조의 목뼈 위에다 머리통을 얹어놓고 사람 형용을 하며 살아오다가 어느 날 한밤중에 공교롭게도 바로 그 불구의 중추신경에다 망치질을 한 방먹였으니 내 몸은 언제라도 후유증의 다발을 내장하고 있는 셈이었다.

정형외과로의 출입이 잦아지면서 통증 환자들로부터 망외의 치료 수단도 여러 가지를 주워들었다. 몸의 자유자재한 굴신屈伸을 단계적으로 수행하여 종내에는 모든 신체적 속박에서 벗어나 해탈의 경지에까지 이른다는 요가 예찬론자는 한쪽 하지下肢의 환지통으로 고생하는 어느 중늙은이의 보호자였다. 군살이 한 점도 없어서 피골이 상접한 것 같던 그 단신의 중년 사내는 무직자였음에도 늘 바쁜 양반이었고, 하는 말마다 허투루 들을 게 없었지만 그런 신체적 훈련도 통증이 없어야만 가능하지 싶었다. 나처럼 겉보기에는 멀쩡한데도 무슨 미태처럼 환자복 옷깃을 여며쌓는 신원 불명의 여자가 물리치료실 앞에서 대기하고 있다가 들려준 자가 치료법이 그나마 솔깃했다. 자분자분 쏟아지는 단비처럼 재깔인다 싶게 입담 좋은 말을 귀담아듣고 보니 별것도 아니었다. 이런저런 한약재를 곡식처럼 쌓아놓고 파는 가게에 가면 살구씨를 큰돈 안 주고도 살 수 있는데, 그것을 신주머니 같은 헝겊 봉다리에 서너 주먹쯤 쓸어 담아서 아침저녁으로 환부 일대를 자근자근 다듬이질해주라는 것이었다. 뼈마디가 아픈 것도 결국은 어혈을 풀어버려야 해소될 터이므로 남의 손이나 기계에 맡기지 말고 손수 마사지해보면 효험을 즉각 알 것이라고 했다. 당장 실천했더니 들인 품만큼 우선한 것 같기도 했으나 환부의 고통은 여전했다. 최박에게 그 대증요법을 알렸더니, 안하는 것보다야 낫겠지만 그게 그거잖아, 왜 하필 살구씰까, 복숭아씨면 너무 큰가, 자갈은 너무 딱딱해서 아프고? 어느 것인들 다를 게 뭐 있나. 그 귀찮은 짓을 하느니 기계에다 맡기고 말지. 한가한 친구도 아니면서. 우리 병원에서는 그 여자를 모르는 병이 없다고 병박이라 캐. 머리에 금이 약간 간 사람치고는 아무것이라도 모르는 기 없고 이런 저런 이바구도 주섬주섬 잘 지어내는데 이미 오래전부터 여기서 돌볼 환자가 아닌데도 퇴원할 생각을 안하니 정말 딱해. 공화증空話症이 점점 심해갈 거야. 제 딴에는 죽고 싶을 정도라는 그 안면, 후두부 통증도 과연 믿을 수 있는 건지, 라며 나까지 좀 이상한 눈길로 직시했다. 문득 내 통증처럼 한곳으로 괴는 생각이 이내 그 테두리를 드러냈다. 사람에게 이름이 그렇듯이 병도 환자에게는 살아 있다는 확실한 근거이자 명분이다. 몸이 있어서 병이 있는 게 아니라 병이 있음으로 몸이 얼마나 소중한지를 안다. 그러니까 병은 성한 몸을 고스란히 지니기 위한 보호막의 구실을 언제라도 톡톡히 해내고 있다. 병이 없으면 몸도 없는 것이다. 그러므로 한 가지 지병으로서의 만성적 후유증을 애지중지하며 살아가는 것도 사람의 분복이자 사명이다.

한동안 뜨음하더니 이즈막에 내 통증은 잦아졌다. 노쇠 현상도 한몫을 거들어 그럴 테지만 오른쪽 팔다리가 저리는가 하면 사지의 불특정 부위가, 심지어는 발뒤꿈치까지도 한동안씩 바늘로 쑤시는 듯이 따끔거려서 죽을 맛인 것이다. 그때마다 손으로 주물러대거나 예의 살구씨 뭉치로 두드려대지만 임시방편의 충격요법일 뿐이다. 밤과 낮의 일교차가 크면 대체로 통증도 자심해지는데, 그것이 13도나 되는 지난 연초의 어느 주말에도 나는 최모의 정형외과에 들러서 한 시간 남짓 동안 물리치료를 받았다. 그동안 최원장이 오롯이 겪어내는 공사 간의 신고를 들어주는 것만으로도 무슨 보답인 것처럼 행세한 이력도 있어서 그날도 예의 그 미로 같은 밀실로 기어들어갔다. 내가 고개를 디밀자마자 정수리 위에서는 순찰차 꼭대기에서 흔히 맴을 도는 그 경적등이 번득거렸다. 손님이 있어서 마침 잘됐다고 돌아서려는 나를 최원장이 한쪽 손을 들어 붙잡았다. 어쩔 수 없이 주단포목점이나 양복점에 빼곡히 눕혀놓은 두루마리 피륙 시렁 같은 예의 음반 곳간 사이를 누비고 다녔다. 아무리 애독이 생업이자 도락인 사람도 소장도서를 죄다 읽는 사람은 없겠지만 음반 수집가도 분명히 그렇지 않나 싶게, 그러니 듣든 말든 일단 모아놓는 집착에 들려 무던히도 긁어 들였다며 속으로 혀를 차고 있는데, 방주인과 손님의 대담이 다문다문 들려왔다.

"참, 자네 모친은 어떻게 됐어?"—"그러고 있어. 하지 작열감이 우심해진다니까 곧 절단해야겠지."—"자네 전공이 잖아, 메스 잡으려고?"—"무슨 소리. 아무리 악연이래도 그

렇지."—"물론 농담이고, 큰 우환이다."—"온갖 원성에 사사
건건 짜증을 퍼붓든 말든 집사람을 알아보는 것만도 오감타
고 여겨야지, 별수 있나. 그건 그렇고 이 원고를 내가 언제
다 읽어? 놉 해야 되는 거 아냐?"—"대충 훑어만 봐, 달달 외
워 오라는 시험도 아니니까. 나도 내가 정리한 것말고는 어
느 거라도 제대로 안 봤어. 전공의 하나를 불러서 검토해보
라고 시킬 참이야. 웬만큼 구색은 갖췄다고 봐야지."—"그럼
여기는 일가친지가 아무도 없다는 건가, 소생 넷말고는?"—
"모르지 뭐. 저쪽 포항 위의 어디에 별장까지 두고 살았다는
당신 누님도, 서선생 말로는, 실은 후실이었대. 박선생한테
는 자형 되는 그 양반이 제헌국회의원에 당선된 토호였다니
까 신여성 후실쯤이야 당연히 거느렸을 테고, 그 별장이라는
것도 전처가 살던 세 동짜리 디근자 와가였을 거라 그러대."
—"거기서 소생은 없었는가, 박선생 유족과는 고종사촌 간이
겠네."—"몰라, 그것까지는. 그해 9월, 10월에 미군의 공습
으로 이북 전 지역이 초토화된 것이야 다 아는 사실이지만,
특히나 신의주는 평양 이상으로 박살이 났다고, 아마도 주민
의 반 이상이 죽었을 거라고 서선생이 그래. 모르지, 그 생지
옥 속에서도 박선생 일가는 소롯이 살아남았는지. 서선생 말
로는 그 소문을 듣고 어떻게 공황상태에 안 빠지겠나 이거야.
그래서 우왕좌왕하다 손바닥 위에 침 뱉아놓고 튀는 쪽으로
행방을 잡듯이 동으로, 북으로 엉뚱한 피난길을 잡았을 거라

는 진단이야. 누구라도 그때는 제정신들일 수 없었다는 거지, 그럴듯하잖아. 그러니까 그 공황 때문에, 그 아비규환에서 생존의 길을 파헤치고 나온 후유증을 다독거리느라고 박 선생이 그처럼 죽은 듯이, 거북이처럼 수시로 온몸을 등딱지 속에다 감추고 있는 듯 없는 듯, 눈가리개한 말이 제 앞만 보고 달리듯이 그렇게 살았을 거라는 거지. 여기서는 평생 병자로, 만년 그 후유증을 가슴팍에 담고 사는 환자로. 일리 있는 진찰이야. 병상病狀은 대충 드러났어. 진단은 붙이기 나름이야. 서선생이 부잣집 아들치고는 워낙 아는 것도 많고 말도 잘하는 거야 익히 아는 바지만 이번에 몇 차례 겪어보니 그게 다 너른 집안 출신답게 마당발로 여러 사람한테서 주워들은 풍월이야. 어쨌든 아무렇게나 발라맞추는 말은 아니야."
—"허풍처럼 자기 자랑이야 엄청 심한 양반이지, 누구와는 정반대로. 나도 그 양반을 좀 알아."

비디오 대여점의 미닫이 시렁 같은 음반 꽂이대를 좌우로 밀쳐가며 나는 두 의사의 촌평 나누기에 귀를 기울이고 있었다. 생전에 유독 꼬장꼬장했던, 그것도 월남해서 이 땅에 정착하기 위해 사투를 벌였던 한 외과의에 대한 인품 기리기는 끝이 없었다. 들으면 들을수록 내게는 그들의 어떤 맹신이 흔들릴 것 같지 않았다. 아마도 그들의 생업이 그렇듯이, 이를테면 몇 가지 징후로써 어떤 병명을 확실하게 진단해내는 것처럼 산술적 사고에 너무 경도되어 있어서 그렇지 않나 싶었다. 물론 그런 사고 행태는 과학으로, 구체적으로는 의학이라는 이름 아래 '지금으로서는' 수긍할 만한 것이고, 또 수긍할 수밖에 없는 것이기도 했다. 그러나 모든 맹신이 그렇듯이 그런 진단, 나아가서 어떤 관행으로서의 믿음은 더 큰 테두리 안에서는 '그럴 것이다'라는 추측에 지나지 않았다. 나의 그런 생각가마리와 상관없이 그들의 조곤조곤한 대담은 꿈길처럼, 또 긴가민가한 꿈뜻처럼 이어졌다.

"요컨대 서선생의 결론은 오로지 살아남기 위해서, 그러니까 자기 한 목숨이나마 겨우 부지하려고 그처럼 처절하게 온몸을 옹동그리고 보신에만 악착스럽게 매달렸다는 소리야. 술이 거나하게 취하더니만 쪼잔한 좀생이의 일대 위장극·사기극·조작극을 후학들이 쥐뿔도 모르면서 위엄·근엄·결연·품위 등등의 미사여구로 도색하고, 스스로들 그 어릿광대 같은 곡해의 유희에 놀아났다는 거야. 이제 자기 나이에는 이런 말을 해도 욕 듣지 않을 거라고 기염을 토하면서. 공연히 이렇다 할 이해관계도 없으면서 원수진 사람들처럼 서로 으르렁거리는 꼴이데. 그러려니 해야지. 그래도 무슨 믿을 만한 근거를 아무것도 남기지 않은 건 사실이야. 고의든 임의든 과실이든 당신의 모든 이력에 관한 증거는 인멸되고 말았다는 점만은 이제 기정사실로 인정해야 할 것 같애. 소위 근거의 자발적 소멸이야."—"근거야 좀 많아? 의술을 고스란히 전수받은 우리도 있고, 아픈 사람을 성한 몸으로 만든 실적에다 당신이 여기서 그나마 어렵게 건재한 세월 자체가 바로 근거지 별거야."—"그런 실적은 이 땅에서 스스로 보신극을 펼친 이후의 화려한 성공사례고, 그 전의 경력이 너무 텅 비어 있다 이거지."—"우리가 그것까지 챙겨야 해? 책이 말하겠지. 그래서 이런 추모문집이라도 남기려고 엄두를 냈겠지. 아비만한 자식이 없다는데 그 집은 시절을 잘 만나 자식이 아비보다 똘똘한 셈이네. 이제사 돈으로나마 근거를 만들려고 설치니까." 나는 어느새 두 중년 의사의 음성을 분별해서 듣고 있지는 않았지만, 그 말은 돈벌이로 일가를 이룬 어느 자식에 대한 비아냥이었다. "말이 반복되는데 그 근거 만들기로서의 이번 추모문집 간행이 부실해서, 엉터리 투성이여서, 심지어는 추모할 건덕지가 아무것도 없는데 요란만 떨게 되면 나중에라도 혹 떼려다 붙인 꼴이 되지 않을까 싶은 게 걱정이란 말이지. 명색 의사가 혹을 붙여서야 쓰나. 어쨌든 찬찬히 검토를 해봐. 여러 다른 눈으로 본 의견들은 많을수록 좋으니까. 그리고 최박 자네도 후딱 추모사를 써야지?"—"막막해. 원고가 다 걷힌 다음에 쓸 참이야. 대충이라도 훑어보고 나서 나라도 똑같은 소리 안할라고. 자꾸 동란 전의 행적이 어떻고 하는데, 우리집 영감 할마씨의 생애를 돌아보면 허술하고 말고도 없어. 그 세대가 다 그래, 아니, 그럴 거야. 온통 구멍이 뻥뻥 뚫린데다가 어떤 구석은 송두리째 훌렁 둘러빠져 있다니까. 억지고 천행이고 무슨 전설이야. 그러니 실물도 아니고 사람 같지도 않아. 물론 박선생님과 우리집 식구를 비교한다는 것은 언어도단이지만."

둘 중 누군가가 먼저 의자에서 일어나는 소리가 들렸다. 그리고 최가가 소리판 속에 파묻힌 나를 불러서, 선성은 일찍이 듣고 있습니다, 라는 인사말을 앞질러 내놓는 외과의 임상교수 여모를 소개시켰다. 자연스럽게도 책자 발간에 따르는 이런저런 조언도 나누게 되었는데, 아무래도 그쪽으로는 그들 의사보다 내가 전문가여서, 글이든 책이든 근거 있는 소리를 하기로 들면 끝이 없는데 대충 그러려니 하면서 그 박모 선생의 잡문 같은 것이라도 끌어모아 두툼하니 펴내라고 권하자, 여교수는 대뜸 난감한 기색을 노골적으로 드러냈다. 미리 이런 경우를 감안했는지는 알 수 없지만 안젤리코라는 세례명으로 학창 시절의 면학에 관한 추억담과 수목 예찬론 같은 글줄이 교회의 주보만한 팸플릿으로 스크랩북에 끼어져 있고, 생활일기라는 것도 시간 단위의 일정에다 몸 걱정, 건강타령만 늘어놓고 있어서 그런 장르 미상의 글까지 과연 추모문집의 3부에다 올려도 되는지 저어하고 있다는 것이었다. 잡동사니든 말든 일단 면수를 늘리려면 그런 글들도 누가 대충 다듬어서 실어야 할 테고, 추모의 범위 밖이긴 해도 당사자의 학위 논문도 수록하면 어차피 기록물로 남기려는 갸륵한 정성에 누가 되지는 않을 거라는, 요즘에 펴내는 조상 섬기기류의 책들을 보면 온갖 종류의 글을

다 쓸어모아놓는다고, 이제는 어떤 책이든 한 권 속에 일관된 무슨 성격 같은 것을 구현하기가 어려우니 이래저래 잴 것까지도 없을 것이라는 요지의 조언을 내가 내놓자, 여선생은 동업자 친구를 뜨악하니 바라보며 말했다. "학위 논문까지나? 그 원본을 구할 수도 없으려니와, 그게 일본말이겠네, 구했다 한들 지금 수준으로 보면 유치찬란해서 고인에게 망신살이나 뻗치게 할걸. 최박, 안 그래? 우리 것도 남루해서 이제는 거들떠보기도 민망한데. 보나마나 그 당시 학위 논문이 오죽했겠어."

방주인이 제 동업자에게는 전적인 동의의 눈빛을, 내게는 문외한의 얼토당토않은 소견으로 지네들까지 부끄럽게 만들었다는 핀잔의 눈씨를 던졌다. 그런 것까지도 미리 헤아려서 자신의 살아온 경력 일체를 오자낙서誤字落書 지우듯이 새카맣게 먹칠을 해버린 어떤 의사의 흔적을 누더기인 채로나마 남기려는 후진들의 설레발에 제동을 걸 아무런 마련도 없는 이 풍요로운 세상이, 그런 세상을 더 어리바리하게 만드는 힘 좋은 제도가 나로서는 곤혹스러울 뿐이었다. 역시 만성적 후유증은 사람에게만 있는 것도 아닌 듯싶었고, 우리 사회의 저변마다에 가지각색으로 깔려 있는 그 뿌리 깊은 통증을 보는 족족 쓰다듬어가며 살아야 하는 사람의 본연의 임무가 너무 묵직해서 내 몸의 어느 부위가 또 저려왔다.

세번째 이야기 당신이 미쳤대요

매일같이 다지듯 걷는 출퇴근길의 땅바닥에서부터 지그시 누르듯 디디고 올라서는 병원 입구의 인조 대리석까지 따습은 기운이 무럭무럭 몰켜온다 싶자, 노친네의 언행이 부쩍 해괴해져가고 있다는 말을 최원장은 여러 사람들에게서 속속 전해 듣고 있었다. 혈당의 생리적 소비가 여의치 않은 불치의 지병이기도 해서 안저출혈이나 하지불수 같은 신체적 예후에는 웬만큼 태무심할 수 있겠는데, 중환 중인 노구의 정신적 기능 장애로 말미암아 함부로 쏘아붙이는 것이 분명한 그 사사스러운 막말에는 당최 속수무책이었다. 이를테면 연전에 앞서간 형의 막내자식인 과년한 조카딸애가, 제 깜냥에 무슨 정성이 뻗쳐서 그랬을 리는 만무하고 지 에미가 문득 바람이 들어 등을 떠밀어대는 통에 마지못해 들여다봤을, 지 할머니의 문병을 마치고 나서 시계市界 언저리의 한 야산 자락에 엎대고 있는 노인전문 요양원의 주차장이라면서, 방금 들었다는 일화를 그대로 옮겨준, 듣자마자 으쓱해지던 그 험담만 해도 그랬다. 그 요지는 대충 이런 것이었다.

—어느 해 대목 밑인데 심부름을 갔다 온 애가 채찍비를 맞으며 대문 밖에서 우두커니 서 있었다. 왜 안 들어오고 그렇게 장승처럼 서 있냐고 했더니 이내 삐죽거렸다. 이상해서 지 에미가 맨발로 뛰어 다가가자 지독한 구린내가 와락 풍겨 왔다. 이미 바지 밑자락까지도 흘러내린 똥으로 칠갑하고 있었다. 다 큰 애가 이게 무슨 짓이냐고 곡절을 물으며 혼구멍을 내도 눈물만 뚝뚝 흘릴까 아무런 말이 없었다. 그 벌로 추석빔을 안 사줬더니 이틀이나 밥도 먹지 않고 눈에 새파란 독기를 품었다. 그때 가뜩이나 지 소가지처럼 비좁아터진 이마빼기에는 송곳 꽂을 자리도 없었다. 지 형이 때꾼해진 동생을 불쌍히 여겨서 지도 꼭 한 번 입어보고 나서는 대문 밖에도 안 나가본 그 새 옷을 건네주었다. 그때서야 지 형 옷인 그 허리띠 둘린 바지가 축축하게 젖도록 울고 나서 추석 차롓밥을 먹었다.

제 부모의 성정과 버릇을 골고루 물려받아서 책읽기와 사전찾기 따위를 별무소용으로 알고 귀찮게 여길 테지만, 두 오빠들보다는 제 앞가림할 머리로나, 세상의 정체를 받아들이고 발겨내는 눈짐작에서나 두루 서너 걸음은 윗길인 조카딸애는 매사에 너덜거리는 성품대로 여느 사람들이 입에 올리기를 저어하는 말들도 곧잘 내색 없이 지껄이는 면추의 덜

덜이*였다. 살아가는 방식도 영판 그대로여서 방학 때마다 국내외 곳곳을 떠돌아다니며 사년제 대학을 졸업하자마자, 뉴질랜드로 가서 꼭 십 년만 살다 오겠다며 운영자가 억지로 떠안기다시피 물려준 유치반·초등반의 전인교육 및 전과목 보습학원을 벌써 몇 해째나 말썽 없이 꾸려가는데다가, 그런 수완 과시가 한 시절이나 그 세대만의 능력이라기보다는 누구에게나 수더분하니 더펄거리는 개만의 붙임성 때문이겠거니 하며 최원장은 마음속으로나마 상찬을 아끼지 않는 터이기도 했다. 그러나마나 그런 기질과 생활세계에 짝을 맞춘 듯이 풍뎅이만한 승용차를 돌돌돌 굴리고 다니는 조카딸애는 제 딴엔 쾌사†를 떤답시고, 그러네요, 설마가요, 진짜 그랬다는데요, 작은아버지가 정말 그러셨어요?, 이미지가 확 달라지네요, 라며 수다를 떨어댔다. 그래도 제 깐에는 손녀로서 도리를 차렸다는 속종‡을 이쪽에다 꼭 새겨두겠다는 투의 능청으로 비치지는 않았다. 하여간에 중환자의 생뚱 같은 발설을 본받을 수는 없었으므로 최원장은, 안 그렇다, 니 할매가 보다시피 몸도 그러니 시방 정신까지 가물거려서 말에 두서도 없었던 것 같고, 잘못 알고 있는 대목도 많다, 그쯤 알아라, 누구나 그렇듯이 그런 치부야 당사자인 내가 오

---

* 쾌활하고 개방적인 사람.
† 변덕스럽게 익살부리는 말과 짓.
‡ 마음속에 품고 있는 소견.

죽 똑똑히 기억하고 있겠냐, 이만큼 살아보니 예전에 좋았고 잘했던 장면은 하나도 기억에 안 남아 있고, 그때 얼뜨기처럼 왜 그토록 철딱서니 없는 짓을 했을까 싶은 수치스럽고 후회 막심한 대목들은 잊으려야 잊을 수 없는 게 너무 많다, 너도 머잖아 알 날이 있을 것이다, 여러 말 할 것 없이 차나 조심해서 잘 몰고 오너라, 하고 서둘러 통화를 줄였다. 그 말을 기어코 해두려고 작정이라도 한 듯이 조카딸애는, 잠시만요에 이어, 할매가요, 모질다, 모질어, 아무리 내 자식이라도 어릴 때부터 독종도 그런 독종이 없었다 그러네요, 암만 오늘내일하는 중병으로 고생한다 하더라도 노인네가 자식 가슴에 못질하는 말은 너무 심한 거 아니에요, 누가 모진지 저로서는 헷갈리네요, 가만히 생각해보니 작은아버지가 바쁘다는 핑계로 당신을 자주 안 찾아본다고, 그래서 병문안을 오라고 유도하는, 그러니까 시방 어리광스럽게 잔머리를 굴리고 있나봐요, 그렇게 이해해야 맞을 거예요, 그쯤 아세요, 라고 말해놓고는 더 이상 생각할 거리도 아니라는 듯이 제 먼저 전화를 끊었다. 조카딸애는 역시나 어벌*이 어기찬 털털이였다.

대뜸 떠오르는 대로라도 여러 군데가 부실하기 짝이 없고, 마땅한 베조각이 없어서 어슷비슷한 것끼리 마구 짜깁기해

---

* 생각하는 구상이나 배포.

버린 나머지 옷을 못 입게 만든 노친네의 그 둘째아들 비방
은 실제로 그 곡절이 꽤나 복잡했다.

물론 '다 큰 애'가 똥은 여러 번이나 쌌고, 그때마다 엄마
의 애를 태우게 한 것도 사실이다. 초등학교 3학년 봄소풍
때도 간신히 어기적거리며 귀가한 것까지는 좋았으나 대문
을 걸터넘자마자 큼지막한 무더기를 내질렀고, 그 전후로 옥
외의 변소 앞에서 동동거리다가 마침내 물찌똥을 내갈기고
만 적은 서너 번 이상이었다. 어찌 된 판인지 그 시절에는 그
런 곤경을 자주 치렀다. 상하고, 낯설고, 입에 맞지 않는 음
식들을 어쩔 수 없이 먹어야 하는 먹을거리 일반의 위생 상
태를 일단 괄호 속에 묶어버린다면, 소년기 때 그는 좋다 싫
다는 의사 표시를 곧장 드러내지 못하는 내성적 기질에다 신
경성 소화기능의 장애가 현저했던 듯하고, 그런저런 부조不
調는 성장기에 접어들면서 알게 모르게 바뤄지게 마련인데
그의 경우도 실제로 그랬다. 그런 일반적인 사례를 증거하듯
이 최원장은 고등학교 2학년 때 키가 거의 18센티미터나 불
쑥 커버리는 일종의 돌연변이를 겪었다. 그랬으므로 그는 어
릴 때 몸도 그렇고 키마저 왜소한 쪽이었다. 그래서 바지 한
벌로 몇 년씩이나, 그것도 봄·가을마다 줄창 입고 지낸 경
험은 지금도 또렷하다. 이 대목은 아주 중요한데, 노친네의
착각이 바로 이 옷가지에서 비롯되었기 때문이다.

아무래도 노친네는 기억을 새기고, 그것을 고이 간직한 데

까지는 흐트러지지 않았고, 따라서 끊을 것도 없었지만, 그것을 다시 불러내면서 곳곳에다 엉터리 착종을 일삼았다. 말이란 까발리기가 무섭게 과장의 행로를 저절로 밟아가고, 그것도 느는 것이라고는 시건방뿐인 건공잡이*인 지 오빠들에 비해 냅뜰성이나 따름성이 다 그만한 손녀의 추임새까지 받다 보면 걷잡을 수 없게 되고 말았을 것이다. 우선 그 허리띠 달린 바지타령은 전적으로 엉뚱한 도구의 차용이었다. 예의 그 싫증이 나도록 입었던 옷 중의 하나는 멜빵바지였다. 그 당시에는 어린이용으로 그 옷이 꽤나 유행을 탔는데, 등짝에다 엑스자를 그린 멜빵의 끝을 어깨 위로 잡아 올려서 네모반듯한 바지 윗자락이 가슴팍을 덮고 있는 그 질겨빠진 베조각 가장자리의 두 구멍에 단추를 채우는 것이었다. 흔히 멜빵이 등짝에서 꼬이기도 하고, 허리춤이 헐거워서 입기도, 입고 다니기도 불편한 옷이었다. 그 옷을 이제는 안 입겠다고 투정을 부렸고, 엄마는 허리띠 매는 형 바지를 입으라면서 몇 년째나 둘째아들에게는 새 옷을 사주지 않았다. 그러면서도 외삼촌에게 전해야 할 말심부름이 나서면 꼬박꼬박 둘째자식을 불렀다.

그날은 갑자기 온 사방을 휘젓다시피 불어대는 비바람이 유별났다. 후에 알려진 대로 태풍 사라호가 그처럼 줄기차게 비를 퍼붓고 바람으로 할퀴기 시작하는데, 엄마는 외삼촌 점

---

* 허세를 부리거나 허랑한 사람.

방에 가서 추석 아침을 우리집에 와서 자시라는 말을 전하라면서 멜빵바지 자식을 대문 밖으로 내몰았다. 우산도 쥐여주지 않았던 것 같다. 설혹 손에 들려 있었다 해도 그 거센 폭풍우 속에서는 무용지물이었다. 말귀가 밝아 심부름을 잘하던 소년은 폭우 속을 뚫고 집을 나섰다. 거름지고 장에 가듯이 매제 일가와 함께 단신 월남하는 통에 평양의 처자식과 쓰라린 생이별수를 겪고 있던 외삼촌은 교동시장의 끝자락에서 군인들이 횡령해 오는 군복을 공공연하게 암매매하고 있었다. 가겟방 뒤에도 꼭 그만한 방이 하나 더 딸린 가게는 군복더미로 터져나갈 것처럼 부풀어 있었고, 손바닥만한 유리조각을 손잡이께에 붙박아둔 여닫이 문짝이 늘 반쯤 열려 있는 그 가겟방에서 외삼촌은 개다리소반에다 냄비밥을 올려놓고 나서 둥그런 찬합통 뚜껑을 벗기는가 하면, 꼭 문지방 위에 눌러둔 목침을 베고 누워 있다가도 손님의 인기척이 들리면 한쪽 무릎 위에 괴어놓은 다리를 후딱 풀고 윗몸을 일으키곤 했다.

중앙통이 반쯤 갈라놓고 있는 그 심부름길은 5리가 좋이 되고, 단숨에 뛰어갔다가 돌아올 때는 시키는 일을 마쳤으므로 홀가분하게 한눈을 팔았다. 야시장 공터에서 수시로 편을 갈라 벌이는 찜뿌*도 눈요깃거리로는 안성맞춤이었고, 살까

---

* 어원 미상의 '야구사이'란 말로 통용된, 고무공으로 편을 갈라 시합하는 야구와 비슷한 공놀이.

말까로 망설이는 손님 눈앞에 신문지 뭉치를 들이밀 때마다 연방 크고 작은 갖가지 방들이 펼쳐지는 가방 장수의 상술도 흥미진진했고, 달필의 붓글씨로 내려쓴『매일신문』의 호외를 읽는 재미도 수월찮았다. 그런데 그날은 날씨가 그 모양이어서 거리마다 인적이 뚝 끊겨 있었다. 길가의 점포들 처마 밑으로 비를 피해 뛰어가는 사람들만 간간이 눈에 띌까 여름 내내 아스팔트가 녹아서 고무신 바닥이 쩍쩍 달라붙던 거리는 괴괴할 정도로 한산했다. 한눈팔 거리가 없었지만 바로 그 드문 거리 풍경이 워낙 색달라서 심부름길이 지루하지는 않았다. 작달비가 길바닥을 파헤칠 듯이 쏟아졌고, 사나운 바람이 미친 듯이 가로수와 전봇대를 마구 흔들어댔다. 어차피 나선 걸음이라 소년은 신바람까지 일구며 그 폭우 속을 내달렸다. 옷은 이미 흠뻑 젖어버려서 온몸에서 빗방울이 줄줄 흘러내렸다. 교동시장도 철시나 한 듯 행인이 보이지 않았고, 그 텅 빈 시장길을 깡그리 뒤덮으면서 빗물이 무리지어 어딘가로 흘러갔으며, 미군 군수물자와 외제 상품들을 주렁주렁 내걸어놓고 더러는 길 밖으로까지 진열해놓은 가게 주인들이 멀뚱히 내다보며 비 걱정으로 시름없었다. 해가 반나절이나 남아 있는데도 가게 문을 일찌감치 닫아거는 점방들도 여럿이었다.

　그러나 외삼촌 가게는 활짝 열려 있었다. 좀 이상했다. 어웅한 가겟방을 등짝에 두르고 부처처럼 앉아 있어야 할 외삼촌이 보이지 않았다. 천장에다 매달아놓은 군복 바짓가랑이 사이로 보이는 정면의 가겟방이 평소와 달리 손가락 굵기만큼이나 뻘쭘히 열려 있었다. 그 속에서 낯선 여자의 목소리가 흘러나왔고, 그렇거디, 좋디 않아, 날래 기동 않고설랑, 같은 외삼촌의 서름한 말씨도 섞여들었다. 시장바닥이 물난리를 맞아 떠내려갈 것 같던 그때의 광경은 지금도 생생히 남아 있다. 게다가 남녀 간의 희롱에 흔히 등장하는 호들갑스러운 여자의 웃음소리와 신음소리도 새어나오지 않았던 것은 틀림없고, 그렇긴 해도 그 뜸직뜸직한 정분의 교환을 무질러서는 안 된다는 시건머리가 후딱 작동해서 뒷걸음질을 떼놓았던 기억도 선명하다. 가게 밖은 비바람 소리가 요란했고, 판잣집이나 다를 바 없는 가게들을 뒤흔들고 할퀴고 들쑤셔대는 통에 일대 재앙을 치르고 있었다.

어쩔 수 없었다. 말심부름을 제대로 마친 게 아니었으므로 물 구경을 하기 위해 방천 쪽으로 뛰어갔다. 낮도 아니고 밤도 아니었다. 유심히 보니 낮과 밤이 시시각각으로 뒤바뀌고 있었고, 천둥과 번개가 연방 하늘을 찢어버릴 듯 쿵쾅거렸다. 나아갈수록 비 피해는 점점 심해서 깍짓동만한 플라타너스·버드나무 같은 가로수가 뿌리째 뽑혀 나자빠져 있는가 하면 떨어져나간 현수막·간판 들로 길바닥은 폐허를 방불케 했다. 과연 방천의 물살은 성난 기세로 소용돌이치며 흘러내려가고 있었다. 돼지·호박·개 새끼·초가지붕·닭장·옹구와 똥장군 같은 각종 농구들도 급류 속에서 자맥질을 거듭하며 빠르게 떠내려갔다. 비 구경을 나온 사람들이 양쪽 둑에 하얀 띠를 그리고 있었다. 그 하얀 점들이 순식간에 멀어지고 새카매졌다.

다시 외삼촌 가게로 되돌아가니 이번에는 끼웠다 뺐다 하는 나무문짝으로 가게 문이 꽁꽁 닫혀 있었다. 문짝을 흔들며 외삼촌을 불러도 안에서는 기척도 없었다. 난생처음으로 말심부름을 옳게 못하고 만 것이었다. 전말은 그것이 다였고, 외삼촌이 코빼기도 비치지 않았으므로 추석날 아침부터 둘째자식은 거짓말쟁이로 몰려 엄마의 호된 손찌검을 당해야 했으며, 명절 밥도 못 얻어먹게 되고 말았다. 거짓말을 한 게 아니었다. 외삼촌 면전에서 말을 전하지 않았을 뿐 가게 밖에서 고함을 지르기는 했으니까. 필시 가게에 가지도 않았다고 다조지는, 그동안 어디서 빈둥거렸느냐고 추달을 늦추지 않는 엄마가 원망스러웠다. 그렇다고 외삼촌이 어떤 여자와 한창 시시덕거리고 있어서 말을 전할 수 없었다고, 집채가 가물가물 떠내려가는 엄청난 물 구경을 하느라고 정신이 팔려 가게 문이 그처럼 감쪽같이 닫힐 줄은 미처 몰랐다는 실토를 내놓을 수는 없었다. 억울했다. 그 애매한 처지가, 말하자면 심리적 갈등과 조바심과 걱정이 배앓이를 불러왔을지도 모른다. 설마 궁지에서 놓여날 꾀를 부리느라고 일부러 똥을 싸기까지야 했을까. 아버지가 가로막고 나섰다. 일가친지라고는 누이네밖에 없는 이 객지에서 명절 아침에 홀아비로 사는 손위처남이 어딜 갈까봐, 그 물난리 속으로 애를 내보냈냐고 응원하고 나선 것이었다. 딱히 잘못한 것도 없건만 창피했고, 심술이 덜그럭거렸다. 추석빔을 사주지 않아서 심부름을 하지 않은 게 아니었다. 그때는 초등학교 5학년이었다. 재수 없게도 비 피해가 심부름 끝에 팍팍하니 돌아온 소년에게까지 덮친 것이었고, 바람벽에 치마만 걸려 있어도 덜 쓸쓸하다는 홀아비 방에서 하필 그때 벌어진 수작질이 누명을 덤터기 씌운 셈이었다.

무슨 억지 같은 노친네의 엉터리 회상은 이미 그 연조가 깊었다. 심통이 사납다라고나 해야 얼추 그럴싸할 그 자세부림이 무슨 사단 때문에 터뜨려졌는지, 또 무엇을 겨냥하고 있는지를 짐작하기는 어렵지 않았다. 설밑에 문병 온 손녀에게 유독 당신의 치부이기도 한 그 흔뜨검을 발설한 것도 알 만한 수작이었다. 시방 니가 끌밋한 5층짜리 병원 건물이나마 지니고 내로라하는 정형외과 원장으로서 행세하게 된 공이 누구 것이냐, 그것을 잠시라도 되돌아본다면 아무리 머잖아 죽을병에 걸렸다 하더라도 늙은 에미를 요양원에 처박아두고 이렇게 홀대해도 되냐는 짓조름이었다. 물론 얼토당토 않은 원성이었다. 조목조목 발기잡기로 들면 당신이 오히려 첫대바기부터 말문이 막힐 테지만, 70년대 들머리에 양복지와 안감지의 도소매로 쇠푼이나마 만지는 지아비를 추슬러

지목 따위를 따지지 않고 변두리 지역의 헐한 땅을 사들이고, 그 임대소득을 다시 부동산 투기에 쏟아붓는, 말하자면 땅이 땅을 새끼 치는 일련의 치부 수완을 전적으로 당신의 공치사라고 나부대는 처신 자체가 벌써 채신머리없는 작태였다. 백 번 양보를 해서 그 껄끄러운 물욕을 무덤 속에까지 가지고 가는 것이야 당신의 성정이 원래 그러니 어쩔 수 없다고 치더라도 그에게만 도리를 차리라고 닦달하는 것도 어쭙잖았다. 많잖은 자식들 중 맏자식은 이미 참척慘慽을 봤으니 그 집 식구들을 곱게 감싸는 거야 그렇다 치고, 또 밑의 여동생네야 한 수 접어줄 수도 있겠으나, 니가 에미에게 까짓것 야박하게 구니 이 늙은 것도 악담을 퍼부어야겠다고 대드는 그 드센 기절도 너무 꼴사나운 행태 같아서 진저리가 났다.

하기야 미운 작태의 과시로는 최원장도 그 나물에 그 밥이었다. 병원의 구급차와 휠체어로 그가 손수 노인전문병원에다 모친을 장기 입원시킨 지 어느새 일 년 반이 가까워오건만 그동안 한번도 찾아가보지 않은 것도 대죄감의 불찰이긴 했다. 그 대신에 사날이 좋은데다 심술주머니이기도 한 형수야 어쩔 수 없다고 치부했으므로, 신앙의 대상이 이란성 쌍생아처럼 다른 아내와 여동생에게 일주일에 한 번씩 돌아가며 노친네를 찾아가서 수발을 들라고 단단히 일러두었다. 유치원생들도 빡빡한 일상을 누리는 오늘날, 구색 갖춰 꿀리지 않는 살림을 꾸려내면서 신앙생활이라기보다도 교우들끼리의 교제와 소일로 바쁜 중년부인들에게 하루를 온통 할애하라는 요구는 사실상 무리였다. 그러나 그런 봉사도 또 다른 일상의 틀을 갖추자 둘 다 더러 요일을 바꾸기는 해도 거르는 법은 없는 모양이었고, 머잖은 저승길 행차에 품앗이한다는 체념을 수굿이 받아들이는 듯했다. 어쨌거나 오십대 중반의 두 동갑내기 시누이 올케는 노친네의 병문안 소감을 꼬박꼬박 그에게 전화로 일러주고는 있는 터였다.

요컨대 이쪽이 자식된 도리를 할 만큼 하고 있음을 노친네가 모르지는 않을 터인데도 명색 의사라는 인간이 제 부모에게 베푸는 인정에 그처럼 인색할 수 있느냐는 비난은 당신 특유의 게정거림이었다. 점점 더 기승스러운 노친네의 그 성정을 납득 못할 것도 없었다. 일찌감치 공부에 쏟을 머리도, 소질도 없음을 알고 아버지의 장삿속을 익히느라고 학력을 못 만든 맏자식이 쉰 줄에 접어들기도 전에 벌써 술병으로 제 명을 줄일 조짐이 드러났을 때부터 노친네는 한쪽을 두둔하는 일방 다른 한쪽의 늠품 일체를 딴눈으로 보며 트적질을 일삼았다. 한 집안의 남자 어른이 살아생전에는 그런 편애를 쓰다듬었으나, 결국 못난 자식에게 한푼이라도 더 세전지물을 물려주려는 억척을 불러왔고, 그것이 오히려 더 한쪽의 발 빠른 실그러뜨림을 자초했다. 그 모든 화근이 맏자식 내외의 무지·무식 곧 제때 제대로 못 배운 무소양에서 비롯한 천격의 행태 때문임을 뻔히 알면서도 노친네는 당신 자신도 바로 그런 부류라면서 딴전만 부리는 꼴이었다. 약도 별무소용인 불치병에 걸렸지만 더불어 백 가지 처방도 안 듣는 성깔에 온 집안이 뒤숭숭한 것이었다.

며느리의 시어미 문병걸음이 반년쯤 개근을 했을 때야 최원장의 아내는 챙겨둔 말투로, 어째 어머님은 딴 식구들은 일일이 다 꼽으면서도 당신만 쏙 빼놓고 이때껏 한번도 안부를 안 묻나 몰라, 어제사 퍼뜩 그 생각이 떠올라서 벚꽃이 하얗게 울을 치고 있는 그 산자락을 차로 밟아 돌아 나오는데 으스스하니 몸서리가 쳐지데, 라고 했다. 최원장은 아내의 그 섭섭한 내색을 보자마자 대범하게, 이제사 그걸 알았어, 라는 표정으로 응수하고 식탁에서 일어섰다. 막상 듣고 보니 그런 줄을 익히 알고 있었다는 생각도 들고, 모친의 그 계산된 인정 나누기가 너무 능갈맞달까 암상을 떠는 것 같아서 심사가 저절로 배배 꼬여들었다. 물론 이심전심이기도 했다. 이십여 년째 새벽기도 행차를 빠뜨리지 않는 아내의 등 뒤에다 그는, 하루라도 빨리 편하게 별세하도록 해달라고, 장차 곧장 들이닥칠 여러 병세, 이를테면 앞을 못 봐서 간병인이 꼬박 붙어 있어야 한다든지, 다리를 차례로 절단해야 하거나 장기간 혼수상태에 빠져서 혈육도 못 알아보는 고통을 남은 가족들이 당하지 않도록 간절히 빌라고, 말없는 성원을 보내고 있는 터였다. 그러니까 하나 남은 아들자식의 그 소행을 모친은 이미 훤히 알고 있는 셈이었다.

하기야 함께 문병을 다녀온 여동생 내외가 원장실에 들렀을 때도 그는 앞으로의 예후로 겪어야 할 본인과 가족의 고충을 미리 걱정하면서, 당신의 아쉽지 않은 소천을 빌라고, 가급적이면 앞당겨달라며 간곡히 묵상 기도하라고, 아주 진지하게 당부한 바 있었다. 한 사립 고등학교 교장인 송서방은 여형제 없는 집안의 셋째자식이었지만 일 년쯤 전신불수로 병원 신세를 지다가 작고한 제 모친의 대우大憂를 겪어봐서 이쪽 사정을 너무나 잘 안다는 듯이 연방 고개를 주억거리다가도 제 집사람에게는, 이제부터 내가 당신의 딱한 사정을 거두겠다는 숫접은 눈길을 던졌다. 둘 다 신심과 금슬이 고루 좋아서 일요일마다 새벽미사를 마치자마자 배낭과 카메라를 짊어지고 서너 시간의 산행을 일과로 삼는, '야생초 기리기' 동호회 회원이기도 했다.

창틀에 드리운 가로수 은행나무의 잎꼭지도 하루가 다르게 그 망울이 굵어지고 있다. 노란 개나리 꽃봉오리가 파딱파딱 비치는가 싶었는데 그새 자지러지게 피어났으니 봄이 무르익었다고 해도 좋은 절기다. 어쨌든 노친네는 두번째 엄동을 아무 탈 없이 넘긴 것이다. 특식인 현미밥 한 공기를 한 시간씩이나 우물거리는 집요한 섭생법이 그나마 연명을 도와주는 것일 테지만, 그 나이에도 아직 자식의 여러 아둔함을 트집거리로 캐내는 심통부림이 혈육의 얼굴도 몰라보는 노망기보다는 훨씬 낫다. 그 알량한 자위가 그나마 제법 거뜬하다.

최원장의 아내도 진작부터 제일 걱정했던 것이 바로 그 괘
꽝스러운 망령기, 곧 치매였다. 방정이 될까봐 발설은 안했
지만, 만수받이에다 야무얌치가 반듯하고 음전만 떨어대는
그런 어질어빠진, 스스로 늙음을 한탄하며 천덕꾸러기임을
자처하는 사람들이 의외로 치매증에 쉬 걸린다는 그 방면 전
문의 동료의 개인적 증례를 들었을 때, 성정상 정확히 그 반
대쪽에 있는 노친네가 적어도 그 몹쓸 병마의 해코지로부터
는 놓여났구나 싶어 안도의 한숨이 저절로 터져나온 적이 있
었다. 자식으로서의 무슨 푸념 같던 그 한숨에는 당연하게도
그의 아내의 시름도, 신자답지 않게 정말 영검하다면 푸닥거
리조차 마다하지 않겠다는 그녀의 안달도 껴묻어 있었다.

그런데 바로 어제 아침 식탁에서였다. 목요일 오후 한나절
을 병문안으로 보내는 일정을 탈 없이 치른 아내의 경과보
고를 들어야 했다. 무슨 말인가를 꺼낼 것 같건만 아내는 주
춤병으로 망설이는 기색이 현저했다. 애들은 저마다 서울에
서 나름의 학업에 시달리고 있으므로 요즘 최원장 내외는 아
침 7시쯤에 식탁에서 대면하는 시간이 하루 중 가장 요긴했
다. 말린 새우가 몇 마리 떠다니는 시금치 된장국을 식탁 위
에 내려놓자 최원장은 근지러워서 불쑥 물었다. "어떠시대?"
오래전부터 아침밥을 안 먹고 있으므로 제 수저가 안 놓인
식탁 앞에 부석부석하니 무슨 헛것처럼 잠시 마주 앉곤 하는

아내가 싱크대 쪽으로 몸을 사렸다. 아내의 뒤꼭지에 엉겨붙어 있는 심각한 화두가 그의 마음자리를 조침조침 압박해왔다. "이제사 당신 안부를 묻긴 하데요." 기대 밖의 평범한 전 갈이었으나 그 말 밑에는 딴딴한 응어리가 뭉쳐 있었다. 내 친김이라는 듯이 아내의 전언이 주르륵 쏟아졌다.

"애비는 요새도 교회 안 나가지? 하고선 저한테다 눈을 홉 뜨고, 이때껏 그 인간을 왜 교인으로 못 만들었냐고 성화를 대는데 아주 학질을 뗐네요. 별말을 다 말박줄박 퍼붓는데 저러다가 기절이라도 하시면 어떡하나 싶어서 간이 다 쪼그 라들데요. 지가 아무리 똑똑하기로소니 종교도 안 가지는 게 말이나 되냐, 사람 목숨 다룬다고 지는 안 죽는가, 천주교든 무슨 종교든 믿기만 했어도 지 에미를 이렇게 홀대했겠냐, 사람 병 고친다는 인간이 지 식구한테 이렇게 박절하게 대하 는 것이 다 지 잘났다고 까부는 수작이지 뭐냐. 에미 니는 믿 는 사람이 그런 애비를 왜 바로 돌려세워놓지 않고 허구한 날 빈둥거리고만 있냐고, 나중에는 나한테다 온갖 원성을 다 쏟아부어요. 참, 억장이 무너져서. 시집올 때부터 많이 배웠 으니 더 잘하라고 누워서 절을 받으시더니, 지금도 그 구박 을 늦추지 않고설랑. 정말 무던히도 힘이 넘쳐나셔."—"도대 체 어디서 그런 말타박을 놓았어?"—"가지고 간 옷을 갈아 입으시더니만 벼르고 있었다는 듯이 휴게실로 가자고 해서, 휠체어를 밀고 계단 대신에 줄고랑 파놓은 그 내리막길을 내려가는데 별의별 생각이 다 들데요. 이제사 숨겨놓은 통장이라도 집어주시는가 싶더니만, 아, 글쎄, 대뜸 당신이 미쳐도 한참이나 많이 미쳤다면서 배울 만큼 배운 것들이 해도 너무한다고 막말을 마구 퍼안기는 거예요." 그 게정부림을 벙벙하니 받아내면서 벌겋게 달아오르는 얼굴을 직수굿이 숙이고 있었을 아내의 자태가 빤히 들여다보였다. 그러나 휠체어에 앉아서 꾸지람이라기보다 바득바득 해찰을 부려야 성이 차는 노친네의 자태는 도무지 떠오르지 않았다. 얼척없기는 그도 마찬가지였다. "그러려니 해야지. 내가 잘한 것도 없지만 할마씨가 나한테만 유독 뭘 그렇게나 잘했다고 바락바락 괴어 올리는지 알 수가 없네. 애비는 병원 일이 요즘도 그렇게나 바쁜가, 왜 지 에미 문병을 안 오나, 이렇게 곧이곧대로 투정을 부려야 대접을 받을 텐데 꼭 에둘러서, 그것도 이쪽 홈집 파기에다 당신 공치사까지 들먹이며 부아를 먹이니, 참, 세 살 버릇 여든까지 간다더니 별 뾰족수가 진작부터 없을 수밖에." 그의 아내가 들으나 마나 한 말을 가로막고 말질을 돌려세웠다. "마침 주위에 면회객도 없길래 오늘 악담을 다 털어놓으시라고, 다시는 안 듣겠다는 투로 한마디도 대꾸를 않고 가만히 있었어요. 그럴 수밖에요. 나중에는 제풀에 시무룩해지시데요. 그때서야 저도 모르게 불쑥 말대꾸가 나오는 거예요. 도대체 저보고 배운 것이, 많이도 배운 사람이 자꾸 그러시는데 요즘 세상에 서울로 유학도 못 가고 이 지방의 사년제 대학을 겨우 나온 것이, 아무리 내 나이기로소니 학력이랄 것도 없고 또 그걸 한시라도 제 코끝에 달고 다닌 적이 없는데 왜 자꾸 타박이시냐고, 고등학교도 대충 다녔다는 동서와 견줘서 그러시는 모양인데 학력이 부모 모시기에 무슨 소용이냐고, 대학을 안 나왔다고 효도를 소홀히 해도 된다는 말이냐고, 헷갈려서 그러니 이제는 그런 말씀은 고만 하시라고 그랬더니 대뜸 나도 일제 때 짱짱한 고녀 나온 사람이다 이러면서, 내 말이 어디가 틀리냐고, 많이 배운 사람이 인간답지 않으면 그 꼴을 어떻게 보고, 들인 공력에 학비가 아깝지도 않냐고 또 타박을 줄줄이 엮으시는 거예요." 알 만하네, 어제오늘 겪는 일도 아니잖아, 라는 말이 최원상의 입에서 맴돌았으나, 칠칠찮은 남편 대신에 일방적으로 걱정을 듣기만 했을 아내의 곤경을 떠올리면서 그는 입을 앙다물었다. "그 자리에서는 너무 어리벙벙해서 차라리 식물인간으로 누워 계시다 돌아가시는 게 낫겠다 싶데요."

아내는 끝내 그의 병문안을 빈말로라도 권면하지 않았을 뿐만 아니라 여느 때처럼 승강기 앞까지 따라 나오는 출근길 배웅도 없이 식탁 앞에 찬물 한 잔을 놓고 오도카니 앉아 있었다. 설마 저 나이에 가출이야 할까 싶으면서도, 학창 시절부터 다문 한 달이라도 집 떠나서 살고 싶은 소원을 이때껏 머리에 이고 산다는 아내의 평소 푸념이 도보로 이십 분 남짓 걸리는 최원장의 출근길 내내 눈에 밟혔다.

며느리를 보는 족족 지근거리에다 제금 내주고, 지아비를 앞세우자 딸네가 살던 아파트 단지 내의 제일 안쪽 가두리 동 1층에 급매물로 나와 있는 30평대의 공간을 헐값에 덜렁 사서 독거노인으로서의 본격적인 노후생활을 꾸리려던 노친 네의 그런 과단성은 물론 당신 자신이 그동안 알게 모르게 여뤄놓은 상당한 재력 때문에 가능했던 일이었다. 그럼에도 불구하고 몇몇 친지와 후손들 중 누구도 당신의 그런저런 성 미와 처신에 깔끔하다든가, 야무지다는 좋은 뜻으로의 꾸밈 말 쓰기를 마뜩찮아하는 실상을 도대체 어떻게 설명해야 할 까. 가깝지도 않고, 그렇다고 멀지도 않은 거리를 유지하면 서 혈육에게 부모로서의 도리를 다하고, 꼭 그만한 안갚음* 을 받아야 성이 찬다는 사고방식과 그런 행태의 실천력을 나 무랄 것까지는 없을지 모른다. 그러나 비록 시대착오적인 효 도관이긴 하지만, 되받기를 바라면서 베푸는 것이 선일 리야 없고, 부모 자식 사이에 그것을 강요하는 것이야말로 옳은 행실일 수 없다[†]는 처세훈도 있다. 아마도 당신만이 그 연배 에 드물게 배울 만큼 배운 고학력자였다는, 그 유별난 자존 심을 어떤 식으로든 일상 중에 드러내고 싶어하는 현시욕은 혈육을 불편하고 민망하게 만든다기보다도 본인 스스로가

---

* 어버이의 은혜를 갚음.

[†] 『맹자』의 '父子之間不責善', 곧 부모 자식 사이에 선을 억지로 권하는 것은 은혜를 크게 해치는 것이다.

자신의 구차스러운 일신을 일삼아 까발리게 부추긴다. 예순 중반에 기왕의 모든 세간을 반 이상이나 과감히 줄이고 나서 홀가분하게 이사한 예의 그 1층 아파트에서 살 때도 노친네는 백합목·메타세쿼이아 같은 교목을 중심으로 아기자기하게 꾸며놓은 단지 내의 공동 휴식 공간을 가리키며 굳이, 산책로까지 딸린 이 좋은 정원을 내 집 안마당같이 쓸 수 있으니 얼마나 좋냐고 여러 일가들 앞에서 몇 번씩이나 강조했다. '나 살아생전에 이더렇게 큼디막한 덩원을 앞뒤에다 턱하니 거느리고 살기는 어드메 처음이디, 암 그렇구말구, 꿈인디 생신디 알다가도 모르갔다야.' 소위 로얄층이다 뭐다 하는 시세와 인기품목으로서의 재산 가치야 어찌 됐든 당신의 그런 1층 집 자랑은 본인의 선택이 얼마나 온당했냐는 시위성 얼레발에다가, 늙은 몸이 언제 병들고 또 죽을지 모르니 그런 우환을 당했을 때 고층에 사는 것보다는 자식들의 귀찮은 거둠손을 한결 덜어주기 위한 선견지명으로서의 어떤 배려라는 윤똑똑이* 짓이었다.

평생토록 남에게 보이기 위한, 자기 자랑으로서의, 주위 사람의 시선을 늘 의식하는 그런 삶을 살아낸 생이 있다. 그러나 남이야 뭐라든, 못나게 살았다고 후회만 곱씹는, 주위 사람들조차 자신의 전신상을 모르게 만드는 또 다른 숨은 꽃

---

* 저만 잘나고 영리한 체하는 사람.

같은 생애에 비해 그 유별난 삶은 얼마나 제 잘난 멋에 취해
사는 얌심꾸러기의 그것인가. 그러나마나 어쩌랴. 부모가 부
모답지 않더라도 자식은 자식다워야 하고,[*] 부모 생전에는
멀리 떠나 있어서는 안 되며,[†] 부모가 아플 때는 가무를 멀
리해야 한다[‡]는 말은 알고 있을뿐더러 웬만큼 근심함으로써
그 낡은 가족 윤리관을 따르고 있는데도 노친네는 자식의 흠
집을 발겨냄으로써 섬김이 미흡하다고 힐책한다. 무슨 억하
심정이었던지 알 수 없으나 자식의 봉양을 서둘러 거부한 쪽
은 노친네였다. 알려진 여러 증상들이 속속 신체의 안팎을
들쑤시자 당신이 먼저 일신을 정리한답시고 노인전문 요양
원에 장기 입원을 결정했다. 그때부터 심신의 늘쩍지근한 휴
식을 돈으로 사버린 셈인데, 그런 작정은 가족들에게 일절
폐를 끼치지 않겠다는 반반한 구실을 앞세우면서 혈육과의
관계에 희미하나마 지워버릴 수 없는 선을 그어버린 조치였
다. 그런데 이제는 자식의 소행을, 그것도 과거와 현재의 치
부 일체를 짯짯이 나무라고 있다.

　이래저래 치여 흠집투성이가 된 몸이라 최원장은 시방 명
해 있다. 병원 구내의 지하식당에서 직원들 및 보행에 지장

---

[*] 『고문효경古文孝經』(공자의 11대손인 공안국孔安國의 저서)의 '父雖不父, 子
　不可以不子'.

[†] 『논어』의 '父母在, 不遠遊'.

[‡] 『예기』의 '父母有病, 琴瑟不'.

이 없는 입원환자들과 함께 먹은 점심도 더부룩하다. 창밖의 춘풍은 보기에도 벌써 살갑다. 남을 춘풍으로 보듬고, 자신을 추풍으로 다스리라는 말도 있긴 하다. 은행나무의 가지마다에 돋은 움을 어루만지는 어떤 힘이 물살처럼 살아서 연방 굼실거린다.

신출내기 개원의로서 일주일에 백 시간 이상씩 환자와 씨름하던 시절이 벌써 이십여 년 저쪽에 있었다. 정형외과 전문의의 특성상 오로지 정성과 끈기로 육안으로 보이는 환부와 그에 따르는 제반 통증을 가시게 하느라고 땀을 뻘뻘 흘리던 그 당시에도 짤막하나 정규적인 일상의 여유를 누렸다. 곧 토요일 저녁마다 동호인들과 함께 꾸려가던 재즈밴드의 색소폰주자이자 그 감상회의 주무자로서 어떤 선율의 세례를 퍼붓는 자신의 소임에 득의를 만끽하곤 했다. 유일한 사생활이라고나 해야 마땅할 그 서너 시간의 연주는 돈벌이의 노예가 되지 않겠다는 허울 좋은 명분을 앞세운 충동적인 애드리브였지만, 그 효과는 제법 오달졌다. 생업에 최대한으로 성실히 임하고 있다는 자각, 그러면서도 금전욕과는 거리를 두겠다는 자만, 세속이 천상의 반대말이라면 음악은 적어도 전자의 과격한 세뇌로부터 얼마든지 자유로울 수 있는 특이한 대안이라는 자기암시, 속물이 아니려고 발버둥치는 사람에게 어떤 종교적 신앙을 가지라고 사주한다면 그런 권유 자체가 벌써 세속화에의 유혹이라는 자성, 통증을 간단하게 육체적인 것과 정신적인 것으로 대별해버리면 후자를 자정작용으로 풀어주거나 녹여줄 수 있다는 말은 자기기만일 수 있다는 등등의 자기합리화를 근무시간 내내 줄줄이 엮어낼 수 있었다. 그것은 자기 본업에 대한 신바람이자 찬양가였다. 그 찬양의 열기도 나잇살 앞에서는 서서히 묽어지다가 이내 차갑게 식어갔다. 의사라는 직업보다 병원이라는 직장이 부의 적당한 축적을 강제했고, 그 부는 금욕주의 일체를 저만큼 밀쳐내버렸으며, 세속계는 이미 타락할 대로 타락한 그들만의 요상한 윤리로 개개인의 실체를 철저히 무시해버림으로써 그 이상理想조차 깡그리 흉물로 망가뜨렸다. 최원장은 그 일련의 과정을 현미경으로 들여다보면서 그 엄청난 분열의 경과에 그 자신도 만부득이 동참하고 있음을 상당한 정도로 의식하고 있었다. 당연하게도 그는 이제 환갑 밥상을 받으려는 중늙은이였다. 달리 말하면 사방에서 막무가내로 밀어붙이는 여러 가닥의 제약 때문에 자기 수정이랄까 자기 갱신이 근본적으로 불가능한 연배다. 별명 짓기로 예를 들면 물욕에서는 공히 불깍쟁이들이고, 무식한 줄 알면서도 잡소리만 늘어놓기에 바쁜 궤변쟁이들인 앞뒤 세대에 꼼짝없이 끼어서 야단받이 노릇을 하는 고정배기*다. 더욱이나 그의 천성은 본업과 맞물려서, 사그라들지 않는 통증을 우선하게

---

* 마음이 외곬로 곧거나 아주 정직하고 결백한 사람.

돌려세우려면 마땅히 그래야 하듯이 무시근하다*고 해야 걸 맞다. 노친네의 숱한 막말, 엉터리 기억의 재생 때문에 일방적으로 덮어쓰고 있는 망신살, 일찍부터 돈에의 매몰로 말미암은 무작스런 작태와 무위도식의 만연에 대한 죄의식 불감증, 그런 무식한 양반의 구걸에 걸신들린 듯 달려드는 신앙이라는 가면 등등을 이해하고, 한편으로 소릇이 납득하면서도 도저히 맑은 정신으로는 용서할 수 없고, 그렇다고 선뜻 타협하려니 이때껏 불어온 자신의 가락을 장조에서 단조로 바꾸라는 질책 같아서 아예 거슬린다.

느닷없이 컴퓨터 화면만 달랑 올라앉아 있는 책상 옆 탁자 위의 구내 전화기가 울어댄다. 박동 하나가 더럭 가슴 한복판으로 기다란 떨림을 끌고 지나간다. 간호사들을 지휘할 뿐만 아니라 입실 및 내원 환자의 병력과 의료수가 등을 갈무리하는 한실장의 사무적인 목소리가 수화기를 들자마자 들려온다. 당직의사 닥터 황이 막 출근하여 두 명의 전공의와 의무교대를 마쳤는데 이를 말이 있느냐고 묻는다. "없어, 내가 퇴근하기 전에 한번 보기는 할 거야."—"503호실 환자 진주옥 씨가 지금 외출했다가 내일 오후에나 돌아오겠다는데요." 당사자와 주거니 받거니가 전화 음성으로, 또 여린 육성으로 들려온다. 대기실을 중심으로 대각선의 꼭짓점에 원

---

* 성미가 느리고 흐리터분하다.

장실 겸 진료실과 간호사들의 탈의실 겸 수납처가 서로 외어 앉아 있기 때문이다. "상의할 일이 있다는데요, 지금 들여보낼까요?"—"그러지 뭐."

거의 이 년쯤 간격을 두고 두 번씩이나 교통사고로 중경상을 입은 과년한 낭자 진양은 종잡을 수 없는 여자다. 법적으로든, 생리적으로든 과연 낭자인지 아닌지 짐작도 안 간다. 하기야 되모시인 주제에도 사내짜리라면 죄다 바지저고리로 아는 허튼 계집들이 지천인 세상이다. 낮 시간대의 이동인구 중 7할 이상이 여자 짤짤이들이라는 믿기지 않는 통계도 있으니 편편히 놀고먹는 그들이 사고를 치고, 또 사고를 당할 확률도 남자 쪽보다 훨씬 높을 수밖에 없을 터이다. 진양이 당한 그 두 번의 교통사고도 남의 차가 엄전한 제 차를 일방적으로 들이받았다는데, 처음에는 어느 아파트 단지의 지상 주차장에서("그때는 뒤에서 박더니만요"), 최근에는 해평면 송곡리 냉산 만디에 우뚝 들앉은 도리사 들목에서("이번에는 비탈진 솔숲에서 마구잡이로 굴러온 소위 에스유브이가 제 똥차 옆구리를 짓찍어버리는 거예요") 각각 처박혀 구멍 뚫린 벽돌담과 흙갈이 해놓은 논바닥에 '헤딩'을 해버렸다고 한다. 물론 두 번 다 다른 병원에서 열흘쯤씩 꼼짝도 못하고 누워서 치료를 받다가 집이 가깝다면서 이송해왔고, 경추골·척추골·견갑골에 각각 이상이 있는 것은 분명하지만, 그 정도를 얼추라도 짚어낼 수는 없다. 머리의 외상까지는 찍어내는데 그것의 활동과 활용이 어디에서 삐걱거리는지는 화면으로 기록할 수 없으니 안타까울 뿐이다.

아무튼 진양의 일상은 한시라도 차분히 내버려두지 못하는 자신의 머리만큼이나 바쁘다. 말의 앞뒤가 그녀의 차처럼 거꾸로 구겨 박힌 것 같다. 머리가 바쁘니까 일상이 분주해질 수밖에 없을 것이다. 우선 금리생활자이므로 적당한 무식이 말씨에서 묻어나던 양친을 비롯하여 다방면의 지인들을 시도 때도 없이 불러들여 그녀는 병문안 받기를 즐긴다. 물론 그들과의 대화는 그녀가 주도한다("나는 수다스러워서 탈이야"). 작화증이 제법 심한데, 그것의 마각이 최초의 교통사고를 당하기 전부터 드러났는지 어떤지는 알 수 없다. 그런 유의 발병조차 어떤 성적 결핍에서 원인遠因을 찾는다면 프로이디즘은 약방의 감초가 되고 만다. 하기야 처녀가 전륜구동의 지프차를 차량경주자 이상으로 날쌔게 몰고 다니며, 차 없이는 죽어도 못 산다는 생활적 욕구가 수상쩍기는 하다. 그러나 둘볩한 엉덩짝이 둘 다 섹시한 암말이나 새 차가 없었다 하더라도 처녀든 숙녀든 그들의 성적 욕구가 잠잠히 잠자고 있었을까. 아마도 진양의 두뇌의 활약이 가끔씩 제멋대로 날뛰는 경황은 교통사고와는 무관하고("엠알아이 상으로는 두부 외상이 안 보인다는 말씀이지요?"—"그렇다는데요"), 그 활약상이 정상궤도를 밟으려면 다른 조치나 치료가 필요할 텐데, 적당한 혼처도 그중 하나이기는 할 것이다.

그러나 그런 희망사항에 과감히 도전해보려면 우선 모르는 게 없는 지금의 박학다식보다는 아는 게 별로 없는 맹문이가 차라리 나을 텐데 그럴 기미는 조금도 보이지 않는다. 무식이 드러나지 않는 경우도 드물지만 유식을 감추기는 더 어려운 법이다. 딴에는 학사 편입을 두 번이나 했다는 경륜도, 그것조차 시쳇말로 믿거나 말거나의 학력이지만, 그녀에게는 톡톡한 이바지로 기능하여 유식이 무식 이상으로 갖고 놀기에 만만할 것이다.

최원장은 턱짓으로, 좀 앉아요, 라고 권하면서 환자용의 등받이 없는 동그란 회전의자를 가리킨다. 진양은 이미 누런 가제로 야무지게 싸바른 탈부착식 목뼈 보호대를 무슨 장신구처럼 한 손에 들고 있고, 환자복 차림이지만 벌써 머리나 얼굴을 매만진 티가 역력하다. "모처럼 만에 잠시 한가하신가봐요?" 유식자는 역시 눈치가 빠르지만 흔히 제 신분을 아무렇게나, 그러니까 지 편리한 대로 바꾸고 잊어버리는가 하면 꼿꼿한 눈길도 대담하기 이를 데 없다. 그런 도발적인 눈매도 벌써 비정상이건만 그녀는 이미 환자가 아니고, 잠시 자신이 의사인가라는 생각을 좇은 최원장은 곱다시 숫접은 사내꼼재기가 되고 만다. "어디 외출하시려고요?"—"봄이잖아요. 너무 상투적이지만요." 엉겁결에나마 최원장은 뭔가를 다잡아 발겨내보려는 듯이 따지고 든다. "봄이 오는 게 상투라고? 딴은."—"아니요, 제 말투가요. 좀 민망해지네요. 미칠 때는 미쳐야 하듯이 봄이야 행성의 공전에 따라 제 몸을 빙글빙글 뒤척이면서 생기는 것이니까 좀 따분하지요. 어김없는 윤회로서의 한 변화를 또 거추장스럽게 맞은 셈이지요. 만물의 소생도 그런 맥락이고요, 진부한 해석이지만요."

명색 정형외과 전문의는 짐짓 선명한 도랑을 파고 있는 환자의 기다란 인중과 그 밑의 초콜릿색 두 산봉우리에다 자신의 시선을 고정시켜보지만, 왠지 모르게 그 눈씨가 슬그머니 풀어진다. 환자의 진지한 유식이 어딘가 어색하고, 왜 하필 여기서 그것이 베풀어지고 있는지가 우습게 여겨져서 그렇지 않나 싶은데, 그런저런 생각들을 주워섬기고 있는 자신이 가소롭기도 하고 덜떨어진 트레바리* 같기도 하다. 그러나 그의 의식은 적잖이 분답을 떨어대고 있지만 막상 의사로서의 질문과 응답에는 말이 궁하다. 그럴 수밖에 없는 것이 금이 간 뼈들도 대충 아물었고, 그 부위의 피멍도 가셔가고, 간헐적인 통증이 덮쳐올 때마다 삭신이 무작정 참아낼 수밖에 없을 만큼은 아프고 저려서 살기도 시드럽다는 것쯤은 그도 매일같이 물어서도 알고 있을뿐더러 오랜 경험으로도 숙지하고 있는데다가, 환자는 당연하게도 온몸으로 그런 일체의 고통을 감당하고 있을 뿐만 아니라 그것을 맞춤하게 드러낼 표현력도 갖추고 있어서 새삼스럽게 그 동어반복을 서로

---

* 이유 없이 남의 말에 반대하기를 좋아하는 성격.

가 나누기도 쑥스럽다는 자각이 명멸하고 있기 때문이다.

"생각만 그처럼 분주하게, 헷갈리기에 꼭 알맞을 정도로 산만하게 이어가다 분질렀다 하지 말고 할 일을 찾아봐요. 어차피 퇴원도 곧 해야 하니까 그에 대비해서. 하고 싶은 일이야 좀 많을 거 아니에요, 생각이 그렇게나 화려하고 우람한데. 내 나이 정도로 살아보니 사람은 똑똑한 인간과 어리석은 인간이 따로 있는 게 아니라 실천력이 있고 없고에 따라 두 종류의 인간으로 나눠진다는 게 저절로 알아져요." 씨가 된 말이 불붙은 부지깽이처럼 최원장의 머릿속을 마구 들쑤신다. 그 실천력을 열정으로 뭉뚱그리고 그 발원지에서 꿈틀거리는 힘이 소위 리비도라면 말이 안 될 거야 없지만, 무슨 일에든 부지런히 매달리는 사람들이 하나같이 여러 본능의 구현에 출중하고, 성욕의 분출과 해소에서도 상대적으로 우월한지는 의문이다. 차라리 리비도의 입출을 조절하는 밸브가 어떤 경우와 매개에 의해서만 작동하고, 그것이 당사자를 추어주는 경위를 알아내는 것이 급선무일지도 모른다. "생각이야 다들 웬만큼 번듯하게 갖고 있지만 실행을 안하면 그게 바보라는 소리지 별거겠소."—"백번 맞는 말씀이지요. 이 분법은 참 편리한 발상이고, 우주의 삼라만상이, 더 구체적으로는 음양과 천지와 강산이 그렇듯이 다 그렇게 짜여 있는 것은 사실일 거예요. 그러나 그 이분법은 결국 층하를 두고, 경쟁을 사주하고, 승패를 나누게 만듦으로써 세상을 제도적으로 통제하는 수단이라는 이유 때문에 너무 단순하달까 일방적이랄까 전제적이랄 수 있지 않나 싶어요. 그러니 이거 아니면 저거다 하는 식의 사고방식은 좀 지양돼야지요. 물론 그런 사고방식조차도 좋다 나쁘다는 양분법으로 분별해서는 곤란하겠지요."

최원장은 또 한번 코가 납작해졌다는 자각과 함께, 얼핏 역할 분담이 뒤죽박죽되고 말았다는 자의식에 접질려서 서둘러 말의 성찬을 거둬버리려고 작정한다. 그야말로 실행력을 곧장 발휘할 찰나인 것이다. "어디 가신다고?"—"이번에 또 몹쓸 법정전염병으로서의 교통상해증후군의 은덕을 두텁게 입고 보니 몸이야 박살이 나서 아프든 말든 제가 입을 놀리며 말을 할 수 있다는 것이, 그 말마다의 진위를 따지는 일은 나중에 한다 하더라도, 아, 진위도 이분법이긴 하네요, 얼마나 큰 자비인 줄을 뼈저리게 느꼈어요." 넋이 반쯤 빠져버린 채로 술술 지껄이는 환자의 제법 그럴듯한 입담에 최원장은 슬슬 빨려들어간다. "그래서 남에게 일을 시키는 일이 내게 주어졌다고, 방금 원장님께서 말씀하신 대로라면 내가 할 일을 임시로나마 찾은 거지요."—"그게 무슨 일인가요? 무위도식은 나빠요, 특히나 정신건강에도." 그 말 자체도 이분법임을 얼핏 간파한 최원장이 주춤하다 거의 제정신이 아닌 채로 말을 쏟아낸다. "부도덕한 무교양, 탐욕·탐심, 나태·해이·방만·교만·저주 같은 병원균만 양성하는 것이 그 무위도식이에요. 또 허황한 공상을 즐기고, 남을 원망만 하고, 이기주의에 의존심만 제멋대로 분출하여 자신의 실질적인 존재 의의를 송두리째 잊어버리고 말아요. 그게 뭐겠어요, 미쳤다면 어폐가 있겠지만 비정상이지요. 병은 결국 비정상 상태라는 정도에 대한 판명일 뿐이고, 그것을 정상으로 돌려놓는 게 의사의 본분이에요. 방금도 이분법이 편리하게 그 쓰임새를 발휘했는데 무슨 말인지는 알 거예요. 지금 무슨 말을 하다가 이 지경으로까지 비화됐나, 아, 할 일을 챙겼다니 그게 뭡니까?"—"남에게 일을 시키는 일이요, 걸음품과 말품을요. 휴대폰이 제 그 소임에는 아주 편리한 도구가 되데요. 이때껏 이런저런 경우로 맺은 인연들에게 전화를 걸어 병문안을 오게 만들었어요. 제가 뻔뻔스럽다고 굳이 자성할 여지도 없는 것이 다들 전화를 받자마자, 또 당했어?, 너무하다, 일수가 연방 왜 그렇게 사납냐, 그만해도 인사불성의 중태는 아닌 모양이다, 이런 너스레를 늘어놓으면서도 남의 불행이 원래 잘코사니라서, 또 그것을 자기들 행복의 밑거름으로 삼고 싶어서 한달음에 문병들을 오데요. 제가 불특정 다수에게 무시로 덮치는 현대판 법정전염병인 교통사고 타박성 전신 불수의증으로 서서히 죽음을 재촉해갔으면 모르긴 해도 그들은 더 좋아라고 즐거워했을 거예요."—"아, 아, 말을 줄이고, 그런 피해망상증은 당치도 않아요. 현대문명의 과속 질주는 불가항력인 듯싶고, 또 그것은 지금 이 자리의 화두를 벗어난 논란거리예요. 문병 자체는 그냥 고맙게 받아들이면 그뿐이고, 하루라도 빨리 성한 몸으로 돌아가는 것이 친지나 우인들의 그런 수고스러움에 보답하는 거잖아요. 아시겠어요? 잘 아실 거예요. 어디? 집에 가시려고요?"―"아니에요. 이 꼴로 집엘 어떻게 갑니까. 도실암에 좀 갔다 오려고요."―"거기가 어딘가요? 도리사가 아니고요? 잊으세요. 사고 당한 정황을 다시 되살려봐야 뭐 해요. 기억의 용량은 지금도 넘쳐나고 어차피 부실해질 건데 기어코 주워담아서 어떡하겠다는 건지. 도리사가 어쨌다고요?"―"아닌데요. 도리사야 부처님 진신사리를 모시고 있는 대찰이지요. 도리사 가는 길에서 글 문 자 어질 량 자 쓰는 들을 지나자마자 오른쪽으로 꺾어들면 베틀산으로 가는 길인데, 그 일대의 마을들이 다 포실해요. 그중 하나로 복숭아마을이라는 데가 있어요. 산 이름도 그래서 그런지 도산이고요. 그 산골짜기 안에 도실암 이란 현판을 아담하니 내걸어놓고 사는 비구니가 있어요. 복숭아나무라는 영물이 원래 본줄기가 무르팍쯤 자라면서 종아리 굵기가 되면 거기서 원가지가 대체로 꼭 세 개만 옆으로 기다랗게 뻗어요. 그래서 그 비구니가 법명으로 석 삼 자 열매 실 자 쓰는 보살인데 인품이 무던하고 말과 글이 두루 개골물 흐르듯이 콸콸콸 유창해요. 그러니 실상도 아주 청결할 수밖에요."―"알 만해요. 고만 하시고, 거긴 왜 갑니까? 진리를 구하러? 시장바닥에도 그런 거 많잖아요." 최원장은 억지로 짜증기를 눅인다. 자신이 진양은 물론이고 보살과 대적할 잡이가 못 되는 줄은 진작에 잘 알고, 그들도 그를 허가받은 돈벌이꾼 속물의 선두주자쯤으로 여길 것이기 때문이다. 그러나마나 어불성설이다. 암자도 교회처럼 역사가 유구한 제도이자, 부뚜막처럼 편리한 처소이고, 정화수 같은 의식으로서의 관행일 뿐인데, 거기에 왜 가느냐고 묻는다면 왜 사느냐는 질문만큼이나 난해하다. 그 방면에 무식한 의사를 깔볼 만도 하건만 환자는 이미 비천한 정상인들의 경지를 초월해 있으므로 담대하게 받아들인다. "여기 저자바닥은 정말 숨이 막히잖아요. 오늘은 맑은 공기도 마시고 복사꽃이 터지는 소리도 들으며 녹차를 주전자째 마셔보려고요. 가는 김에 그동안 문병객들이 들고 온 과일이나 통조림, 영양제 같은 것도 몽땅 삼실 스님께 전해주려고요."—"인격과 학덕이 그처럼 도도하신 스님도 영양제를 자시는군요? 금시초문의 말은 늘 따져보면 맞는데 일단 수상쩍어요."—"막상 우리 스님은 맡아주기만 하지 당신이 먹지는 않으니까 제가 장차 제 먹을거리를 거기다 신탁해두는 거지요. 삼실 스님 말씀으로는 사람은 누구라도 세 가지 실속을 갖춰야 하는데, 첫째는 잡다한 생각을 하지 말고 머리 씀씀이를 아껴서 정신을 맑게 하고, 둘째는 먹성 같은 온갖 욕심을 줄여서 몸을 가볍게 하고, 셋째는 세상에 대한 관심을 최대한으로 적게 가져서 마음, 곧 기를 살려야 한다는 거지요. 그런데 저는 셋 중 어느 것도 열매 같은 걸 맺을 싹수가 안 보이니 제가 가진 것을 몽땅 버리고 도실암으로 살러 들어오라는 거예요." 점점 어처구니가 없어진다는 기분이 기어코 될 대로 돼라지 같은 심사를 부추겨서 최원장은 불퉁하니 묻는다. "그 도실암까지는 어떻게 가려고요?"—"제 차로 가지요. 지지난주에 수리를 끝내놨다고 연락이 왔으니까 제대로 손을 봐놨는지 점검해봐야지요."—"그 보살님 말씀을 따르려면 우선 차부터 버려야 할 거예요."—"제가 무면허 운전자도 아니고, 두 번 다 남의 일방적 과실로 만신창이가 됐는데 제 몸과 일심동체인 차야 버릴 수 있나요. 사람이 일을 하려면 발이 있어야잖아요."—"하긴. 그 보살이 누구예요?" 이제사 환자는 처음으로 뜨악한 표정을 지었다가 이내 풀어버린다. "누구라니요? 그냥 할머니예요, 올해 일흔여덟 살인데도 허리가 아직 대쪽처럼 꼿꼿하고, 매일 빠뜨리지 않고 꼬박꼬박 새벽밥 지어 자시고, 반야심경을 한 자도 안 틀리고 줄줄 외우고, 부모·남자·자식 같은 속세와의 인연은 오래전에 끊었다면서 입도 뻥긋 안하시고, 곱게 곱게 죽을 날만 기다리시는 그런 보살인데요, 왜 그러세요?"—"아니, 내 말은 그 고운 보살이 왜 자꾸 당신 같은 병자를 불러들이냐고, 왜 당신이 꼭 거길 가야 하냐고, 무슨 말인지 알아들어요?"—"모르겠는데요. 귀한 인연을 맺었는데 가야지, 그럼 방구들더께처럼 뭉그적거리며 안 가고 살아요? 이상하네. 싫든 좋든, 아니, 말을 잘못했네요, 아유 엉터리 이분법, 좋을 것도 없고 싫을 것도 없이 그냥 보살이 있으니 가는 거지요. 또 가야 하고요."—"말이 안 돼요. 인연을 끊었다면서 또 인연을 만드는 수작은 뭐야? 아예 만들지를 말든가, 끊지를 말든가. 끊었다는 말은 거짓말이야. 그걸 어떻게 지워? 그게 없어졌다면 기억상실증이고, 뒤틀려 있다면 비정상인 거고, 남아 있는데도 없다고 우기면 위선일 거야. 그래야 말이 되잖아요. 내가 지금 아주 모질게 당하고 있어놔서 그런 양반 심성을 좀 알아. 몸 고치기보다 더 어려워. 결국 원상회복은 어렵고 웬만큼 바뤄놓는 거지만."

최원장이 벌떡 일어서서 바로 코앞의 유리창들마다에 선명하니 가지를 뻗은 은행나무에다 시선을 고정시키자, 환자는 제풀에 흠칫 놀라며 뒷걸음질로 슬밋슬밋 물러난다.

해설 형식의 힘, 역동의 서사

정호웅(문학평론가 · 홍익대 교수)

1 난민亂民

한국 소설계의 뚜렷한 개성 가운데 하나인 김원우 문학을 읽는 일은 언제나 즐겁다. 놀라운 투시력으로 한국 사회와 우리네 삶의 저 깊은 곳까지 꿰뚫어 열어 보이고, 치밀한 직조력織造力으로 빈틈없는 한 세계를 엮어놓으며, 정체하지 않고 계속해서 새로워지고 있기 때문이다. 김원우 문학을 이끄는 것은 현상의 안쪽을 파헤쳐 이해하고자 하는 앎의 욕망이다. 하나도 빠뜨리지 않고 '낱낱이 읽'고 그 안쪽에 깃들인 숨은 의미를 들추어내고 명명命名하고자 하는 앎의 욕망이 김원우 문학을 일이관지 하나로 꿰고 있다.

그 모든 것을 알고자 하는 앎의 욕망을 실행하는 것은 김원우 문학을 김원우 문학이게 하는 지적 언어다. 탐구적이고 비평적이며 자기성찰적인 김원우 문학의 언어와 그 운용 방식은 말랑말랑한 감성의 언어, 우직한 사실寫實의 언어가 지배적인 우리 소설에서는 대단히 낯선 것인데, 깊이 사고하는 독서를 요구하기 때문에 독자들은 대체로 기피한다. 우리 독자들이 감성적인 작품, 영웅적 인물의 거침없는 자기 실현의 행로를 좇아가는 무협지적 작품에 익숙해져 있기 때문이다. 독자들의 일반적인 독서 취향과는 다른 방향으로 오연히 자기 길을 열어 나아가고 있는 김원우 문학은 한국 소설과 독자들의 소설 수용의 현실을 돌아보게 만든다.

김원우 문학의 그런 특성이 가장 잘 드러나 있는 것을 든다면 다섯 편의 중단편을 엮어놓은, 대산문학상(2002) 수상작 『객수산록客愁散錄』이다. 『객수산록』은 겉으로 보아 전혀 다르지만 기실은 동질태인 여러 나그네들의 부유하는 존재성을 깊이 파헤친 작품집이다. 그 나그네들이 같은 중심을 맴도는 '동심원'이라는 것을 밝히기 위해 낮은 포복으로 산등성이를 향해 나아가는 이들 작품의 행로는 김원우 문학이 안쪽의 본질을 겨누는 깊은 문학임을 새삼 증거한다. 소설에 그려진 이 시대의 온갖 풍속은 그러므로 풍속이되, 한갓 표면적 현상으로서의 풍속이 아니라 사회 현실과 역사 전개의 본질을 품고 있는 중풍속重風俗인 것이다.

이 소설 속을 부유하는 그 동심원 그리기의 장삼이사들은 한국 사회의 변화 과정에서 생겨난 사회역사적 존재들이다. 그들은 중심을 향해 나아가고자 하지만 한국 사회에는 지향

해야 할 가치로서의 중심이 존재하지 않으니 그것은 애당초 불가능하다. 그 지향과 그 불가능함 사이에서 우울한 비감이 피어나 안개처럼 김원우 문학을 채운다. 그러나 김원우는 그 비감에 잠기지 않고 그 반동으로 턱없는 낙관에 이끌리지도 않는다.

표제작인 「객수산록」의 구성축 가운데 하나는 특이하게도 백과사전이다. 다른 네 작품에는 백과사전이 등장하지 않지만, 그 안쪽에는 대상을 바라보고 평가하는 기준의 하나로서 '백과사전'이란 무형의 기호가 들어 있으니 백과사전은 책에 실린 모든 작품들의 구성축 가운데 하나라 말할 수 있다. 「객수산록」의 주인공은 객관성과 체계성 등을 들어 백과사전을 높이 사는데, 이는 그 반대되는 것들로 뒤범벅인 한국 사회의 천박함을 드러내고 비판하는 방식이다. 근대 정신의 총화인 백과사전으로써 근대 미달 상태에 놓여 요동치고 있는 한국 사회를 비추고 재는 이 방식이 김원우 문학의 한 중심 주제인 한국 사회의 근대성에 대한 비판적 탐구를 위해 고안된 것임은 물론이다.

앞에서 「객수산록」이 '나그네들의 부유하는 존재성'을 파헤친 작품집이라 했는데, 그 '나그네'는 곧 은유로서의 '난민'이다. '난민'은 1990년대 이후 김원우 문학의 핵심어를 꼽을 때 가장 앞자리에 놓이는 것이니, 90년대 이후의 김원우 문학은 '난민의 탐구'라 이름 붙여 조금도 이상하지 않다.

이십 년 이래 작가가 공들여 일구어오고 있는 그 '난민 탐구의 세계'가 어떠한지 들여다보려면 '난민'을 제목에 끌어들인 『난민하치장』(1998)을 살피는 게 가장 빠른 길이다. 작가는 '난민'을 벼리로 지난 한 세기의 한국 근현대사와 지금의 현실을 파헤치고자 하였다. 난민이란 벼리에 이끌려 떠오르는 지난 한 세기의 한국 역사는 "20세기 내내 난민의 안식처거나 간이역"이어야만 하는 "그 박복한 팔자를 돌려세우려는 숱한 몸부림이 교과서에만 주마간산 격으로 오르내리는 사건으로서의 역사"다. 작가의 그 같은 역사 진단은 주인공인 한사장과 그의 친구인 이사장의 지난 반평생을 통해 구체화된다. 40대 후반인 그들의 지난 이력은 온통 상실로 가득 차 "두 번 다시 되돌아보기도 싫다." 정치권력과 자본이 지배하는 현실의 주변부에서 상처 입고 휘둘리면서 고작해야 남의 '대리' 노릇이나 하면서, "우선 살고 보자는 난민의 심정"으로 닥치는 대로 살아왔고, 지금도 여전히 그런 난민적 의식, 난민적 삶의 방식에 묶여 있는 그들의 과거와 현재는 그대로 이 땅의 과거이고 현재라는 것이다. 되돌아보면 다만 난민이었을 뿐이라는 그들의 자기 인식은 섬뜩하다.

전작 장편 『모서리에서의 인생독법』은 월남하여 지방 도시에 터 잡은 피난민들의 생애 복원을 서사의 중심에 둔 작품이다. 그 피난민들은 실제 난민이면서, 뿌리내리지 못하고 떠도는 존재라는 의미에서 은유로서의 난민이기도 하다. 이로 인해 이 작품은 (1) 월남자의 삶을 재현한 것으로 우리 소설사에 가득 쌓여 있는 월남자 소설의 계보에 들 수 있으며 (2) 속속들이 난민일 수밖에 없는 인물들의 극적 '난민성'을 통해 '난민'의 존재성과 삶의 방식을 다룬 작품이 될 수 있었고 (3) 난민을 대량 생산하고 난민적 의식과 난민적 삶의 방식을 강제해온 한국 사회를 반성적으로 성찰하는 세계로 나아갈 수 있었다.

2 대화 형식

『모서리에서의 인생독법』은 모두 세 개의 이야기로 구성되어 있다. 물론 이어져 있지만 그 각각은 하나의 독립된 이야기로 읽어 아무런 문제가 없을 만큼, 저마다 완성된 한 세계를 이루고 있다. 게다가 작은 이야기 두 개를 앞뒤로 거느리고 높은 산처럼 가운데 우뚝 솟은 두번째 이야기가 삼인칭 시점으로 되어 있는 앞뒤 두 개의 이야기와는 달리 삼인칭 시점을 안에 담은 일인칭 시점(이 이야기는 액자 형식을 취하고 있는데, 내화는 삼인칭, 외화는 일인칭 시점)으로 되어 있어 세 이야기를 더욱 분명하게 가른다. 저마다 독립적인 세 이야기는 작품이 구축하는 하나의 큰 이야기, 단일성의 체계에 포섭되기를 한사코 거부하는 듯하다.

시점만이 아니다. 세 이야기는 서로 다른 지배적인 대화 형식을 지니고 있어 다른 이야기들과 결정적으로 구별되는 독자의 세계를 구축한다. 먼저, 첫번째 이야기 「달아나는 풍속도」의 경우.

(가) "(전략) 무면허 운전자로 이런 사고를 당했으면 어땠을까 하고 생각하니 정말 아슬아슬하고 끔찍하데. 아까 무슨 악의 운운한 것도 결국 이 말이야. 형, 무슨 말인지 알지?"—"알아, 이래 저래 웰빙을 잘 못할 조건과 자격을 두루 갖추고 사네 뭐. 그러나마나 그런 자위를 몇 개씩 일궈내다보면 몸이 무슨 형상기억장치를 작동하는지 조금씩 예전대로 돌아가더라. 물론 오래 걸리고 그동안 엉망으로 괴롭고, 아프고, 살기도 싫고 뭐 그래."—"일컬어 체념의 육화가 어떤 성숙을 담보는 하는데 그동안 좋은 세월을 다 흘려보낸다 이거지? 정말 허무하네."—"그래도 자꾸 악이 받치니 그냥저냥 배겨낼 수밖에."(37쪽)

교통사고 경험을 공유하고 있는 두 선후배의 대화다. 같은 경험, 비슷한 생각을 지닌 사람들의 대화답게 둘의 말은 서로를 긍정, 확인하며 순행한다. 조금의 어긋남도 맞섬도 없는 이 같은 상호 긍정, 상호 확인의 대화 형식은 이야기의 내용과 긴밀하게 맞물려 있다. 교통사고가 대표하는 '횡액'이 누구라 가리지 않고 도처에서 때도 없이 느닷없이 덮쳐오기에 "그악스런 통과의례"(15쪽)쯤 된다고 생각해야 하는 시대를 살고 있다는 현실 확인과, '체념의 육화'에 이름으로써 비로소 울증을 다스리며 "제멋대로 미쳐 돌아가는""이 동네" (35쪽)와 간신히 견디고 있는 자신들의 우울한 존재성 확인이라는 이야기의 중심 내용에 대응하는 대화 형식인 것이다.

(나) "우리가 배울 것은, 이것도 다 사무라이 근성이라고 할 수 있을 텐데, 수술할 때의 그 빈틈없는 준비성, 그 과감성, 그 신속성 등이 아니라 실제로 수술 그 자체를 즐겼다는 사실이야. (중략) 그러면 그 양반은 가만히 듣기만 하다가 단호히 택일하고 두말 않고 열어. 망설이고 우물쭈물하는 법이 없어. 사람 살리는 일인데 여러 말 할 것 없다 이거지." 여가는 상습적으로 머리를 주억거리고 있었지만, 속으로는 그러면서도 당신이야말로 메스를 과연 들어야 하는가에 관한 한 누구보다 많이 망설인 의사가 아니었을까 하는 의문을 쉬이 뿌리칠 수 없었다.(232~233쪽)

두번째 이야기 「참다운 거짓인생」의 지배적인 대화 형식은 이 예문에서 보듯 대화 아닌 대화의 외관을 지니고 있다. 발화된 말과 발화되지 않은 말의 서로 주고받기이니 대화 아닌 대화인 것이다. 「참다운 거짓인생」의 중심 서사는 처자를 거느린 한 가정의 가장이었고, 지방 국립대학교 의과대학의 교수로서 수많은 제자를 길러내며 대학병원장까지 지내는 등

우뚝한 삶을 살았으며, 무엇보다도 미수(88세)를 넘겼으니 거진 한 세기 긴 세월을 이 땅에 살다 갔음에도 불구하고 안개 속에 든 듯 도대체 그 전체상을 짐작하기 어려운 한 인물의 생애를 복원하는 과정이다. 그 과정을 이끄는 것은 그의 생애를 증언하는 사람들의 말인데, 몇 안 되는 증언자들의 말은 확인 불가능한 풍설이나 전언(傳言)에 근거한 것이 대부분이라 믿기 어렵다. 그럼에도 불구하고 실체 없는 텅 빈 말이라 할 수는 없으니 복원 대상인 그 인물이 살았던 시대 상황과 불충분하지만 그 인물과 관련된 객관적인 정보 등과 관련지어 어느 정도 믿을 수 있는 증언도 그 가운데는 적잖이 들어 있다.

믿기 어려운 것들은 밀쳐두고 믿을 만한 것들만을 엮어나가는 그 생애 재구의 작업은 참으로 어렵다. 속도도 나지 않는다. 사실 여부를 뒷받침하는 객관적인 근거가 태부족이기 때문인데, 그럼에도 멈출 수는 없는 것. 앞뒤를 살피는 조심스러운 추측에 기대어 조금씩 나아갈 수밖에 없다. 증언자의 말이 전달하는 정보의 신뢰성 여부에 대한 생애 구성자의 판단이 이 같은 '생애 복원의 서사'를 이끄는 데 대단히 중요한 역할을 수행하게 되는 것은 당연하다. 증언자의 말과 생애 구성자의 판단 사이 이 같은 관계가 증언과 그 증언의 신뢰성 여부에 대한 침묵 속 판단이 엮는 '대화 아닌 대화'의 형식을 두번째 이야기의 지배적인 대화 형식이 되게 하였다.

(다) 평생토록 남에게 보이기 위한, 자기 자랑으로서의, 주위 사람의 시선을 늘 의식하는 그런 삶을 살아낸 생이 있다. 그러나 남이야 뭐라든, 못나게 살았다고 후회만 곱씹는, 주위 사람들조차 자신의 전신상을 모르게 만드는 또 다른 숨은 꽃 같은 생애에 비해 그 유별난 삶은 얼마나 제 잘난 멋에 취해 사는 얌심꾸러기의 그것인가.(272~273쪽)

세번째 이야기를 지배하는 대화 형식은 간접 대화다. 중증의 당뇨에 떠밀려 노인요양원에 들어간 노모와 아들 사이의 불화가 이 이야기의 중심 내용인데, 아들이 노모를 찾지 않아 둘 사이 대화는 정기적으로 요양원을 방문하는 아내(며느리)를 사이에 두고 간접적으로 이루어진다.

인용문에서 보듯 아들은 노모에 대해 대단히 부정적이다. 아들에 대해 마찬가지로 대단히 부정적인(기억조차 왜곡할 정도로) 노모의 생각(감정)이 이와 짝을 이루어 팽팽한 갈등 관계를 구축한다. 제삼자를 사이에 둔 간접의 대화 형식은 이 같은 갈등 관계의 소산이면서, 그 갈등 관계를 적실하게 드러내는 대단히 효과적인 장치다.

『모서리에서의 인생독법』은 이처럼 저마다 중심 내용에 대응하는 지배적인 대화 형식을 지닌 세 개의 이야기를 엮어 짠, 새로운 형식의 작품이다. 멈추지 않고 끊임없이 새로운 소설 형식을 일구며 나아온 창발의 작가 김원우의 진면목 하나를 이로써 다시 알겠다.

3 복원

바로 위 인용문에서 노모의 '유별난 삶'과 대비하여 '숨은 꽃 같은 생애'라 일컬은 한 인물의 생애 복원 과정은 두번째 이야기 「참다운 거짓인생」의 중심 서사이면서 이 소설 전체 의 중심 서사이기도 하다. 인용문에서 짐작 가능하듯 복원 작업의 한가운데 서 있는 그의 제자들은 물론이고 화자인 '나' (또는 삼인칭 화자) 또한 우여곡절의 험로를 걸었던 그의 생 애를 깊이 연민하고 있으며, 떠도는 난민으로서 관계 밖 고 독의 삶을 살면서도 남다른 인품과 처신으로 남달랐던 그의 생애를 기리고 있다.

증언자에 따라서 그는, 스스로 선택한 고립과 과묵 그리고 '몸 펑계'를 방패로 '자기보신'에 철저했던 사람으로, "이 땅 에다 뭘 보낸 것도 없겠지만 그렇다고 축내고 해 끼치는 일 은 안"(197쪽)한 '새'와 같은 존재로, "사회와 이웃은 물론 이고, 가족과 자신의 생업에조차도 당신의 온몸을 기대지 않 으려는, 스스로 고립무원을 자초하는, 나 아닌 외부에의 의 존도가 거의 제로 상태인"(197쪽) 인물로, 직분에 충실했으 며 남다른 지식욕으로 끊임없이 배워 스스로를 새롭게 가꾸고자 했던 성실한 직업인이자 참된 학인으로 해석되기도 한다. 이 독특한 인물은 어디서 솟아오른 것인가?

그는 중심으로부터 천리 밖 변방인 신의주 출신이다. 게다가 집안은 미천하기 짝이 없었으니 아버지는 소금 장사였고 조부는 연경을 오가는 사신단의 짐꾼이었다. 새로운 시대가 도래하면서 그는 저 변방에서, 저 바닥에서 몸을 일으켜 근대의 한복판으로 진입한다. 근대의 학문인 양의학을 배워 의사로 몸을 세운 것이다. 그는 근대 학문을 익힌 근대인으로서 그것에 철저한 평생을 살았다. 이 소설에서 그 같은 그의 삶은 기림의 대상인데 이는 근대 미달 상태에 놓여 지리멸렬인 한국 사회를 비판하며 근대적 가치를 긍정하는 김원우 문학의 한 특성과 관련된 것이다.

그는 식민지 시기, 해방 후 혼란기, 전쟁통 피의 시기, 차별과 이념적 백색 테러리즘이 발호하던 전쟁 후 시기를 차례차례 겪으며 생존을 위한 보신주의에 자신을 가두어야만 했던 불쌍한 인간이었다. 그 스스로 자초한 고립무원의 삶의 방식은 그의 이 같은 생체험과 한국 근현대사의 불구성, 폭력성을 증언한다.

지금까지의 한국 소설 어디에서도 그 비슷한 경우를 찾을 수 없는 개성이라 할 수 있는 이 인물을 통해 이 작품은 성격 창조의 한 모범을 보였으며, 나아가 한국 근현대사 백 년의 한 측면을 깊이 반영하고 해석하는 깊은 차원을 확보할 수 있었다. 그러나 이 인물의 의미는 여기에 그치지 않는다.

　"그래도 무슨 믿을 만한 근거를 아무것도 남기지 않은 건 사실
이야. 고의든 임의든 과실이든 당신의 모든 이력에 관한 증거는
인멸되고 말았다는 점만은 이제 기정사실로 인정해야 할 것 같애.
소위 근거의 자발적 소멸이야."—"근거야 좀 많아? 의술을 고스
란히 전수받은 우리도 있고, 아픈 사람을 성한 몸으로 만든 실적
에다 당신이 여기서 그나마 어렵게 건재한 세월 자체가 바로 근
거지 별거야."—"그런 실적은 이 땅에서 스스로 보신극을 펼친 이
후의 화려한 성공사례고, 그 전의 경력이 너무 텅 비어 있다 이거
지."(244~245쪽)

　그의 경력 부분 부분이 '텅 비어' 있는 것은 작중인물 최원
장의, "그 세대가 다 그래. 아니, 그럴 거야. 온통 구멍이 뻥
뻥 뚫린데다가 어떤 구석은 송두리째 훌렁 둘러빠져 있다니
까"(245쪽)라는 말대로 한 세대의 일반적인 특성을 드러내
보이는 것으로 해석될 수도 있겠다. 생애의 어떤 부분 부분
이 송두리째 비어 있는 생애 또는 한 세대란 참으로 섬뜩한
상징이 아닐 수 없다. 다른 부분이 아무리 아름답고 충실하
다 하더라도 그 결여 때문에 불구적일 수밖에 없다. 그 결여
의 블랙홀로 모든 것이 휩쓸려들어 무너져내리고 있는 속수
무책의 상황이라니 얼마나 무서운 것인가.

생애의 전체상 복원을 향해 나아가고 또 나아가지만 끝내 되살릴 수 없는 이 빈 곳은 역설적으로 이 '생애 복원의 서사'를 가동하는 긴장의 핵이다. 그것이 존재하기에 나아감을 멈출 수 없고, 그것으로 인해 모든 것이 무화되는 듯한 절망감과 허무감이 안개처럼 자욱하게 피어오른다. 나아감과 주저앉음의 모순이 만들어내는 팽팽한 긴장으로 인해 이 생애 복원의 서사는 언제까지나 미정형이고 미완결이다. 한국 소설계에 범람하는 정형과 완결의 서사와는 전혀 다른, 안으로 깊이 열리는 역동의 서사(가 이에 솟아올랐)다.

다시 생각해보면 그 공백은, 누구에게나 의식 무의식적으로 감추고 싶은, 감추어야 할 상처의 시간과 상처의 기억이 있다는 인간 삶의 일반적 진실을 말하는 것으로도 보인다. "오자낙서誤字落書 지우"(247쪽)듯 저 망각의 캄캄 어둠 속에 가두어야 할 분노와 치욕의 기억들.

또 그 공백은, 대상을 알고자 하는 시도는 언제나 미완성일 수밖에 없다는 진실을 깨우치는 것으로도 나에게는 읽힌다. 모든 것을 알 수 있다는 믿음, 모든 것을 움켜쥐었다는 확신에 갇히곤 하는 우리 인간이란 이 진실 앞에 얼마나 우스운 존재인가를 새삼 돌아보게 만드는 진실.

기억과 기록의 근사성

개개인의 의식행위를 과점하고 있는 '기억'은 모든 생각의 중추일 것이다. 어떤 집단이나 불특정 다수가 같은 시각에 겪은 동일한 체험도 결국에는 개인별 기억들의(그것은 결국 눈썰미를 비롯한 온몸의 수용 능력으로 체득한 무형의 어떤 흔적일 텐데) 집합으로서만 그 실체가 그나마 근사하게 드러날 것이므로 '집단적' 기억은 수사적으로는 그럴듯해 보이나 애매모호할뿐더러 부정확한 말이기도 하다. 그럼에도 불구하고 어떤 시점·지점의 통시적 개괄화인 '역사'를 '공적' 기억으로 미화하는 데 우리는 길들여져 있다. 같은 맥락에서라면 '개인적' 또는 '사적' 기억 같은 한정어도 중언부언이거나 강조어법에 불과할지 모른다.

기억이 어떤 종류의 자극 때문에 나름의 형태로 갈무리되었다가 왜 하필 어느 특정한 '시간대'에 불쑥 재생의 회로에 감기는지에 대해서는 얼추 엇비슷한 대답을 내놓을 수 있다. 우리의 오감이나 육감이 기민하게 작동하여 어떤 생각의 꼬투리를 집어내고, 그것이 순식간에 두뇌에다 희한한 물리적/화학적 반응을 재촉했을 것이라는 추단이 그것이다(특정 사건이 발생한 연대나 쓰임새가 좋은 문장·문맥 같은 외울 거리를 두뇌의 집중력을 활용하여 일시적으로 보관했다가 때맞춰 사용한 후 불원간 잊게 되고 마는 이른바 '총기＝기억력'과, 지난날의 어떤 일이나 누구의 말이나 바로 그때의 정황 같은 회상거리를 여실하게 일궈내는 '기억화記憶畵' 기능은 여러 가지 잣대로 달리 분별해야 할 것 같다. 특히나 후자는 사진이 아니라 그림과 비슷해서 새길 것과 버릴 것을 저절로 챙겨버림으로써 그 부실의 정도를 종내에는 불거지게 만들기도 한다). 그러나 그렇게 불러낸 기억은 적잖이 엉성한 내용과 한껏 뒤죽박죽인 형식으로 짜인, 그래서 본능적으로는 믿을 수밖에 없고 생리적으로는 믿을 만하나 이성적으로는 믿기지 않는 어떤 질량으로 다가온다. 그것은 꿈자리처럼 대체로 단출한 용량에다 단일색을 띠고 있는데, 우리는 그것에 최대한으로 무심한 채 어영부영 살아간다. 우리에게는 그것의 보관 상태를 샅샅이 점검한 나머지 앞으로 쓸 궁리를 좇아서 다독거릴 능력도 없는 듯하다. 또한 흐르는 세월 따라 그것이 어떤 모양새로 망가져도 속수무책이다. 그런 마모·왜곡·변형을 통제하는 일련의 '기록'들은 과연 얼마나 진실에 근접해 있는 것일까. 애초에도 적당찮았고, 어차피 엄부렁해지다가, 시나브로 허상에 가까워지고 마는 이 기억이라는 노리개를 우리는 골동품 이상으로 애지중지한다. 누구보다도 만만한데다 언제라도 엽렵하기까지 한 전 생애의 반려에 값하는데, 그럴 수밖에 없음은 그것이 더러는 (대책 없이 흐리마리해지는 예의 그 '총기'의 변덕스런 작동 때문인지) 까맣게 내빼버렸다가도 어느 날 불시에 들이닥침으로써 미우나 고우나 제 살붙이임을 깨닫게 해준다.

이즈막에는 나잇살이나 먹었답시고 그런저런 기억의 심연에 내 자신의 어쭙잖은 의식을 송두리째 자맥질시키는 경우가 자주 있다. 아마도 잘나고 반듯하며 참한 것보다 지지리도 못나고 어설프며 심란스러운 회오의 추억거리가 제법 많아서 그렇지 않나 싶다. 이제는 그때마다 온당찮았던 여러 배경과 조건, 그 속의 내 처신 일체에 대한 잘잘못을 따지면서도 누구를 탓하지도 않으며 모질게 겪었던 한 시절을 핑계삼지도 않는다. 요컨대 지난날의 기억을 반추할 때면 유독 내 자신의 투미한 됨됨이가 되돌아보이는 터라 진작에 누구보다도 일찍 터득한 체념에 잠겨 이 못난 일신이나마 그냥저냥 추스르느라고 여념이 없다.

이 책에 실린 세 가닥의 이야기는 그것을 풀어내는 방법이 각각 다르긴 해도(괄호의 기능이 이야기마다 다소 유별하듯이) 도장처럼 새겨진 이 땅의, 그것도 어느 한 모서리에서 치러진 경험담이다. 그 자국이 한때는 생생했을 것이건만 점차 희미해져가고 있다. 따라서 그것이 제대로 틀이나 갖추고 있는지, 본색이 무색해지고 있지나 않은지, 애초의 구실이 살아나 있는지 나로서는 오래되어 낡아빠진 기억처럼 긴가민가할 수밖에 없다. 그렇긴 해도 사람의 탈을 뒤집어쓴 이상 바르게 살아가는 고투로서의 삶에 대한 모색이라는 점에서도 세 시각은 한 꿰미에 묶여 있고, 이런 원론적 작의가 따분한 것도(사람다운 사람이 소설 속에서나 시속時俗에서나 '성격'으로서는 푸대접을 받고 있으니 난감할 뿐이다) 사실이지만, 내 연배의 처신과 능력으로는 불가피한 게 아닐까 하는 생각도 여투고 있다. 물론 발랄한 성취를 빚어내는 여러 이야기 형식의 득세에 짓눌린 나머지 내지르는 비명이거나 자격지심일 것이다.

'기억'의 보관과 재생이 흔히 그런 것처럼 어떤 탁월한 조작의 이야기라 할지라도 제대로 또 곧이곧대로 옮겨질 리는 만무하다. 그 관건이 주로 말·글이라는 매체 때문에도 그럴 테지만, 그것의 토로 현장이라는 조건 내지는 환경과도 무관하지 않은 듯하다. '기억'을 나름의 방식으로 풀어가는 여러 기록물들을 참고자료로 섭렵해가는 중에, 이야기의 태동도 그 진위라기보다 근사치를 확인해가는 기억의 윤회랄지 그것의 끈질긴 생명력과 상동한 것이 아닌가 하는 생각을 이어갔다. 달리 말하면, 이야기의 조작 과정이야말로 '기억'의 재현 과정과 그 부실/여실이 상당히 닮아 있는 것이었다.

한동안 뜸을 들이다가 두번째 이야기와 세번째 이야기는 단숨에 썼다. 마침 일 년 동안 강의를 면제받아 짬이 났으므로 내 나름의 은둔과 매진에 신바람을 낼 수 있었다. 이 땅의 양의洋醫 정착 과정은 물론이거니와 외과술에 대해서는 문외한이라 손 닿는 대로 관련 서적을 두루 읽으면서 쓰고, 쓰면서 읽느라고 혼쭐이 났다. 특히나 두번째 이야기는 이중 삼중의 기억을 덧대야 해서, 또 개항 후 서양의술이 이 땅에 보급된 지 한 세기에다 또 한 세대쯤 경과한 지금, 그 2세대와 3세대에 해당하는 외과의들을 다루자니 내 능력으로서는 벅찬 작업이었다. 주지하다시피 서양의학의 요체는 철두철미한 위생 관념을 기초로 삼은 병리학의 개발과 과감한 수술 의료의 실행이다. 쉽게 말해서 외과의는 서양의학의 막강한 권력을 대변한다. 흔히 그들의 헌신적인 봉사가 사람의 목숨을 담보로 한 '수입이 좋은 돈벌이 수단'에 가려 의사상 전반을 극단적인 선망과 신경질적인 폄훼로 갈라놓는다. 나로서는 어느 쪽도 취하지 않고 의사라는 직업을, 그것도 인간으로서 마땅히 해야 할 생업으로서의 한 직분을 그리려고 고심했으나 그 성과는 미미하지만, 그런 중립적 시각은 한국동란을 서술하는 데서도 부분적으로나마 그 편린이 드러나 있다고 믿는다. 그러나 탈고하자마자, 그러니까 지난해 초여름부터 만사가 시드럽더니 삭신이 저리다가 쑤시고 아파왔다. 그래도 기억할 기력은 남아돌아서 어릴 때부터 내 몸에 덮쳐온 여러 병적 증후군을 연대기별 잣대로 더듬어보는 자위를 일삼았다.

　매번 그랬지만 이번에도 난삽한 원고를(나잇살 때문이 아니라 기계에 기대느라고) 속속 컴퓨터로 정리해준 제자에게 고마운 마음을 전한다. 통상의 관례 좇기를 마뜩찮아하는 내 유난스런 취향을 훤히 알면서도 작품해설을 선선히 써준 정호웅 교수에게도 심심한 사의를 전하고 싶다. 또한 흔쾌히 책을 펴내준 강 마을의 여러 식구들에게도 감사의 인사를 한 차례쯤 곡진히 치러야 부대끼는 마음이 편해질 듯하다. 기억 용량이나 기억 능력이 시원찮은 주제임에도 볼썽사나운 기억 흔적이나 자꾸 불려가는 내 삶이 누구에게도 비편해지지 않기를, 그 다소곳한 처지에 내 스스로 자족하기를 바랄 따름이다 ─2008년 2월, 대구의 우거에서, 김원우.

ⓒ 김원우

초판 발행 2008년 3월 10일 | 지은이 김원우 | 펴낸이 정홍수

편집 김현숙 황경하 김현주 | 펴낸곳 (주)도서출판 강 | 출판등록 2000년 8월 9일(제2000-185호)

주소 서울시 마포구 서교동 460-45(우121-841) | 전화 325-9566~7 | 팩시밀리 325-8486

전자우편 gangpub@hanmail.net | 값 10,000원 | ISBN 978-89-8218-111-5 03810

이 도서의 국립중앙도서관 출판시도서목록(CIP)은 e-CIP 홈페이지(http://www.nl.go.kr/cip.php)에서 이용하실 수 있습니다.(CIP제어번호: CIP2008000550)